永恒的流浪者

СУДЬБА РОССИИ

Н.А.Бердяев

［俄罗斯］尼古拉·别尔加耶夫 著

汪剑钊 译

湖南文艺出版社

图书在版编目（CIP）数据

永恒的流浪者 /（俄罗斯）尼古拉·别尔加耶夫著；汪剑钊译. -- 长沙：湖南文艺出版社，2023.10
ISBN 978-7-5726-1407-1

Ⅰ.①永… Ⅱ.①尼… ②汪… Ⅲ.①散文集－中国－当代 Ⅳ.①I267

中国国家版本馆CIP数据核字(2023)第167422号

永恒的流浪者
YONGHENG DE LIULANGZHE

著　　者：[俄罗斯]尼古拉·别尔加耶夫
译　　者：汪剑钊
出 版 人：陈新文
责任编辑：耿会芬
封面设计：Mitaliaume
内文排版：钟灿霞

出版发行：湖南文艺出版社
（长沙市雨花区东二环一段508号 邮编：410014）
网　　址：http://www.hnwy.net
印　　刷：长沙超峰印刷有限公司
经　　销：新华书店
开　　本：880mm×1230mm 1/32
印　　张：8.25
字　　数：183千字
版　　次：2023年10月第1版
印　　次：2023年10月第1次印刷
书　　号：ISBN 978-7-5726-1407-1
定　　价：69.80元

（若有质量问题，请直接与本社出版科联系调换）

译　序

作为俄罗斯最具世界性影响的哲学家之一，尼古拉·亚历山德罗维奇·别尔加耶夫是欧洲思想之路由近代理性向现代的存在论思考转型的一个重要驿站。他毕生关注人类精神史的发展，在整整半个世纪的著述活动中始终不懈地探索着俄罗斯在整个世界中的定位及其前景、人在现代社会中的命运、生命的价值和意义、个性和创造、奴役和自由的关系等一系列问题，并对其中的一部分问题给出了颇富建设性的答案。

1874年3月6日，别尔加耶夫诞生于基辅。他的父系属于军功出身的上流贵族。曾祖父和祖父曾是沙皇麾下骁勇善战的将军。父亲也是一名退役的近卫重骑兵军官，在信仰和生活习俗上烙有典型的俄罗斯特征。母亲是一名伯爵的女儿，身上有一半法国的血统，从小接受的是法国教育，据说，她在进行交谈和书写的时候，法语水平远远高出俄语的水平。尽管她在信仰上属于东正教，但其内心情感却更认同天主教。别尔加耶夫从小就生活在一个东正教文化和天主教文化相遇和冲突的环境里。此外，如同俄罗斯的许多杰出人物的经历一样，奶妈对未来的哲学家在道德构成上起着特殊的影响，善良、仁慈的她激发了别尔加耶夫对普通人的热爱与同情，帮助他加入了"忏悔的贵族"的行列，铸就了他与人民紧密的联系和对周遭社会的批判立场。

按照贵族的惯例，别尔加耶夫在十岁时进入基辅武备学校，以便将来成为沙皇的侍从官。但是，出乎家人意外的是，这个军人的后裔在天性上极端厌恶战争和军人，对武备学校学生身上的粗鄙和野蛮深恶痛绝，念到六年级时，他便自动退学了。1894年，别尔加耶夫以校外考生的身份考入基辅的圣弗拉基米尔大学自然学系。一年以后，他转到了法律学系。早在少年时代，别尔加耶夫就对哲学产生了兴趣，认定自己负有哲学的使命，并且啃读过诸如《纯粹理性批判》和《逻辑学》那样艰深的著作。大学期间，他更加广泛地阅读哲学著作，进行哲学思考。同时他还开始接触马克思主义理论（别尔加耶夫对马克思终生怀有好感，即便在脱离了马克思主义阵营以后，他依然向往着社会主义的理想）。1898年，他因参加学生运动而遭到逮捕，并被学校除名。同年，他的一些有关哲学和社会学的评论文字开始出现在报刊上。1901年，他被判流放于沃洛格达省，他在那里成为一名"批判的马克思主义者"，致力于探讨俄罗斯的命运和知识分子的使命问题。

1904年，别尔加耶夫来到当时俄罗斯的文化中心——彼得堡，参加《新路》杂志的编辑工作。不久以后，他和几位志趣相投的朋友一起创办《生活问题》杂志。他在那里结识了梅列日柯夫斯基和吉皮乌斯。通过这对夫妇的介绍与引荐，别尔加耶夫接触到了聚集在彼得堡的几乎所有的文化精英，与他们共同探讨和争论俄罗斯的出路问题，寻觅生活的意义。在别尔加耶夫看来，"意义的探索已经给出了生活的意义"。因此，他已决意在俄罗斯的这场精神文化的复兴运动中做滚动巨石的西西弗斯。

1909年，别尔加耶夫与司徒卢威、弗兰克等人合作出版了一本文集《路标》。文集的作者们对1905年流产的俄国革命进行了严肃而深刻的反思，从各个角度考察了知识分子的使命与局限，呼吁人们抛弃激进的乌托邦幻想，致力于精神的新生，在民主社会里重建贵族的理想主义，以消除个性与社会的悲剧性冲突。这部文集在当时反响极大，被认为是"由一些最有才华、最聪明的知识分子写成的一份卓越的文献。从根本上说，它是一个'学者阶层反叛'的事件"，"在欧洲整个社会向善的自由主义思想中几乎没有一个重要论点不曾被这些作家所采用或被他们以惊人的洞察力所预见"。1911年，别尔加耶夫出版了《自由哲学》一书。这部著作是他前期哲学探索的一个方向。他有时被人称为"自由哲学家"，其源起就在于他坚持"世界的奥秘就隐藏自由"，终生都在写作自由的哲学，不断地补充和完善它。在随后完成的《创造的意义》中，别尔加耶夫猛烈地抨击自然主义的人类中心论和神正论，阐述了创造的意义，尝试着以个性体验为依凭去建构人格主义的哲学。在这两部著作中，别尔加耶夫精神探索的两大主题已经基本确立。

十月革命以后，别尔加耶夫创建"自由精神文化学院"，在各种研讨班上讲授自己的理论，并一度担任过莫斯科大学历史和哲学系的教授。1918年，他的由系列论文结集的《俄罗斯的命运》出版，在知识圈内引起了热烈的反响。1921年，他因涉嫌"策略中心"案而被捕，经捷尔任斯基审讯后，被释放。次年夏天，别尔加耶夫再度被捕，并作为"反革命分子"和毒害青年学生的"教唆犯"被赶上著名的"哲学船"而驱逐出境。从此,他就在流亡的状态下度过了一生。别尔加耶夫起初侨居柏林,并在那里创办了宗教哲学学院,结识了德国的文化人类学家舍勒,在相互的交往中各自丰富了自己的思想。1924年,他出版了《新的中世纪》。该书为他赢得了世界性的声誉,帮助他跻身于欧洲最主要的哲学家行列。同年,他迁居到巴黎市郊的克拉玛尔。他在这里进入了自己创作的巅峰状态,撰写了一系列自认为最有意义的著作:《自由精神的哲学》(1927,1928)、《论人的使命》(1931)、《精神与现实》(1937)、《论人的奴役与自由》(1939)、《俄罗斯理念》(1946)、《精神王国和恺撒王国》(1949)以及一部独特的精神自传《自我认知——哲学自传的体验》,等等。除著述以外,他还与当时宗教哲学界的主要人物,包括雅·马利坦、埃·日尔松、埃·穆尼埃、加·马塞尔、卡·巴特等有密切的往来,他的寓所是当时法国的思想中心之一。1947年,英国剑桥大学授予别尔加耶夫神学名誉博士学位。此前,在俄罗斯人中间,只有屠格涅夫和柴科夫斯基获得过此项殊荣。同年,他又得到瑞典皇家科学院的通知,被提名为诺贝尔奖的候选人。

1948年3月23日,别尔加耶夫走完了七十四年的人生道路,与世长辞。

下面我们简略介绍一下《永恒的流浪者》一书。

性格即命运,作为一个民族,它的命运也同样取决于自身的性格。因此,别尔加耶夫这本以"命运"为标题的书,着重探讨的实际就是俄罗斯民族的特性,分析其因地理、宗教、民族传统和文化积淀所引发的命运之结。在别尔加耶夫看来,"俄罗斯的自然地理与精神地理是相适应的"。俄罗斯是世界的东方和西方的交会处,这个民族既不是纯粹的欧洲民族,也不是纯粹的亚洲民族。它同时含纳了西方和东方两种因素,在精神深处有两股势力发生着冲撞和相互作用。在这种独特的地理位置上生长起来的文化,明显具有一种"二律背反"的"悖论性"特点。一方面,俄罗斯是最无组织、最无秩序的国家。无政府主义在这块土地上拥有天然的温床,人们几乎像害怕瘟疫似的害怕政权,渴求无拘无束的自由生活。与此相联系,俄罗斯人企望生活在集体的温暖中,带有较强的阴性特征,被动、驯顺、温和。这铸就了俄罗斯民族的无政府主义又是一种缺乏个性的无政府主义,他们的自由"不是为自己争取自由,而是让人还给自己自由,一种远离积极性的自由"。另一方面,俄罗斯又是一个最国家化、最官僚化的民族,它能够把任何事物都转化为政治的工具。俄罗斯人建立了世界上最强大的帝国之一,拥有一套庞大的国家机器,俄罗斯人为捍卫它们的存在和维持它们的运转耗尽了自己的创造力,他们在沉重的负荷下失去了个体权利的自觉,不再重视个性的生存。别尔加耶夫指出,在俄罗斯,"命题会转变为反命题,官僚主义的国家机构诞生于无政府主义,奴性诞生于自由,极端的民族主义出自超民族主义",高尚与卑鄙混合在一起,天使的成分与魔鬼的成分混合在一起。

显然,一般的理性无法彻底理解俄罗斯。在俄罗斯文化中蕴含有强烈的非理性因素,它与欧洲传统的理性主义文化截然不同。那是一种狄奥尼索斯式的迷醉元素,它敌视理性,敌视整个文化、整个意识、整个精神性。受着酒神狂欢的驱使,俄罗斯人善于把历史转化为幻想,把现实生活变成与实际不相符合的浪漫小说,也就是说,"非理性因素搅和了一切,创造了最具幻想性的相互关系"。别尔加耶夫将它称为"黑葡萄酒"元素。在俄罗斯的文化积淀中,它是一种黑色的、阴郁的、蒙昧的、不透光的自然力。任何人一旦接触了这种迷狂的东西,就不能不沉醉于其间,很难挣脱它所营造的氛围。这种自然力不仅存在于普通的老百姓中间,甚至在一些最优秀的知识分子身上都有流露。对此,陀思妥耶夫斯基这位残酷的天才便在自己的创作中有着深刻的揭示,并以自己不安的生活印证着它。

与上述非理性因素相联系的是,俄罗斯民族有着强烈的宗教感。一般而言,追求自由的俄罗斯人并不严格地恪守某种宗教教义,奉行某种戒律。但是,在他们的天性中并存着两种因素:狄奥尼索斯式的放纵和东正教的禁欲。蛰伏在这种放纵与禁欲背后的是俄罗斯人"对另一种生活、另一个世界的向往"。别尔加耶夫认为:"俄罗斯人民,就自己的类型和灵魂结构而言,是信仰宗教的人民。即使是不信宗教者也仍然有宗教性的忧虑,俄罗斯人的无神论、虚无主义、唯物主义,都带有宗教色彩。俄罗斯人即使离开了东正教,也仍然会寻找神和神的真理,寻找生命的意义。"俄罗斯人大多崇拜精神,倾心于现实以外的存在。别尔加耶夫对此的解释是,俄罗斯人的意识中包含有强烈的末世论因素,不满于既定的生活秩序和生活方式,渴望变革,渴望完满的新世界之出现。在俄罗斯的风俗中,复活节是"节日中的节日",它象征着被钉上十字架的基督之复活,暗喻生命以死而复生的形式,最终战胜死亡。

无疑,宗教的存在对俄罗斯人产生了特殊的影响。他们自认为是一个与众不同的国家,是上帝的选民,担负着拯救人类的义务。可以说,救世主义贯穿于整个俄罗斯的思想史。西罗马帝国灭亡以后，俄罗斯人把莫斯科称为"第三罗马",认为世界精神生活的中心已经转移到了俄国。理解了这一点，我们也就不难理解俄罗斯文学为什么会沉淀了那么多的救世精神，有时甚至会露出沙文主义的蛛丝马迹。对此，别尔加耶夫的解释是："俄罗斯文学不是诞生于愉快的创造冲动，而是诞生于人民的痛苦及其灾难深重的命运，诞生于拯救全人类的思考。"这说明，俄罗斯作家能以沉郁的忧患意识、强烈的悲悯感和全人类的高度震撼世界，并非出于偶然。饶有意味的是，与这种悲悯情怀相伴随的却是政治上的霸主意识。这令周边民族（尤其是东欧地区）向俄罗斯投去敬仰一瞥的同时，不得不心存一丝疑惧。

历史进入21世纪，俄罗斯民族依然以自卑与傲慢兼有的姿态站立在亚欧大陆上，那种钟摆式的性格曾经帮助它铸就过辉煌，同时也埋下了致命的病根。而今，别尔加耶夫在本书中的分析与预言，一部分已成为现实，另一部分则被证明为杞人忧天。不过，俄罗斯最终将迎来什么样的命运？这恐怕是任何一位先知都不能准确预测的。作为它的近邻，我们将拭目以待。

汪剑钊

世界性的危险（代序）

我怀着痛苦的感受一页页翻阅着在革命前战争时期所写的文章汇编。伟大的俄罗斯已经不存在了，我以自己的方式所思考的那些摆在它面前的世界性任务也不存在了。战争从内部瓦解了，并失去了它的意义。一切转到了完全异样的维度。那些我根据自己的经验作出的评价，我认为是内在地准确的，但现在已不适用于当下的事件。世界上的一切起了变化，需要对一切正在形成的东西以鲜活的精神作出新的反应。对于忠实于自己的信仰、自己的理念的精神而言，这些反应是必需的。不是信仰、理念自身改变了，而是世界和人们改变了信仰和理念。由于这一点，关于世界的相互关系的判断也随之改变。与世界大战有关的任务没有一个有可能得到正面的解决，其中首要的一个就是东方问题。对战争的命运而言，俄罗斯因战争而衰落是一个致命的事实。我看到这一衰落的致命意义，不仅在于它给了我们敌对方以优势。这一事件的意义要隐藏得更深。俄罗斯的衰落和耻辱有助于德国在战事上的成功。但是，这些成功不是过于现实的，其中有许多虚幻的东西。德国的胜利不会增加德国对世界的危险性。我甚至倾向于认为，这一危险性正在缩小。倘若更深入地打量一下德国人的脸部表情，德国的好战和强大的外表所激发的几乎是一种怜悯心。德国已完全处在被组织化的和被强制遵守纪律的无力状态中。它伤痕累累、精疲力竭，不得不掩饰面对自己的胜利的恐惧。它对巨大的、隐秘的、混乱的、以前被伟大的俄罗斯所命名的自然力的控制，不能不让它产生恐惧。它没有力量去控制那个已经倒塌了的庞然大物。它耗尽了自己的力量，应该在它面前退却。日耳曼民族的力量就像欧洲各民族的力量一样，越来越多地被消耗掉了。如今，在欧洲世界面前，存在着比我在这场战争中看到的更恐怖的危险性。所有旧欧洲基督教文化的未来都面临着深刻的危险。倘若世界大战长期持续下去，那么，欧洲的所有民族将携带着它们的旧文化沉入一片黑暗里。来自东方的，而非雅利安、非基督教的雷霆，将轰击整个欧洲。享用战争成果的，不是那些对此寄予希望者。没有人获得了胜利。获胜者也不可能去享用自己的胜利。所有人都毫无例外地战败了。谁获胜都无所谓，那样的时刻即将来临。和平将在自己的历史存在中那样的变化（那些旧的范畴已不再适用）中来临。

在整个战争期间，我热切地支持战争有一个胜利的结局，也没有任何一种牺牲可以吓倒我。可是，如今我不能不希望世界大战尽早结束。就俄罗斯的命运而言，就欧洲的命运而言，必须这样希望。倘若战争还要持续下去，那么，俄罗斯就不再是主体，而是转变为客体了。作为各民族碰撞的竞技场的俄罗斯将会腐烂，而这种腐烂离战争结束的那一天还过于遥远。那些戕害我们祖国的黑色的毁灭性力量，把自己的希望寄托于整个世界发生一场恐怖的大灾难，所有基督教文化的基础将轰然倒塌。这些力量对世界大战的乘机利用，它们的期待还不算什么错误。内部的爆炸和与我们相似的灾祸威胁着整个欧洲。欧洲各民族的生活将被抛到低级状态，野蛮化正威胁着它。那时，出自亚洲的惩罚将来临。欧洲已精疲力竭，甚至连最根本的基础都已被野蛮的、混乱的自然力震坍，在它的废墟上，一个与我们全然不同的种族，带着另外的信仰，带着与我们迥然不同的文明，企冀获得统治的地位。与这样的前景相比，世界大战不过是一场家庭的内讧。而今，世界大战的结果已很清楚，实际获胜的只能是远东、日本和中国——一个没有耗尽自己的种族，还有边远的西方——美国。在欧洲和俄罗斯衰弱和瓦解以后，中国主义和美国主义将占据主导地位，这是两股能够在自身找到接近点的力量。那时，将出现平等的中—美王国，在这种平等中不再有任何上升和高涨。

俄罗斯民族没有经受住战争伟大的考验。它丧失了自己的理念。但是，整个欧洲也不可能经受住这一考验。那时，欧洲的末日即将来临，其原因不在于我在收入本书的文章之一中所论述的那样，而是在更可怕的、与这些论述完全相反的含义上。我曾经认为，世界大战将把欧洲带出欧洲的囿界以外，可以克服欧洲文化的封闭性，使之适应西方和东方的联合；我曾经认为，通过恐怖的牺牲和痛苦的道路，世界将接近去解决东方和西方的世界性的—历史的难题，而解决这一难题的中心角色将落到俄罗斯头上。可我也不曾认为，亚洲能够最终占据欧洲的上风，东西方的接近将是远东的胜利，基督教欧洲的光明将会熄灭。而如今，这都在威胁着我们。俄罗斯民族不愿意去完成自己在世界上的弥赛亚角色，没有找到完成它的力量，它在内部背信弃义了。难道这意味着，我在本书中所构想的俄罗斯理念和俄罗斯弥赛亚成了一个谎言？不，我仍然认为，我是准确地理解了这一弥赛亚的。在人民改变了自己的理念，在它堕落以后，俄罗斯的理念仍然是真的。俄罗斯，正如上帝的思想，仍然是伟大的，它身上存在着不可消灭的本体论内核，但人民受到了谎言的诱惑，背叛了它。就俄罗斯人民的心理而言，在收入本书的经验中，可以找到很多东西来解释那场发生在俄罗斯的大灾难。在战争的最初几天，我就感到，俄罗斯和整个欧洲正在走向巨大的未知，走向新的历史变故。可我相信并希望，在决定人类隐秘的命运中，俄罗斯能够扮演一个积极的和创造的角色。我知道，在俄罗斯人民和俄罗斯知识分子中，潜伏着一些自我残杀的因素。但是，很难设想，这些因素的作用能影响到那么深远。责任不仅仅在一部分极端的革命——社会主义思潮上。这些思潮完成了对俄罗斯军队和俄罗斯国家的瓦解。可是，是那些更为致命的自由主义思潮开始了这一瓦解。我们每个人对此都行了举手礼。在恐怖的世界大战期间不应该撼动俄罗斯国家的历史基础，不应该用怀疑来毒害武装起来的人民，说什么政权背叛了它和出卖了它。这是一种疯狂，刺激发动战争的可能性。

  如今，我们，同时也是世界，面临的是另一个任务。俄罗斯革命不是一个政治的和生活的现象，它首先是一个精神的和宗教秩序的现象。也不能只用政治的手段来医治俄罗斯，使它复兴。必须转向更深入的地方。俄罗斯人民面临着一场精神的再生。可是，俄罗斯人民也不能停留在因已发生的大灾难而引发的孤独中。在全世界，在整个基督教人类中，应该开始所有正面精神的、基督教的力量的联合，以对抗反基督教的、毁灭性的力量。我相信，在世界上迟早会出现一个所有创造的基督教力量、所有信仰永恒神圣的人们组成的"神圣联盟"。它实际已经由恐怖的体验赠送给我们的那些悔过和赎罪那里开始了。所有的阵营和所有的阶级都是有罪的。欧洲尤其深地沉溺于用恶和仇恨来解决社会问题，这是一种人类的堕落。社会问题的解决、对社会不公和贫穷的克服，应该依靠人类的精神复活。整个一百年，俄罗斯知识分子都依靠着否定而生活，破坏着俄罗斯存在的基础。如今，它应该转向正面的因素，转向绝对的神圣，为的是让俄罗斯复活。可是，这需要重铸俄罗斯的性格。我们应该在保持俄罗斯美德的同时，拥有一些西方的美德。我们应该感受到那使我们的精神鲜活的、在西欧的宇宙性神圣，谋求与它合为一体。世界正在进入一个漫长的不幸和巨大的损耗时期。可是，伟大的价值应该是通过所有的考验而获得。为此，人类的精神应该披上铠甲，应该像骑士一般武装起来。

在这些文章中，我与战争一起生活，在事件活生生的摆动中写作。我保存了自己一系列鲜活反应的连贯性。但如今，许多痛苦的悲观情绪以及与祖国之辉煌的过去的断裂所产生的刻骨铭心的悲痛，与我关于俄罗斯的命运的思索掺和到了一起。

目 录

第一章
| 俄罗斯民族的心理 / 1

俄罗斯灵魂 / 2

俄罗斯灵魂中的"永恒—村妇性"论 / 32

战争与知识分子的意识危机 / 46

黑葡萄酒 / 53

亚细亚的与欧罗巴的灵魂 / 59

论空间对俄罗斯灵魂的统治 / 65

中央集权制与民族的生活 / 72

论神圣与正直 / 77

俄罗斯人对待理念的态度 / 84

第二章
| 民族性问题（东方与西方） / 93

　　民族性与人类 / 94

　　民族主义和弥赛亚主义 / 103

　　民族主义和帝国主义 / 112

　　欧洲的终结 / 119

　　创造性的历史思想的任务 / 129

　　斯拉夫主义和斯拉夫理念 / 137

　　宇宙的和社会学的处世态度 / 146

第三章
| 其他民族的灵魂 / 153

　　巴黎的命运 / 154

　　俄罗斯的和波兰的灵魂 / 161

　　日耳曼主义的宗教 / 168

第四章
| 战争的心理学和战争的意义 / 177

　　关于战争本性的思考 / 178

　　论残酷性与痛苦 / 186

　　论各民族斗争的真理和正义 / 192

在各民族生活中的运动和静止　/　198

　　论关于生活的部分的和历史的观点　/　204

第五章
政治和社会性的心理学　/　213

　　论政治中的抽象性和绝对性　/　214

　　社会生活中的词语与现实　/　221

　　民主制度与个性　/　228

　　精神与机器　/　235

第一章
俄罗斯民族的心理

俄罗斯灵魂

一

世界大战尖锐地提出了俄罗斯的民族自觉问题。俄罗斯民族的思想界感到有必要、有责任揭开俄罗斯之谜，理解俄罗斯的理念，确定它在世界上的任务和地位。当今之世，大家都感到，俄罗斯面临着伟大的世界性任务。但是，与这种深刻的感觉相伴随的是一种不可界定，几乎无法明确的意识。很久以来就有一种预感：俄罗斯注定负有某种伟大的使命，俄罗斯是一个特殊的国家，它不同于世界上任何别的国家。俄罗斯民族的思想界感到，俄罗斯是神选的，是赋有神性的。这种情况起自莫斯科是第三罗马的古老理念，衍经斯拉夫主义，而绵延至陀思妥耶夫斯基、弗拉基米尔·索洛维约夫，再赓续到现代的斯拉夫主义。在这一思想理路中掺杂了许多虚假的事物。然而，其中也反映了某种真正民族的东西、真正俄罗斯的东西。倘若一个人并非生来就负有重要使命的话，他不可能一辈子都在体验某种特殊的、伟大的使命，并且在精神振奋的时候强烈地意识到它。这不仅在生物学上是不可能的，而且在整个民族的生活中也是不可能的。

俄罗斯还不能在国际生活中起决定性作用，它甚至还没有真正进入欧洲人的生活。在国际和欧洲的生活中，伟大的俄罗斯仍然还是一个边远的省份，它的精神生活是隔绝而闭塞的。世界还不了解俄罗斯，所接受的是一个被歪曲过的俄罗斯形象，对它下着片面而肤浅的判断。俄罗斯的精神力量还没有成为欧洲人内在的文化生活。对于文明的西方社会而言，俄罗斯还是完全不可知的，是某种异己的东方，时而以其神秘迷惑人，时而以其野蛮而令人厌恶。甚至如托尔斯泰和陀思妥耶夫斯基之吸引西方文明社会，也仿佛是一种异国风味的食品，有着西方人所不习惯的辛辣。俄罗斯的东方以其神秘的深度吸引着西方的许多人。但是，承认基督教东方精神生活和西方精神生活的平等的时刻尚未来临。西方并没有感到，俄罗斯的精神力量可以决定和改变西方的精神生活，托尔斯泰和陀思妥耶夫斯基正在为了西方本身而取代其内部的思想主宰地位。唯有少数的有识之士看清了来自东方的光辉。俄国早已被承认为伟大的强国，它应当受到世界各国的尊重，它在国际政治中起着重要作用。但俄罗斯的精神文化还没有在世界上占有伟大强国的地位。而这种精神文化才是生活的核心，国家机器不过是表面的外壳和工具而已。俄罗斯精神还不能向其他民族提出俄国外交所能提出的条件。斯拉夫人种还没有取得拉丁人种或日耳曼人种在世界上的那种地位。而这一点在当前这场伟大战争之后会起根本的变化，这场战争是东方人和西方人前所未有的接近与融合。伟大的战争将导致东西方的大联合。俄罗斯的创造精神终究会在世界精神舞台上赢得伟大强国的地位。在俄罗斯的精神内部所发生的东西，将不再是地方性的、个别的和闭塞的，而要成为世界的和全人类的：既是东方的，又是西方的。对此，俄罗斯潜在的精神力量早已有了准备。1914年的战争比1812年的战争更深刻、更强烈地把俄罗斯引进了世界生活的漩涡之中，并且，把东欧和西欧联合了起来。已经可以预见，由于这场战争的结果，欧洲在什么程度上承认俄罗斯对自己的内在生活的精神影响，俄罗斯就会在什么程度上彻底地成为欧洲。在世界历史上，以俄罗斯为首的斯拉夫人种在人类生活中起着决定作用的时刻也就来临了。穷兵黩武的帝国主义政策将使先进的日耳曼人种消耗殆尽，西方很多敏感的人们已经预料到斯拉夫民族是负有使命的。但是，要完成俄罗斯的世界性任务，不能依靠历史自发力量的独断专行。民族理性与民族意志的创造性努力是必不可少的。西方各民族终究会被迫看到俄罗斯出类拔萃的面貌并承认其使命。但是，有一点仍然不太清楚，亦即我们自己是否意识到了什么是俄罗斯，俄罗斯的使命是什么。对我们自己来说，俄罗斯仍是一个不解之谜。俄罗斯是矛盾的，是二律背反的。俄罗斯精神是任何学说所无法解释的，丘特切夫如是评述自己的俄罗斯：

俄罗斯并非理智可以悟解，
普通的尺度无法对之衡量：
它具有的是特殊的性格——
唯一适用于俄罗斯的是信仰。

确实可以说，俄罗斯是理智无法企及的，是任何一种理论和学说都不能加以衡量的。而每个人都在按自己的方式信仰着俄罗斯，

第一章 俄罗斯民族的心理

每个人都能在俄罗斯充满悖论的存在中找到事例来支持自己的信仰。唯有立刻承认俄罗斯的悖论性，它那骇人的矛盾性，才有可能揭开隐藏在俄罗斯灵魂深处的那个秘密。那时，俄罗斯的自我意识才能摆脱虚假臆造的理想化，摆脱令人厌恶的自吹自擂，也同样可以从世界主义软弱无力的否定和异族奴役中解放出来。

俄罗斯的存在之矛盾总是能够在俄罗斯文学和俄罗斯哲学思想中找到反映。俄罗斯的精神创造和俄罗斯的历史存在一样，具有双重性。这表现得最为明显的是在我们民族最典型的思想体系——斯拉夫主义中和我们最伟大的天才——陀思妥耶夫斯基，这个俄罗斯人中的俄罗斯人身上。俄罗斯历史的一切悖论和二律背反都在斯拉夫主义和陀思妥耶夫斯基那儿留下了烙印。陀思妥耶夫斯基的面孔，如同俄罗斯的面孔一样，具有双重性，激发着一些相互对立的情感。无限的深邃和非凡的崇高与某种低贱、粗鄙、缺乏尊严、奴性混杂在一起。对人无限的爱，真诚的基督之爱，与仇恨人类的残忍结合在一起。对基督（宗教大法官）的绝对自由的渴望与奴性的驯服和平共处。难道俄罗斯本身不也是这样吗？

俄罗斯是世界上最无国家组织、最无政府主义的国家。俄罗斯民族是最不问政治的民族，从来不会管理自己的土地。一切我们真正的俄罗斯的、民族的作家、思想家、政论家无一例外地全是反对国家组织的人，全是我行我素的无政府主义者。无政府主义是俄罗斯的精神现象，它表现为各种不同的形式，既属于我们的左派，也属于我们的右派。斯拉夫主义者和陀思妥耶夫斯基实质上与巴枯宁和克鲁泡特金一样，也是无政府主义者。俄罗斯的这种无政府主义性质在列夫·托尔斯泰的宗教无政府主义中得到了典型的体现。俄罗斯知识分子，尽管沾染了肤浅的实证主义思想，在反对国家组织这点上依然是纯粹俄罗斯的。其中最优秀的、最英勇的一部分追求着绝对的自由和真理，这是任何国家制度所不能接纳的。我国的民粹派，这种西方所陌生的、典型的俄罗斯现象，便是一种反对国家组织的现象。而俄罗斯的自由主义者与其说是国家制度的拥护者，不如说是人道主义者。没有人愿意要政权，大家像害怕污秽一般害怕政权。我们专制政体的东正教思想体系，同样是反对国家组织的精神现象，标志着人民和社会对国家生活的拒绝。斯拉夫主义者意识到，他们关于专制政体的学说是一种否定国家的独特形式。任何国家机构都是实证主义的和理性主义的。俄罗斯灵魂企冀的是神圣的社团组织，神授的权力。俄罗斯民族具有远离世俗事务和世俗幸福的苦行主义天性。在对待国家的态度上，我们的左派和革命派与右派和斯拉夫派并没有很大的区别，因为他们都包含了大量的斯拉夫主义和苦行主义的精神。诸如卡特科夫和乞切林这样坚持国家组织的思想家，仿佛永远是非俄罗斯的，是俄罗斯土地上的异乡人，而处理国家事务的官僚机构也似乎是非俄罗斯的，国家事务似乎不是俄罗斯式的活动。关于要求外国人——北欧诺尔曼人来管理俄罗斯的土地的一个意味深长的传说，构成了俄罗斯历史的基础。"我们的土地辽阔而肥沃，但它没有秩序。"这多么典型地说明俄罗斯民族不能也不愿自己在自己的土地上建立秩序的宿命！似乎俄罗斯人民与其说要国家，要在国家中享有自由，不如说要摆脱国家的自由，要摆脱操心世事的自由。俄罗斯人民不想成为男性的建设者，它的天性是女性化的、被动的，在国家事务中是驯服的，它永远期待着新郎、丈夫和统治者。俄罗斯是驯服的、女性的土地。在对国家政权的关系上，是被动的、软弱的女性温柔——这是俄罗斯人民和俄罗斯历史的特点。多灾多难的俄罗斯人民的忍耐力是无限的。就反对国家组织的俄罗斯人民而言，国家政权永远是外在的，而非内在的准则；它不是由其内部形成的，而是自外部进入的，如同新郎向新娘走来一样。所以，政权经常给人以一种仿佛它是异国的政权，是德国人的统治的印象。俄国激进派和俄国保守派同样认为，国家——那是"他们"，而不是"我们"。值得注意的是，在俄罗斯历史上从未存在过骑士阶层这一相当男性化的因素。与此相联系的是，在俄罗斯生活中，个性因素没有得到充分的发展。俄罗斯人民永远喜欢生活在集体的温暖之中，生活在与大自然的亲密无间之中，生活在母亲的怀抱之中。骑士阶层锻造了个性的尊严感和荣誉感，造就了个性的坚韧不拔。俄罗斯历史并没有造就这种坚韧不拔的个性。俄国人的体态肥胖，俄国人的脸型没有棱角分明的轮廓。托尔斯泰笔下的普拉东·卡拉塔耶夫就是一个圆滚滚的胖子。俄罗斯的无政府主义是女性的，而非男性的；是消极的，而非积极的。至于巴枯宁的暴动，则陷入了俄罗斯混乱的自发势力。俄罗斯的反对国家组织不是为自己争取自由，而是献出自己的自由，是对主动性的摆脱。俄罗斯人民希望成为一块待嫁的土地，等待着丈夫的到来。俄罗斯的所有这些属性都成为斯拉夫主义历史哲学和斯拉夫主义社会理想的基础。但斯拉夫主义历史哲学不想知道俄罗斯的二律背反，它只重视俄罗斯生活的正题，忽视了其中还存在着的反题。倘若俄罗斯只有我们刚才所谈论的那些东西，它就不会那么神秘了。俄罗斯的斯拉夫主义历史哲学没有解释俄罗斯变成世界最大帝国的谜团，即使偶有解释，也过于简单。斯拉夫主义最根本的错误就是，他们把俄罗斯的自发势力的自然、历史的特征看作了基督教的美德。

俄罗斯是世界上最国家化、最官僚化的国家，在俄罗斯的一切都可能转化成政治的工具。俄罗斯人民创造了世界上最强的工具，最大的帝国。从伊凡一世起，俄罗斯就坚持不懈地集聚起来，终于达到了令世界各个民族极为震惊的规模。人们不无理由地认为，俄罗斯人民是专注于内在的精神生活的；然而，他们的力量却交给了将一切转化为工具的庞大的国家机器。建立、维持和捍卫庞大的国家的需要，在俄罗斯的历史上占据着十分特殊、压倒一切的地位。俄罗斯人民几乎不再有余力从事自由的、创造的活动，所有血液都在为巩固和保卫国家而流动。阶级与阶层的发展较弱，并不曾起到它们在西方国家的历史上所起的作用。国家总是提出力不胜任的要求，个性被庞大的国家规模所压抑。国家机构的规模达到了骇人听闻的地步。俄罗斯国家担负着警戒和防御的职能。它是在与鞑靼人的斗争中、在动乱时期里、在反异族入侵中锻炼出来的。它变成了独立自在的因素；它有自己的生存方式，按自己的规律活动着，不愿成为民族生活的隶属现象。俄罗斯的这一特点给俄罗斯的生活打下了阴郁和压抑的烙印。人的创造力不可能得到自由的发挥。俄罗斯生活里的官僚政权是内部遭受到的异族入侵。异族特征似乎有机地侵入了俄罗斯国家机构，控制了俄罗斯的那种女性的、被动的自发势力。俄罗斯选错了自己的未婚夫，嫁错了丈夫。俄罗斯人民为了缔造俄罗斯国家作出了伟大的牺牲，洒下了多少鲜血；可是，自己在广袤无垠的国家里却仍然处于无权的地位。在西方和资产阶级意义上的帝国主义是与俄罗斯人民格格不入的，但是，俄罗斯人民顺从地致力于建立他们对之漠然置之的帝国主义。俄罗斯历史和俄罗斯灵魂的秘密正在于此。任何一种历史哲学，无论是斯拉夫主义，还是西欧主义，都还不能猜破：为什么一个最无国家观念的民族竟建立了如此庞大而强有力的国家机器？为什么一个最无政府主义的民族竟会如此顺从官僚统治？为什么一个精神自由的民族竟不企求自由的生活？这个秘密来自俄罗斯民族性格中的女性因素和男性因素的特殊的相互关系。那同样的二律背反渗透于俄罗斯的全部生活之中。

秘密的矛盾还存在于俄罗斯和俄罗斯意识对民族性的态度之中，这是第二个二律背反，其意义并不次于对国家的态度。俄罗斯是世界上最没有沙文主义的国家。民族主义在我们这里总是给人留下某种非俄罗斯的、外来的、异国风尚的印象。德国人、英国人、法国人——基本上都是沙文主义者和民族主义者，他们充满了民族的自信和自满。俄国人都羞于承认他们是俄国人；他们没有民族的自豪感，甚至还往往没有民族尊严。唉！俄罗斯人民不具有侵略性的民族主义，没有将俄罗斯化强加于人的倾向。俄罗斯人不抛头露面，不自我炫耀，不鄙视他人，在俄罗斯的天性中确实存在着西方民族所陌生的某种民族无私心理和牺牲精神。俄罗斯知识分子永远憎恶民族主义，如同对待妖孽一般鄙弃它。他们只信奉超民族主义的理想。知识分子的世界主义学说，无论如何肤浅，无论多么平庸，毕竟反映了，尽管是歪曲地反映了，俄罗斯人民的超民族主义和全人类精神。被社会抛弃的知识分子，在某种意义上说，比我们的资产阶级民族主义者更具有民族主义色彩，后者的嘴脸和所有资产阶级民族主义者没有什么两样。具有另一种非知识分子精神的人——

民族的天才列夫·托尔斯泰是真正的俄罗斯人,他具有克服一切民族局限性、卸除民族躯壳的一切重压的宗教式渴望。斯拉夫主义者也不是通常意义上的民族主义者。他们愿意相信,基督教的全人类精神存活在俄罗斯人民身上,因而他们推崇俄罗斯人民的温顺。陀思妥耶夫斯基直截了当宣称,俄罗斯人即人类,俄罗斯精神即宇宙精神。他对俄罗斯的使命的理解是不同于民族主义者的。最新阶段的民族主义无疑是俄罗斯的欧洲化,在俄罗斯土壤上的保守的西欧主义。卡特科夫,这个民族主义思想家,是一个西欧主义者,从来不是俄罗斯民族精神的代言人。卡特科夫是某种异己的国家观念、某种"抽象原理"的辩护士和奴仆。超民族主义、普济主义,正如反国家组织、无政府主义一样,是俄罗斯民族精神的本质属性。在俄罗斯,民族性恰恰是它的超民族主义,它与民族主义的绝缘。在这方面,俄罗斯是独特的,它不同于世界上任何国家。俄罗斯的使命是成为各民族的解放者。这一使命存在于它特殊的精神之中。俄罗斯的世界性任务的正义性已被历史的精神力量所预先设定。俄罗斯的这一使命已在当前的战争中表现了出来。俄罗斯并没有自私的企图。

关于俄罗斯的一个论题就是这样,提出这个论题是有理由的。但是,也有一个同样可以论证的反命题。俄罗斯是世界上最民族主义的国家,民族主义空前肆虐的国家,推行俄罗斯化高压统治下的各民族的国家,民族自大的国家,是包括世界性的基督教在内,一切都被民族化的国家,它以为自己是唯一负有使命而否定整个欧洲的国家,在它看来,欧洲已经腐化,是魔鬼的产物,注定应该毁灭。俄罗斯温顺的反面是异常的俄罗斯自负。最温顺的,也就是最伟大的、最强壮的、唯一负有使命的。"俄罗斯的",也就是虔诚的、仁善的、本真的、神圣的。俄罗斯——即"神圣的罗斯"。俄罗斯有罪,但有罪的俄罗斯仍然是一个神圣的国家——圣徒们的国家,献身于神圣理想的国家。弗·索洛维约夫曾经嘲笑俄罗斯竟然相信所有的圣徒都说俄语的民族自负心理。同是那个陀思妥耶夫斯基,曾经宣扬全人类一体和呼唤世界精神,却鼓吹最残忍的民族主义,中伤波兰人和犹太人,否认欧洲有成为基督教世界的一切权利。俄罗斯的民族自负总是表现为俄罗斯认定自己不仅是最基督教化的国家,而且还是世界上唯一的基督教国家。天主教根本不被承认为基督教。这也就是一直错误地对待波兰问题的宗教原因之一。俄罗斯,就其精神而言,负有解放各个民族的使命,却往往成了它们的压迫者,因而,总是招致敌意和猜忌,迄今还有待于我们克服。

俄罗斯历史显示了全然独特的景象——把自己规定为世界性宗教的基督教教会被完全民族化。宗教民族主义是典型的俄罗斯现象。我们的古老信徒派便完全为它们所浸润。但是,同样的民族主义也统治着主要的教会。即便是永远把俄罗斯提升到世界性位置的斯拉夫主义思想体系中也渗透着那种民族主义。基督的世界精神,男性的世界逻各斯被女性的民族自然力所征服,被有异教渊源的俄罗斯土地所征服。这样就形成了溶解于大地母亲,溶解于民族的集体自然力,溶解于动物的温暖中的宗教。俄罗斯的宗教信仰是女性的宗教信仰,是集体温暖中的宗教信仰,而这种温暖却被体验为一种神秘的温暖。在这种宗教信仰中,宗教的个人因素发展很弱;这种宗教信仰害怕脱离集体的温暖而经历个人的宗教信仰的炼狱之火。这样的宗教信仰拒绝男性的、积极的精神之路。这与其说是基督的宗教，倒不如说是圣母的宗教、大地母亲的宗教、照亮肉体生活的女神的宗教。瓦·罗扎诺夫，就某种意义而言，是俄罗斯的这种亲情血缘的宗教和安逸舒适的宗教的天才代言人。对俄罗斯人民来说，大地母亲就是俄罗斯。俄罗斯成了圣母。俄罗斯是孕育神祇的国家。这种女性的、民族自然力的宗教信仰应该寄托于丈夫们，他们将承担精神主动性的重负，带上十字架，进行精神的引导。俄罗斯人民在自己的宗教生活中委身于圣人，委身于长老，委身于丈夫，对待他们如同面对神像一般顶礼膜拜。俄罗斯人民甚至不敢设想圣者是可以模仿的，神圣不过是内在的精神之路——这可是过于男性化、过于放肆了。俄罗斯人民所希望的与其说是神圣，不如说是在神圣面前的崇拜和虔敬，仿佛他们希望的不是政权，而是把自己奉献给政权，把整个重担转移给政权。大多数俄罗斯人是懒于进行宗教攀登的，他们的宗教感是平原式的，不是高原式的；集体的顺从使得他们要比个体的宗教锤炼更轻松，比牺牲掉温暖舒适的民族自然生活更轻松。这一份集体生活的温暖与舒适是对俄罗斯人民之驯顺的褒奖。这就是俄罗斯的民族主义宗教的土壤。其中掺和着前基督教精神的宗教自然主义和个性与自由的宗教等因素。基督爱本身是精神性的，是与肉体和血液的关系相对立的，却被归化进这种宗教信仰，演变成面向"自己的"人的爱。于是，肉体的宗教，而非精神的宗教，借此得到了巩固，宗教唯物主义的堡垒也借此保存了下来。在一望无际的俄罗斯平原上高耸着许多教堂，挺立着无数圣者和长老。但这片土壤仍是自然主义的，生活仍是异教的。

弗·索洛维约夫为俄罗斯意识所完成的伟大业绩，首先应该看到的便是他对宗教民族主义的无情批判，他对基督的世界精神的永恒呼唤，把基督精神从民族自然力、自然主义的自发势力的迷恋中拯救了出来。弗·索洛维约夫在反对宗教民族主义这一点上过于倾向天主教，但他的基本意图和动机的伟大真理是无可怀疑的，终将被俄罗斯所接纳。弗·索洛维约夫是反对俄罗斯生活的民族主义反命题的一剂真正的解毒剂。他的基督真理在解决波兰和犹太问题上永远应该与陀思妥耶夫斯基的谬论相对照。宗教民族主义引向宗教的国家式奴役。宗教作为精神的、神秘的机构，服从于德国模式的东正教最高会议政权。俄罗斯谜样的二律背反存在于总是与男性因素和女性因素模糊的相互关系有关、与个性的不充分和未展开有关的对待民族性的态度上，存在于负有使命成为大地的新郎和女性自然力的荣耀的丈夫，而非后者的奴隶的基督身上。

那种谜样的二律背反在俄罗斯随处有迹可循，可以建立无数有关俄罗斯特性的命题与反命题，揭开俄罗斯灵魂中的许多矛盾。俄罗斯是一个精神无限自由的国家，是一个流浪着寻找上帝之真的国家。俄罗斯是世界上最少资本主义成分的国家，其中没有俄罗斯人所反感和疏离的那种顽固的西方的小市民习气。陀思妥耶夫斯基，称得上是研究俄罗斯的灵魂的范例，在自己关于宗教大法官的惊心动魄的逸闻中，他就是基督身上大胆无畏的自由的预言家，尽管这是一则世间无人能确信的逸闻。作为某种俄罗斯性格的精神自由的确立永远是斯拉夫主义的本质特征。斯拉夫主义者和陀思妥耶夫斯基总是把俄罗斯民族的内在自由，它那任何尘世幸福都无法兑换的有机的宗教自由，与各民族的内在不自由和外在的被奴役相对照。在俄罗斯人民中间，唯有那些不过分地为尘世利益和尘世幸福的渴望所吞噬的人，才能真正获得精神的自由。俄罗斯是一个非常自由的国家。这种自由是那些被小市民习气束缚住了的西方先进民族所陌生的。唯有在俄罗斯才没有资本主义礼俗的绝对权威,没有小市民家庭的独断专行。精神极为轻松的俄罗斯人能够克服一切资产阶级习性,摆脱一切习惯的东西、一切程式化的生活。对俄罗斯而言,一个漫游者的形象是那么富有个性、那么光彩照人。漫游者是大地上最自由的人。他漫游在大地上,但他的自然本性却如空气一般轻盈。他并非在大地上成长起来的,他是超尘脱俗的。漫游者独立于"世界"之外,整个尘世与尘世生活都被压缩成为肩膀上的一个小小的背包。俄罗斯民族的伟大和它对最高生活的使命都集中于漫游者的形象上。漫游者的俄罗斯典型不仅在人民的生活中,而且在文化生活中、在知识分子精英的生活中也找到了体现。在此,我们熟悉了不依附于任何事物的精神自由的流浪汉,寻找无形之城的永恒旅人。在伟大的俄罗斯文学里可以读到不少关于他们的小说。在文化的、知识分子的生活中,漫游者有时被称为俄罗斯大地的流浪者,有时被称为背弃者。他们在普希金和莱蒙托夫那里便已存在,然后便是托尔斯泰和陀思妥耶夫斯基。拉斯柯尔尼科夫、梅什金、斯塔夫罗金、维尔西罗夫、安德烈公爵与彼埃尔·别祖豪夫都是精神漫游者。漫游者没有自己的城池,他们寻找未来的城池。弗·索洛维约夫总是感到自己不是这片大地上的庸人和小市民,而只是一个没有自己家园的外来人和漫游者。斯考伏罗特,18世纪一位民间的漫游者和智者,也同样如此。精神漫游出现在莱蒙托夫那里,出现在果戈理那里,出现在托尔斯泰和陀思妥耶夫斯基那里;另一方面,它出现在按自己的方式追求绝对,越出一切正统的和可见的生活之界限的政府主义者和革命者那里。精神漫游甚至出现在俄罗斯教派

第一章 俄罗斯民族的心理

主义中，在神秘主义的民族渴望中，在为了"迷醉精神"的狂乱愿望中。俄罗斯是一个精神沉醉的国家，是鞭笞派教徒的、自焚派教徒的、反正教仪式派教徒的国家，是康特拉季·塞利瓦诺夫和葛利高里·拉斯普金的国家，是冒名为王者和普加乔夫们的国家。俄罗斯的灵魂并不是静止不动的，这不是小市民的灵魂，不是部分的灵魂。在俄罗斯，民族的灵魂中存在着某种无限的探索，对基德希的无形城池、看不见的家园的探索。在俄罗斯灵魂面前敞开着它那精神的眼睛都不能划出地平线的远方。在寻找真理，绝对的、神性的真理，希望拯救世界，让万物朝向新生命的复活的火焰中，俄罗斯灵魂正在燃烧着。这颗灵魂永远为人民和整个世界的苦难而忧伤，这是一种难以遏制的痛苦。对有限的、可咒的、关于生命意义的问题的破解吞噬着这颗灵魂。在俄罗斯的灵魂中存在着动荡和不驯，存在着一切暂时的、相对的和有条件的事物都难以消除的贪婪和不满。这一切愈来愈走向终结，走向极限，走向脱离这个"世界"、这块土地的，脱离一切地方性、小市民习气、固定事物的出口。已经有人不止一次地指出，俄罗斯无神论本身就具有宗教性。情绪化的知识分子在唯物主义思想的名义下英勇地走向死亡。如果能够看到他们在唯物主义的外表下追求绝对存在，便会对这一奇怪的矛盾感到释然。斯拉夫的骚动是火热的、燃烧的自然力，这是其他种族所陌生的。至于巴枯宁，他在自己烧尽一切陈旧东西的世界烈火中，依然是俄罗斯的、斯拉夫式的，依然是一个弥赛亚主义者。关于俄罗斯灵魂的命题之一便是如此。俄罗斯人民的生活，及其神秘主义教派、俄罗斯文学、俄罗斯思想、俄罗斯作家的恐怖命运、背离本土同时又典型地是民族性的俄罗斯知识分子的命运等等，都给我们以根据证明那个命题：俄罗斯是无限自由的、精神幽远的国家，是漫游者、流浪汉和探索者的国家，是自发地狂乱和恐怖的国家，是不需要形式的狄奥尼索斯民族精神的国家。

接下来就是那个反命题，俄罗斯是一个骇人听闻的奴性和驯顺的国家，是失去了对个体权利的知觉和不会维护个体尊严的国家，是怠惰的保守主义的，宗教生活为政府所役使的国家，是古板的生活和沉重的肉体的国家。俄罗斯是背负着沉重肉体的商人的国家，保守的停滞的贪财者的国家，除了土地便别无他求，完全外在地和自私地接受基督教的农民的国家，沉浸在物质主义生活里的僧侣的国家，繁文缛节的国家，思想怠惰和保守，受最表象的唯物主义思想感染的知识分子的国家。俄罗斯害怕美，害怕近乎豪华的美，不希望任何奢侈。俄罗斯是那么滞重，那么懈怠，那么懒惰，那么沉溺于物质，那么苟安于自己的生活，简直无法挪移半点。一切我们的等级，我们的阶层，贵族、商人、农民、僧侣、官吏——全都不喜欢向上攀登；大家都宁愿停留在低洼地和平原上，做一个"和大家一样的人"。个性在机械的集体中到处受到扼杀。我们的社会底层丧失了法制感，甚至尊严感，不想要主动性和积极性，永远期望尾随他人背后去干什么。而我们的政治革命性也似乎是不自由的，在思想上是贫瘠和怠惰的。俄罗斯激进的民主主义知识分子，作为固定的一个阶层，精神很保守，对真正的自由很陌生；机械的平等思想比自由观念更容易打动他们。在另一些人看来，仿佛俄罗斯注定要受奴役，并没有通向自由生活的出口。可以想一想，个性不仅在保守的俄罗斯，而且在革命的俄罗斯都没有苏醒，俄罗斯依然是一个缺乏个性的集体国家。但必须理解的是，自古以来的俄罗斯集体主义不过是自然演变初级阶段的过渡现象，而非精神的永恒现象。

如何理解俄罗斯的这种谜样的矛盾，这种关于它的相互排斥的命题的同样可靠性？在此，与各处一样，涉及俄罗斯之魂的自由与奴役问题，涉及它的漫游与停滞的问题，我们逐渐接触到了男女关系的秘密。这种深刻矛盾的根源，是在俄罗斯精神和俄罗斯性格中男女两性的不融合。无限的自由转变成无限的奴役，永恒的漫游转变成永恒的滞留，其原因是男性自由未能从俄罗斯内部、从深处控制住女性的民族自然力。男性因素永远从外在等待着，个性因素不能在俄罗斯人民中间得到舒展。对异己力量的永恒依赖自此开始。在哲学术语中，这意味着俄罗斯永远感到自己的男性因素是先验的，而非自外植入的外在的。与此相关的是，一切男性的、解放的和定型的东西在俄罗斯，似乎是非俄罗斯的、西欧的、法国的、德国的或古希腊的。俄罗斯仿佛无力构造自由的生活，无力由自身造就个性。向私有土地的回归，向民族自然力的回归，那么轻易地在俄罗斯被奴性性格所接受，将之转为静止，变作反动。俄罗斯像一名新娘似的期待着那来自高空的新郎，但到来的不是有着婚约的新郎，而是一名德国官员来控制着它。在精神生活中控制它的，时而是马克思，时而是康德，时而是施蒂纳，时而是另一个异国丈夫。俄罗斯，一个如此独特、如此具有异常精神的国家，经常处在卑躬屈节地对待西欧的状态中。它并不向欧洲学习必需的和有益的东西，并不接纳对它有所救助的欧洲文化，而是奴性地屈从于西方，或者以粗野的民族主义反应猛烈抨击西方，拒绝文化。阿波罗神或男性形式的神祇根本不适合狄奥尼索斯式的俄罗斯。俄罗斯的狄奥尼索斯精神是蛮夷的，而非希腊的。在其他国家可以找到一切对立的东西，但唯有在俄罗斯，命题会转变为反命题：官僚主义的国家机构诞生于无政府主义，奴性诞生于自由，极端民族主义出自超民族主义。在这个没有出口的怪圈里唯有一个出口：在男性的、个体的、定型元素的精神深度里，俄罗斯向内在敞开；对个人的民族主义自然力的把握；男性的、发光的意识的觉醒。而我愿意相信，目前这场世界大战将把俄罗斯引出没有出口的怪圈，惊醒它身上的男性精神，向世界展示俄罗斯的男性面庞，建立东欧与西欧应有的联系。

二

如今，斯拉夫与日耳曼种族酝酿已久的世界性斗争终于爆发了。日耳曼风尚早已渗透进俄罗斯的深层，俄罗斯的国家机构和俄罗斯文化也已悄悄地日耳曼化了，俄罗斯的肉体与灵魂都被它们掌握着。而今，日耳曼风尚以战争的方式公开地向斯拉夫世界逼近。日耳曼种族是男性的，是自负和狭隘的男性的。日耳曼世界感觉到斯拉夫种族的女性味，便想道，自己应该统治这个种族和它的土地，唯有自己才能使这块土地走向文明。日耳曼风尚很早就已派出了自己的媒婆，拥有自己的代理人，认为与俄罗斯签订了婚约。俄罗斯历史的整个彼得堡时期都被笼罩在德国人内在的和外在的影响之下。俄罗斯人民几乎准备接受这一点：唯有德国人才能领导他们，使之文明化。需要一场完全独特的世界性惨剧，需要一次由日耳曼的傲慢自负所引起的疯狂，促使俄罗斯认识自己，摆脱自己的消极性，在自己身上激发起男性力量和感到自己负有成就尘世伟大事业

第一章 俄罗斯民族的心理

的使命。在与日耳曼种族的世界性斗争中不允许以一种斯拉夫的女性味和驯顺来应对。在受到日耳曼风尚鲸吞的威胁下，需要展示一副男性的面孔。斯拉夫世界与日耳曼世界的战争不仅仅是武装力量在阵地上的冲突，而是更为深刻的冲突，这是一场精神战争。为尘世间不同的精神而进行的斗争，是东西方基督教世界的冲突和融合。在这场伟大的、真正世界性的战争中，俄罗斯不可能不认识到自己。但它的自我认识应该也是它的自我纯净。自我认识必须以自我批判和自我揭露为前提。自吹自擂从来都不是自我认识，只不过是彻底的遮蔽。真正的自我认识的完全丧失和由自我吹嘘及自负所引起完全晦暗之突出的例子就是日耳曼。一个民族的男性的、发光的理性永远是批判式的，永远是对原有的黑暗和奴性的摆脱，永远是对自身混乱的自然力之控制。俄罗斯的自我认识应该首先从原有的民族自然力的影响和奴役中解放出来。而这就意味着，俄罗斯人民在对自己的土地的关系上，应该是男性化和发光的，应该控制土地，使它那混乱的自然力有序化。这就意味着那样做，人性应该统治自然性，而非自然性凌驾于人性之上。俄罗斯生活得过于自然化，那是一种人性不足的生活；它生活得过于原生态，那是一种个性不足的生活。个体的人性因素依然没有控制住大地无个性的自然力。这种历来就有的氏族生物学，俄罗斯把它作为历来就有的集体主义和神秘主义加以体验。而在另一些思想家身上，俄罗斯则看到了相对于西欧的优越性。大多数俄罗斯人信奉氏族血缘的宗教，而非精神的宗教，他们把血缘的、自然的集体主义与精神的、超自然主义的集体主义混同起来。但作为一个矛盾的秘密国家，俄罗斯暗含有先知精神，以及对新生活、新发现的预感。

在这个对俄罗斯理性而言的决定性时刻，必须清楚地和富于男性气概地意识到我们所面临的危险。战争不仅在物质上，而且在精神上会给俄罗斯带来巨大的益处。它正在激发人民与民族的统一之深刻的感情，克服内部的纷争和敌意，党派的小恩怨，显露俄罗斯的面貌，锤炼男性的精神。战争逐渐揭穿生活的谎言，抛弃伪装，颠覆虚假的神圣。它是伟大的显影剂。但它也随身携带着危险性。俄罗斯可能会沦为虚伪的民族主义和真正的德国沙文主义的俘虏。它可能会迷恋在精神上是非俄罗斯的、斯拉夫种族所陌生的统治世界之思想。战争随身携带着粗野的危险。俄罗斯首先要从对日耳曼的仇恨中解脱出来；从对邪恶和复仇的奴役情感中解脱出来；从对不过是另一种奴性形式的，全面否定敌方的精神文化中解脱出来。应该相信，一切将不再重演，但闭眼不见这些可能性并不明智。在俄罗斯民族主义的自然力中存在着某种成为俘虏、驯服于外在事物的危险性。或许唯有从一切迷恋，一切外在的、植入的、异己的臣服和奴役中解脱出来，亦即敞开自己的男性气概、内在世界、威严和创造的精神，俄罗斯才可能真正得以复活。战争应该解放我们俄罗斯人，使之脱离对日耳曼的奴性服从关系，脱离与欧洲的不健康的、不自然的关系，后者仿佛面对一个遥远的、外在的事物，时而施与充满激情的迷恋和幻想，时而感到雷击般的仇恨和恐惧。西欧和西方文化对俄罗斯来说将是内在的；俄罗斯最终将成为欧洲，因为那时它将在精神上是独立的、自足的。欧洲不再是文化的垄断者。在血的循环中牵涉世界各地和各个种族的世界大战，也应该在血的痛苦中产生全人类统一的坚强认识。文化不再是欧洲独立的，而将是世界的、宇宙的。而位于东方与西方的中介位置，兼具东西方特点的俄罗斯的使命,就是要在引导人类统一的过程中起到伟大的作用。世界大战活生生地把我们引导到俄罗斯的使命感问题上。

使命意识不是民族主义意识;它与民族主义针锋相对;这是一种宇宙意识。在犹太民族的宗教意识中,在以色列对自己的神选性和唯一性的体验中,使命意识拥有其根源。使命意识是为上帝所选中的民族之意识,这一民族体现为弥赛亚,通过它拯救世界。神选的民族是各民族中间的弥赛亚,是唯一负有弥赛亚使命和预定目标的民族。一切其他民族是低等的、未被选中的民族,是被赋予普通的、非神秘主义的命运的民族。一切民族都拥有自己的使命,自己的尘世目标,但唯有一个民族才可能为弥赛亚目标所选中。负有使命意识和重任的民族是如此独一无二,仿佛唯一的弥赛亚。弥赛亚意识是世界性的、超民族主义的。这一点与罗马帝国的教义相类似,后者也同样是宇宙性的、超民族主义的,古犹太的弥赛亚主义也同样如此。犹太人的这种自命全世界的使命意识与这个民族内部所显露、尽管受到抵制的弥赛亚的情形正好相符合。但是,自从基督教出现之后,古犹太人含义上的弥赛亚主义已在基督教世界中行不通了。对基督徒来说,既不存在希腊人,也不存在犹太人。在基督教世界里并不存在一个被上帝所选中的民族。基督是为所有民族而降临的,一切民族在基督教意识的审判面前都拥有自己的命运和遭际。基督教并不允许民族的特殊性和民族的自豪感,它指斥那种以为我的民族是高于一切民族,是唯一的宗教民族的意识。基督教是人类、全人类精神和世界性一统的最终确认。而这完全是天主教所认定的,尽管它与一定的现世—历史现象(教皇权势)有关联。使命意识是一种先知意识,使命的自我感觉是先知的自我感觉。其中有宗教生活的精华，这精华来自犹太民族。这种先知的使命感并未在基督教世界中消失，而是经过了变形和改造。所以，在基督教世界中，先知弥赛亚主义是允许的，某个民族的独特宗教使命是允许的，通过这个民族向世界报告新发现的信仰也是允许的。但基督教使命应该清除一切非基督教的东西，清除民族的骄傲和自负，清除旧犹太弥赛亚主义路上的混乱，这是一方面；清除新的特殊的民族主义，这是另一方面。基督教的使命意识不可能成为这样的证明：唯有俄罗斯拥有伟大的宗教使命，它是唯一的基督教民族，唯有它被基督教命运和基督教遭际所选定，而其余的民族是低等的、非基督教的、失去了宗教使命的。这样的自负里没有一点基督教的东西。在关于西方的腐朽和它缺少基督教生活的永恒歌当中也没有一点基督教的东西。基督教的那种犹太化将把我们从新约重新送回到旧约。基督教中的犹太化是一种潜在的危险，必须予以清除。而整个独特的宗教民族主义，整个的宗教—民族主义自负就是基督教中的犹太化。而在俄罗斯的基督教中存在着许多犹太化的因素，许多旧约的东西。

基督教的使命意识或许仅仅成为那种意识，在即将来临的世界性时代中，俄罗斯负有向世界说出新词的使命，如同拉丁世界和日耳曼世界说过的一样。以俄罗斯为代表的斯拉夫种族应该发掘自己的精神潜力，展示自己的先知精神。斯拉夫种族正在替代那些曾经发生过作用，而今已在衰落的种族；这是未来之种族。一切伟大的民族都贯穿着使命意识。这是与特别的精神高涨时期相吻合的，这时历史的命运赋予该民族去完成某些对世界而言伟大和崭新的东西。那样的使命意识曾经出现在19世纪的德国。而今天，我们正面

第一章　俄罗斯民族的心理

临着德国弥赛亚主义的终结，面临着它的精神力量的完全衰竭。在基督教历史上没有唯一的、被上帝选中的民族，但各个民族在各个时代都可能被选择去完成伟大的使命，从事精神发现。在俄罗斯早已萌生了先知的预感，它负有伟大的精神发现的使命。世界精神的中心转移到它这里的那个历史时刻即将来临。这不是犹太的弥赛亚主义。那种先知感并不排斥其他民族的伟大选择和使命；它不过是基督教世界一切民族所创造的事业的继续和充实。这种俄罗斯使命意识曾经被异教的自然力所遮蔽和迷惑，被犹太主义意识所歪曲。俄罗斯意识应该从这种异教的和犹太的迷惑中净化和解脱出来。而这意味着，俄罗斯思想和俄罗斯生活应该从不仅是官员的，而且是老百姓的已死和垂死的斯拉夫主义中解放出来。在斯拉夫主义中存在着永远有益于反对西方派的真理。这些应该保持下去。但还有许多谬论和谎言，许多物质生活中的奴性，许多"夸大其词的欺骗"和许多阻碍精神生活的理想主义。

俄罗斯不能像东方那样限制自己，站在西方的对立面。俄罗斯应该意识到自己也是西方，是东西方的综合，是两个世界的联结点，而非分界线。弗·索洛维约夫从精神上结束了旧斯拉夫主义，结束了虚假的民族主义和独特的东方主义。在弗·索洛维约夫的业绩之后，基督教宇宙主义应该被认作意识的终极证明。一切党派分裂主义本质上都违反基督教的原意。俄罗斯的东方自然力的特殊统治永远是女性自然元素的奴隶，将在时而反动、时而革命的混乱王国中终结。俄罗斯，如同自我肯定的东方，是自足的和特殊的——这意味着在自然力因素中男性的、人的和个性的奴役的、民族血缘的、传统习俗的因素之未敞开性和未显露性。在宗教意识中这意味着相对的和肉体的东西之绝对化和神明化，民族机体的动物温情的满足。俄罗斯的永恒诱惑和巨大危险就在于此。斯拉夫人的女性化造就了他们神秘的灵敏，擅长于倾听内在的声音。但女性自然力的特殊统治妨碍着他们完成自己在尘世的使命。俄罗斯的弥赛亚主义需要男性精神，倘若没有它，将会一次又一次地落入那期待着自己的醒悟和定型的俄罗斯土地迷人而紧张的自然力之中。但斯拉夫主义的终结也就是西方派的终结，东方与西方的矛盾的终结。西方派意味着对待西方的某种不健康和非男性的关系，某种不自由和无法感受到自己的积极力量的状态，这对西方本身也是如此。俄罗斯的自我觉悟既不是斯拉夫主义的，也不是西方派的，这是因为两种形式都意味着俄罗斯民族的不完善，以及它相对于世界生活、世界作用的不成熟。在西方那里不可能存在西方派，那里有关西方是某种高级状态的幻想是不可能出现的。高级状态不是西方，如同并非东方一样；它不是任何地域和物质的东西所限定的。世界大战将消除"俄罗斯是特殊的东方""欧洲是特殊的西方"的存在。人类将挣脱出这些限制。俄罗斯将作为一种决定性力量返回世界生活。但俄罗斯的世界性作用被假定为对人的创造积极性的激发，从消极性和溶解性中挣脱出来。在总是呈现双重性的陀思妥耶夫斯基那里已经存在着有关人的发现，有关特别强烈的人类学意识的预言。真正的俄罗斯弥赛亚主义是以宗教生活的解放，从民族和国家对精神生活的特殊桎梏中的解放，从一切对物质生活的黏着中的解放为前提的。俄罗斯应该经历个性的精神解放。俄罗斯的弥赛亚主义首先应该倚靠的是俄罗斯的漫游、流浪和探索，倚靠俄罗斯精神的躁动和不满，俄罗斯的先知性，倚靠没有自己的城池、寻找未来城池的俄罗斯人。

第一章 俄罗斯民族的心理

俄罗斯弥赛亚主义与平庸、怠惰和保守的俄罗斯人毫不相关,与沉溺于自己的民族躯壳中的俄罗斯人毫不相关,与保存着自己的繁文缛节的俄罗斯人毫不相关,与满足于自己的城池、异教的城市,害怕未来的城池的俄罗斯人毫不相关。

斯拉夫与俄罗斯的神秘主义的独特之处,就在于对上帝之城、未来之城的寻找,在于对天堂的耶路撒冷降临大地的期待,在于对普遍拯救和普遍幸福的渴求,在于启示的心境。这些启示的、先知的期待存在于俄罗斯已拥有自己的城池的矛盾情感之中,这城池就是"神圣的罗斯",而在这种平庸的、满足的情感基础上曾经形成了庄重的斯拉夫主义和正形成着我们东正教的宗教—民族主义思想体系。神父们的宗教,是对既成的东西的保存,是在俄罗斯精神中与先知的宗教——对未来的真理之寻找相排斥的。俄罗斯的根本矛盾便在于此。而如果可以把许多情境用作这个命题的辩护,俄罗斯主要是一个保护宗教圣物的国家,这就是它的使命;那么,也可以把相等的情境用作那个反命题的辩护,俄罗斯主要是一个具有宗教渴望、精神渴求、先知预感和期待的国家。俄罗斯的这一宗教悖论能够以陀思妥耶夫斯基为代表。他有双重面孔:一张面孔倾向于保存、巩固那种放弃真正生存的宗教—民族主义的生活;而另一张面孔是先知的,倾向于未来之城的,这是一个精神饥饿的形象。对俄罗斯而言,精神餍足和精神饥饿的矛盾和对立是基本的,许多俄罗斯的其他矛盾都由此可以得到解释。解释餍足就把自己被动地献给了女性的民族自然力。这并非上帝的食粮之饱足,而仍然不过是自然主义的饱足。精神的饥饿,对自然主义的民族食粮的不满足来说,是个体的男性因素的解放标志。我们在民族天才陀思妥耶夫斯基那里看到的那种矛盾，也同样能在俄罗斯人民生活中看到，这两种形象在其中清楚地显现着。精神的餍足，旧有东西的保存，基督教的世俗和外在—华饰的解释，是人民的宗教生活的一个形象。精神的饥饿，先知的预感，以及在我们的教派分子和古老信徒派的其他方面的在东正教顶峰的神秘主义沉思，在漫游之中，是人民之宗教生活的另一形象。俄罗斯神秘主义、俄罗斯的使命感与俄罗斯的第二形象相关，与它的精神饥饿和对尘世如同天堂的神之真理的渴求有关联。启示的心境深刻地把俄罗斯神秘主义与日耳曼神秘主义区别了开来，后者仅是沉入精神深处，从来不是向往着上帝之城，向往着终极，向往着世界的变形。但俄罗斯的启示心境强烈地倾向于消极性、观望和女性化。在此就显示出俄罗斯精神的特征来了。先知的俄罗斯灵魂感到自己渗透着神秘主义的激情。在人民的生活中，这采取了一种出自期待反基督的恐怖形式。近来这些真正的民族—宗教体验也渗透进了我们文化的宗教—哲学流派，却出现在反映的、过分风格化的、人工化的形式里。甚至宗教恐怖和惊惧的美学祭祀也已形成，仿佛神秘主义情绪的可靠征兆一般。其中又再次丧失了俄罗斯为完成世界性重任、为承担使命而最迫切需要的男性的、主动的和创造的精神。先知的俄罗斯应该由期待转向创造，由敏感的惊惧转向精神的果断。显然，俄罗斯的使命并不是面向安乐，面向肉体和精神的完善，面向巩固世界的旧躯壳。在它身上没有中介文化的创造才能，它应以此来与西方明显地区分开来，不仅以自己的落后，而且要以自己的精神与之相区别。

俄罗斯精神的秘密就在于此。这种精神指向最后的和终极的，指向一切方面的绝对存在，指向绝对的自由和绝对的爱。但在自然的—历史的发展过程中，充斥的是相对的和折中的存在。所以，俄罗斯对绝对自由的渴求在实践上过于经常引向相对的和折中的存在中的奴性，俄罗斯对绝对的爱的渴求则引向敌视和仇恨[①]。对俄罗斯人来说，在一切相对的和折中的存在中呈现某种虚弱、某种无能是非常典型的。而整个文化与社会生活的历史就处于相对和折中之中；它是非绝对和非极端的。由于上帝之国是绝对和极端的王国，俄罗斯人就轻易地把相对的和折中的东西交给了魔鬼之国的统治。这一特点是相当民族化—俄罗斯式的。俄罗斯难以达到相对的社会自由，并不仅仅因为俄罗斯天性中的被动性和沮丧情绪，而且还因为俄罗斯精神渴求着绝对的上帝之自由。所以，俄罗斯人就难以创造出绝对的文化。后者是次要的，而非终极的事业的中庸文化。在折中和相对里，俄罗斯人经常处于奴役之中，这便与下述情况相吻合，他们在终极和绝对里是自由的。在此，隐伏着一个斯拉夫主义最深邃的主题：斯拉夫派希望留给俄罗斯人民以宗教良知的自由、沉思的自由、精神的自由，而将整个余生奉献给无限地控制着俄罗斯人民的那股力量的权威。陀思妥耶夫斯基在"宗教大法官"的逸闻中庄严地宣告过精神的空前自由，基督身上的绝对宗教自由。而陀思妥耶夫斯基也同样预备着不仅驯服地认可，而且还要维护社会的奴性。按另外一种方式，那种俄罗斯特点也显示在我们的革命家—极端主义分子那里，他们要求在整个相对社会里的绝对性，却并不长于创造社会的自由。由此，我们从新的角度接近了俄罗斯的基本矛盾。这依然是俄罗斯自然力和俄罗斯精神深处的阴阳元素的

[①] 俄罗斯革命明显地暴露了俄罗斯式绝对性的全部危险。——原注

分裂。追求一切之中的绝对的俄罗斯精神，不能阳刚地控制相对的和中庸的范畴，它总是沉湎于外在力量的权威。如此，在中庸的维护中它永远预备着倾心于日耳曼主义、德国哲学和科学的权威。按中庸和相对的实质而言，在国家机构中也同样如此。俄罗斯精神企求一个绝对中的神圣国家和准备认同一个相对中的野蛮国家。它希望绝对生活中的神圣，唯有绝对神圣使它迷恋，而它也准备着与相对生活中的污秽和卑鄙友好相处。所以，"神圣的罗斯"永远拥有与粗野的罗斯相反的一面。俄罗斯仿佛永远希求天使和野兽，却不能竭力发现自己的人性。天使的神圣和野兽的鄙俗是俄罗斯民族永恒的摇摆，这是更为中庸的西方民族所陌生的。俄罗斯人陶醉于神圣，也陶醉于罪孽、鄙俗。不敢过分张扬的、温顺的特性是俄罗斯宗教意识十分典型的东西。在此可以感到对置身于民族躯壳的、置身于低洼的土地自然力之满足。俄罗斯精神中的先知使命感，它对绝对的渴求，对变形的渴求，也就这样转变为某种屈从性。我力图描述俄罗斯的一切矛盾，将它们纳入一个统一体。这是一条通向自我认知，通向俄罗斯为揭示伟大的精神潜能，完成它的世界重任所需的认识的道路。

人应该如何对待自己的土地，俄罗斯人应该如何对待俄罗斯土地呢？这就是我们的问题。祖国大地的形象不仅是母亲的形象，它也同样是人们以自己的逻各斯、自己的阳性闪光定型的元素可以使之有创造力的新娘与妻子的形象、孩子的形象。首先，人应该爱自己的土地，在它的一切矛盾中去爱，连带它的罪孽与缺失。没有对自己土地的爱，人就不可能创造，不可能控制土地。没有土地的自然力，阳性的精神是虚弱的。但人对土地的爱，不是人受土地的奴役,不是面对它的被动,不是沉溺和溶解于它的自然力中。人对土地的爱应该是阳刚的。阳刚的爱才是自然主义的倚赖之出路。在俄罗斯,过多地占据统治地位的不仅是物质生活中的自然经济。俄罗斯民族便是由自然经济的这个阶段痛苦地诞生的,而这个过程是病态的和苦难的。俄罗斯的背弃和流浪与这种接受高级形态时的自然主义血缘倚赖的断裂有关。这种断裂并非与祖国大地的断裂。而俄罗斯的背弃者和流浪汉依然是俄罗斯的、典型民族的。我们对灾难深重和自我牺牲的俄罗斯土地的爱,高过一切时代、一切关系和一切思想理论。俄罗斯的灵魂不是资本主义的灵魂,而是一颗绝不拜金的灵魂,仅凭这一点,它就可以得到无限的爱恋。俄罗斯在自己的巨大矛盾中,在谜样的二律背反中,在秘密的自然力中,依然是可贵的和可爱的。当战争开始的时候,大家都感到了这一点。

但俄罗斯自然力要求定型的和闪光的逻各斯。男性特征和个性(在西方已由骑士制度养成)锻炼之不足,是俄罗斯人、俄罗斯民族和俄罗斯知识分子最致命的不足。俄罗斯人对祖国土地的爱本身已经接纳了阻碍阳刚的和个性的精神之发展的形式。在这种爱的名义下,在投入母亲怀抱的名义下,俄罗斯的骑士因素被摧毁了。俄罗斯精神被民族母亲的密幕所包裹着,它隐没在一个温暖而湿润的躯壳里。众所周知的俄罗斯精神性,与这种温暖和湿润有关联,其中存在着肉欲的过度和精神的不足。但肉欲与血液并不属于永恒,唯有精神的俄罗斯才是永恒的。精神的俄罗斯唯有通过牺牲集体主义血缘的动物温暖中的生活这条道路才能得到揭示。唯有把它从黑暗的自然力的畸形奴役中解放出来,俄罗斯的秘密才能得到破解。许多东西将在世界灾难的净火中燃尽，世界与人的破旧外衣也被烧成灰烬。那时，俄罗斯的新生才能与精神之阳刚的、积极的和创造的道路，与人和民族内心的基督之发现相关联，而非与永远被迷惑、被奴役的固有的氏族自然力相关联。这就是精神之火战胜心灵躯壳的湿润和温暖。在俄罗斯，由于它总是倾向于绝对和终极的宗教特征，人性的因素不可能在人道主义的形式中，亦即非宗教式地得到体现。而在西方，人道主义耗尽、铲除了自己，西方人正面临着危机而寻找出路。俄罗斯不能在滞后的情况下重复西方的人道主义。在俄罗斯，人的发现可以仅仅是宗教的发现，仅仅是内在的，而非外在的人内心基督的发现。一切来自内在，而非外在的俄罗斯精神便是如此。斯拉夫的使命正是如此。就它而言，只有信仰不可能证明。俄罗斯民族首先需要呼吁的宗教之阳刚气，不仅要施之于战争，而且要施之于它应该成为自己土地的主人的和平生活。俄罗斯民族的男性化不同于日耳曼人那样，并不是与女性化完全区别、割裂开来。其中存在着一个特殊命运的秘密，怀着苦行主义灵魂的俄罗斯应该是伟大和强壮的。它不是以弱小，而是以强大来战胜这个尘世王国的诱惑。唯有强大的牺牲，唯有它在这世界上自由的毁灭，才能获救和赎罪。俄罗斯的民族自觉应该充分容纳这种二律背反。在自己的精神上和自己的使命上，俄罗斯民族是超国家和超民族的民族，在理念上不爱"世界"和"世界"的一切，但它又拥有一个强大的民族国家机构，为的是它的牺牲和背弃是自由的，是出自有力，而非出自无力。但俄罗斯生活的二律背反转变为达成阴阳调和的俄罗斯灵魂的内部，转变为铲除了自己秘密命运的内部。俄罗斯阳刚精神的发现不可能是中庸的西方文化的嫁接。俄罗斯文化可以是唯一终极的、唯一的文化界域之外的出路。阳刚精神潜在地植根于先知的俄罗斯中,在俄罗斯的漫游和俄罗斯对真理的寻找中。它内在地与俄罗斯大地的阴柔合为一体。

永恒的流浪者

俄罗斯灵魂中的"永恒—村妇性"论

一

罗扎诺夫的《1914年战争与俄罗斯的复兴》一书已经问世。这是一本出色和动人的著作。罗扎诺夫是当今首屈一指的俄语修辞学家,是一位闪烁着真正的天才之光的作家。罗扎诺夫懂得词的特殊的、秘密的生命,词组的魔法,具有对词的迷人的感受力。在他那里没有抽象的、僵死的、书面的词。所有的词都是活生生的、生物学的、有血有肉的。阅读罗扎诺夫的著作总让人感到惬意。人们很难用自己的语言来转述罗扎诺夫的思想。不过,他也没有什么思想。一切都被限制在词的有机生命里,根本无法与之相分离。词在他那里并不是思想的象征,而是肉体和血液。罗扎诺夫是个不同寻常的语言艺术家,不过,这仅仅在于他写作时没有阿波罗式的外在形式的意义上。在词的光彩夺目的生命里,他毫不犹豫、不加选择地给出了自己灵魂的原料。他以唯一的、不可重复的天才做到了这一点。在与心灵的和生命的发展的关系上,他鄙视任何"理念"、任何逻各斯、精神的一切积极性和抵抗力。对他而言,写作是他的体质的生物机能。他从来都不抵抗任何生物进化的规律，他直接将它们移植到稿纸上，将生命的河流翻译到稿纸上。这使罗扎诺夫变成了一个完全特殊、空前的现象，通常的准则不适合它。罗扎诺夫天才的生理学写作反映出他的无思想性、无原则性、对善与恶的冷漠、不诚实、道德面貌与精神支点的完全匮乏。罗扎诺夫是一个富于天才、具有重大生命意义的作家，他写作的一切是一条巨大的生物流，无法用任何标准和评价来衡量它。

罗扎诺夫——这是一种具有原创性的生物学，给人以神秘论的体验。罗扎诺夫不怕矛盾，因为生物学不怕矛盾，它害怕的仅仅是逻辑学。他可以在下一页否认上一页说过的东西，在生命过程中而非逻辑过程中保持完整性。罗扎诺夫不能也不愿与生命印象、感受的叠加和集聚相对立。他完全丧失了一切男性的精神，丧失了一切抵抗自然力的积极力量，丧失了内在的自由。生命的一切风吹草动都会被他储存起来，接纳到自己的河流中，随后被他以非同寻常的速度注入稿纸。那种性格储存使得罗扎诺夫永远都屈服于事实、力量和历史之下。对他而言，上帝就是在自己躯壳中的生命的河流。他不能对抗80年代民族主义反动之流，不能对抗20世纪初的颓废派之流，不能对抗1905年革命之流，也不能对抗新的反动之流，不能对抗别依里斯时代的反犹太主义，不能对抗强大的战争流，不能对抗英勇的爱国主义和危险的沙文主义。

罗扎诺夫的作品和他独特的语言生命，给人的体验就好像自然——母亲、大地——母亲及其生命进化过程一样，诱惑了很多人。人们如此喜爱罗扎诺夫，是因为他们是那样厌倦了抽象性、书面性和绝缘性。人们在他的著作中能够体验到更多的生命。他们愿意原谅他那丑陋的犬儒主义、写作中的低级趣味、他的谎言和背叛。最偏执、最狂热的东正教徒原谅了罗扎诺夫的一切,全然忘记了他在好多年前曾经侮辱过基督,亵渎过和憎恶过基督教的圣物。罗扎诺夫毕竟是自己人,生物学上的同胞,永远满足于东正教生活的叔叔。

实际上,他永远喜欢的是没有基督的东正教,他永远信仰那种带有异教成分的东正教,要知道,后者要比残酷的和悲剧性的基督教更可爱、更亲近一些。罗扎诺夫身上有如此众多的典型俄罗斯特征、真正的俄罗斯特征。他是俄罗斯自然、俄罗斯自然力的某个方面的天才表达者。他只可能生存在俄罗斯。他诞生于陀思妥耶夫斯基的想象力中,他甚至于不切实际地拔高了这一天才的想象力。而要知道,陀思妥耶夫斯基的想象力是纯俄罗斯的,俄罗斯的东西只有在他的内心深处才能诞生。如果一个作家乐意是彻头彻尾的俄罗斯人,那么,就可以不无教益地在他身上看到俄罗斯的自然力,它们深藏在俄罗斯的内部,令人厌恶地追随在俄罗斯的命运的背后。在俄罗斯性格的最核心处隐藏着俄罗斯的永恒—村妇性,不是永恒—女性,而是永恒—村妇性。罗扎诺夫是天才的俄罗斯村妇,神秘主义的村妇。这种"村妇性"在俄罗斯的本质中能被感觉到。

二

罗扎诺夫论述战争的著作是以自己的一段亲身经历来结尾的。有一次,他行走在彼得格勒的大街上时,遇到了一团骑兵。"我依然胆怯地望着这全副武装的骑兵队伍,它长得一眼望不到头,其中的每个人与我相比都像个巨人似的!……只要动动手指头,就可以把我给捏碎了……一种被捏碎了的感觉愈来愈强烈地占据了我的内心。我感到自己被一种异己的力量给围困着。我感到，我的'我'像一根鸿毛似的被卷进了这种巨大性和众多性的风暴中……当我突然感到，我不仅仅是'害怕'，而且被它们迷惑住了，被一种奇怪的魅力迷住了，这在一生之中，就只有一次——这一次。出现了一个奇怪的现象：我面对的先前那种被夸大了的男子气概，仿佛改变了我的机体结构，并抛弃和颠覆这一机体——转化成了女性的结构。我在整个存在中感到了不同寻常的温柔、倦怠和瞌睡……心灵被爱情所围绕……我希望他们能比曾有的巨大更为巨大……这一生理的巨人、生命的花穗应该成为生命的源泉——激发我内心纯粹的女性感觉，柔弱、温顺，永不满足地希望'成为在……附近'，低垂着眼睛观瞧……显然，这就是'姑娘们'陷入爱河的元素。"（第230～232页）所以，罗扎诺夫呼吁："力量——这就是世界上唯一的美……力量——它要人顺从，要人在它面前倒下，最后向它祈祷……通常是'弱者们'在祈祷——'我们'，而'我'正在人行道上……世界的秘密就在于力量……强大的力量……头脑清楚、心脏跳动……如同在女人那里一样。军队的性质就是要把我们大家转化成女人，懦弱、战战兢兢，拥抱着空气……"（第233～234页）这一出色的描述给人的感觉是，如果触及的即使不是如罗扎诺夫所声称的"世界和历史的秘密"，那也是俄罗斯历史和俄罗斯灵魂的某个秘密。得到如此艺术地表述的罗扎诺夫的女性气质，也同样是俄罗斯民族之魂的女性气质。世界上最庞大的国家结构——俄罗斯国家结构的形成历史，在无政府主义的俄罗斯民族的生活中是如此不可思议的历史，或许能从这一秘密中得到理解。俄罗斯人民具有在集体面前服从、恭顺于国家组织的天性。俄罗斯人民并不感到自己是一个男人，它依然像一个新娘，在国家结构面前感到自己是一个女人，它屈从于"力量"，它感到自己就像罗扎诺夫在骑兵经过时那一刻的"我正在人行道上"。罗扎诺夫本人在自己的所有著作中都保持着这种忐忑不安的"我正在人行道上"。对罗扎诺夫而言，不仅军队的性质，而且国家政权的性质都在于，它"要把我们大家转化成女人，懦弱、战战兢兢，拥抱着空气"。他希望证明，整个俄罗斯人民都是如此对待国家政权的。在罗扎诺夫的书中，存在着惊人的、空前的篇幅来赞美国家政权正在转向真正的偶像崇拜的独立力量。在俄罗斯文学中，还从来没有过如此这般像对待神秘主义事例一样膜拜国家政权的作品。而这就显露了罗扎诺夫与斯拉夫主义分子非常有意思的相互关系。

三

罗扎诺夫的著作证明了斯拉夫主义的复活。原来，战争使得斯拉夫主义得以复苏，而这就是战争的基本意义。罗扎诺夫断然开始支持斯拉夫主义。而他本人却重复着斯拉夫主义的陈词滥调，它们早已不仅被"西方"思想所否弃，而且也被承续斯拉夫分子的事业的思想所否弃。在弗·索洛维约夫之后，已经不可能有向旧斯拉夫主义的回归。可是，还有比被生命所驳倒的斯拉夫主义的陈词滥调的思想更出格的事情。在罗扎诺夫看来，为战争激发起来的爱国主义和民族主义热情，也就是斯拉夫主义的复苏。我认为，当今的历史性变故完全会既推翻斯拉夫主义的立场，也推翻西方派的立场；

第一章 俄罗斯民族的心理

它将促使我们去创造新的自我意识和新的生活。我们正被推着向后转,转向意识和生活已经消亡了的形式,看到这一点是非常痛苦的。当然,世界大战可以解决关于俄罗斯和欧洲、东方和西方的老问题。它在废止了作为外省的、地域性的意识形态的斯拉夫主义和西方主义以后,中止了斯拉夫派和西方派的内讧。

莫非世界历史上罕见的世界性事件没有给我们任何教训,没有把我们引向新的意识,仍然把我们留在战前便希望摆脱的旧范畴中?俄罗斯的复苏不可能是斯拉夫主义的复苏,这一复苏应该是旧斯拉夫主义和旧西方主义的终结,是新生活和新意识的开端。战争刺激罗扎诺夫的仅仅是重复被重复了数千次的陈词滥调,它们已经丧失了一切趣味和韵致:整个俄罗斯的历史是平静的、波澜不惊的;整个俄罗斯的现状是和平的、风平浪静的。俄罗斯人是平静的。在良好的状态和舒适的环境中,他们不可遏止地成长为温柔、和蔼、善良的人们。俄罗斯人是"光荣的人们"(第51页)。但有不少根据可以证明,俄罗斯灵魂是躁动的、寻觅的灵魂,是漂泊的、寻找新城市的灵魂,它从不满足于任何中庸的、相对的事物。从这种光荣的、经常是虚假地叫嚷的"平静、安宁和荣耀"中能够孕育出罗扎诺夫永恒—村妇的心灵所亲近的惰性,却从来不会孕育出新的、更美好的生活。在罗扎诺夫的自然力中,存在着俄罗斯人民永远的危险性、永恒的诱惑,存在着使它无法成为具有男子气的、自由的、能够在世界上独立生活的成熟的民族的根源。而更可怕的是,不仅罗扎诺夫,而且还有负有阐述我们民族意识的使命的其他人,也推着我们向后转,向下看,沉溺于在民族自然力、阴性宗教面前显现的消极性、驯顺性和奴性。C. 布尔加科夫、B. 伊凡诺夫、B. 埃恩希望在斯拉夫主义中复活的不仅是永恒的东西，而且还有过于短暂的、衰老的、正在衰老的东西。负有控制自然力的、男子气的、发光的、坚强的精神，并不与巨大的力量、民族自然力、大地相对立。沙文主义的危险便由此诞生，对外自吹自擂，对内奴性地驯服恭顺。恰恰是罗扎诺夫以及和他持相同观点的人使得俄罗斯内部消除敌对和邪恶的目标变得不可能。这些人奇怪地理解着敌对政党和流派之间的相互和解与重新结合，这种理解正如天主教徒对各个基督教流派的联合的理解，亦即仅仅联合了完全充满了真理的一方面。这种老办法不可能消除"左"派和"右"派阵营之间的历史纠纷。悔恨应该是相互的，大赦也应该是相互的，赞成克己和牺牲也应该是相互的。可以确信的是，战争能够做到这一点，但目前没有做到，是我们的民族主义意识形态起了妨碍作用。罗扎诺夫式的情绪是为恶的事业而非为和平事业服务的。

　　罗扎诺夫支持斯拉夫主义，开始得很好，结束得很糟。他在俄罗斯的民族化和社会化面前特别偏重使俄罗斯官方化和国家化，在斯拉夫主义社会化面前特别偏重使斯拉夫主义官方化。斯拉夫主义分子认为俄罗斯民族是无政府主义的民族，他们在这方面有很多论述。罗扎诺夫却与此相反，认为俄罗斯民族在更大程度上是国家化的民族。在罗扎诺夫的国家性（对他本人而言是出乎意料的，因为在他身上几乎没有什么国家性和公民性）中，他总是赞美个人生活、家庭结构的歌手，给人的感觉是他倾向于暂时的精神，村妇式地无法适应当今时代。斯拉夫主义关于俄罗斯民族的无政府主义的观点需要进行大量的修正，因为它与俄罗斯的历史、与建立伟大的俄罗斯国家的事实太不相符了。

第一章　俄罗斯民族的心理

但是，罗扎诺夫用来证明国家性并向它的力量屈服的方式完全不是公民的、男性的。罗扎诺夫式的对待国家政权的态度是无政府主义的、女性的民族的态度，这一政权永远是外在于它、在它之上、异己的。罗扎诺夫，像我们的激进分子一样，毫无希望地把国家与政府混同在一起，认为"国家"永远是"他们"的，而不是"我们"的。在罗扎诺夫谈论国家性的话语中，存在着某种村妇性，某种永远与男性政权格格不入的东西。这是某种不足以使民族走向完善、男性化—成熟的麻木。由于在给人以疏远、异己的深刻印象的国家性力量面前所显露的完全奴性和村妇性麻木，罗扎诺夫甚至能够去赞美官方政府对斯拉夫主义的迫害。新的印象之流向罗扎诺夫涌来。在书的开头反映着俄罗斯和俄罗斯民族的斯拉夫主义分子，到了书的末尾成了充满怀疑和与生活脱节的一小撮文学家。俄罗斯和俄罗斯民族的真正体现者却是斯拉夫主义分子敢于与之对抗的官方政府。"斯拉夫主义已经灭亡，因为它已不再被需要，是徒劳无益的，只是被融入了与'官方政府'相类似的思想中……他们（斯拉夫主义分子）对俄罗斯的历史非常隔膜，只会抽象地坚持说，它是神圣的……在他们看来，神圣的罗斯似乎比他们的文学与社会团体更不聪明、更不真实。这就不难理解他们会遭到迫害的原因了。"（第122页）斯拉夫主义的复苏看来似乎是完全不需要的。国家政权渴望的是真正的斯拉夫主义，而非文学的、意识形态的斯拉夫主义。只有在斯拉夫主义屈从于官方政府，对它唯命是从的条件下，它才可能复活。像膜拜力量一样膜拜事实，也就万事大吉了。

斯拉夫主义分子并不擅长这种膜拜，因为他们是虚弱无力的。"斯拉夫主义有一个缺陷，就是它在官方化的背后没有看到永远跳动的心。制服敞开,我们看到了痛苦的心,不模仿别人,按自己的方式,为自己而痛苦。"(第127页)"斯拉夫主义分子的不幸、错误和缺陷在于它空幻地认识仿佛空幻的历史,仿佛没有物质的历史。"(第125页)斯拉夫主义分子显得并不比西方派好多少,后者也是如此抽象化、文学化、意识形态化,与真正的生活(亦即"官方"的俄罗斯)脱节。实际上,斯拉夫主义分子膜拜俄罗斯"理念"更甚于膜拜事实和力量。罗扎诺夫膜拜的是事实和力量。罗扎诺夫无限地蔑视理念、思想和文学。对他而言,官僚高于作家。官僚事务是严肃的工作,而文学是消遣。俄罗斯民族是国家化和严肃的民族。"它喜欢具有刑罚的国家,因为,刑罚,国家在它身上看到的是灵魂和人,而不是供消遣的游戏。呜呼,文学不过是人身边的'消遣'。"(第135页)罗扎诺夫希望以艺术的完善来表达平常的世界观,那种老叔老婶的观点,诸如国家事务是严肃的工作,而文学、理念,等等,是不值一提的消遣。可罗扎诺夫那里又是怎样的文学呵。他本人就是一个文学家,一个饶舌的文学家。罗扎诺夫曾经担任过监察部门的官员。可他未必愿意以那个职位留在历史上。他希望留在历史上的是一个著名的文学家,他的著述不被人拒绝阅读。就像许多文学家对人民生活的感觉一样,罗扎诺夫也是那样地远离人民的生活,对这种生活所知甚少。

在罗扎诺夫以耀眼的天才创作的文学中的人民和国家性与实际生活中的人民和国家性是有差别的,比如他书中描写的血腥战争与维斯洛河岸和卡尔巴特山脉发生的战争就有区别。罗扎诺夫的天然性、民族性和客观的宇宙性不过是虚幻的东西。他是一个完全主观的、印象式的人,除了自己的印象和感觉以外便什么都不知道,也不想知道。罗扎诺夫对事实和力量的膜拜，也仅仅是按自己的方式将自己女性—村妇般的体验，近乎色情的体验移注到稿纸上。在他的天才著作《隐居》（这是他一生的绝笔，也将永远存留在俄罗斯文学史上）中，他暴露了自己的心理活动。罗扎诺夫徒然地呼吁严肃性来对抗游戏和娱乐。他本人已丧失了严肃的道德特征，他撰写的关于严肃的官方政权的一切，对他而言，不过是没有责任的游戏和文学消遣。他从来都没有为自己在谈论战争的著作中所说过的一切负起过责任。

四

过于轻松、悠闲、文学—意识形态地对待战争的态度，是令人不快和痛苦的。梅列日柯夫斯基正确地反对过"飞翔在鲜血之上的夜莺"。可以在当今的战争中发现深刻的意义，却不能从中看到深刻的精神意义。战争中在物质和外表上发生的一切，都仅仅是另外的、更深刻的、现实的符号。战火洗礼过的一切可以被感觉到。可战争是更为悲剧性的、二律背反的、恐怖的现象，而今天的战争要比以往世界历史上的战争更甚。"血液是一种纯然特殊的液体"，歌德在《浮士德》中如是说。人类需要让自己去熟悉血液的宗教神秘剧，以便于最终拥有看出其中的快乐、幸福、洁净和获救之途。把战争的自然力不切实际地、概念化地加以神化和以文学手段赞美战争，将它看作消除一切灾难和邪恶的救星，在道德上是可恶的，在宗教上是不允许的。战争对每一个人来说都是内在的悲剧，它是无比严肃的。我觉得，罗扎诺夫过于轻松、过于乐观地坐在自己的办公室里体验着来自战争的春天。尽管他与英雄主义相去甚远，他的每一次发言都在否定它，却在笔下描述着英雄主义的热情。但他不能反对英雄主义的集聚，正如他不能反对轰炸戒备森严的德国大使馆一样。需要牢记，战争的本性是否定的，而非肯定的，它是伟大的显示者和揭发者。可是，战争就其自身而言，不创造新的生命，它只是旧的生命之终结，是恶的反射。对战争进行神化是不允许的，正如对革命和国家性的神化是不允许的一样。

五

在罗扎诺夫的书中，还有一些不妥当的和对他而言是微妙的东西。罗扎诺夫到处大肆宣扬基督教、东正教、教会，到处炫耀自己是东正教教会的儿子。他让人相信，人们之所以不喜欢斯拉夫主义分子，是因为他们不是基督徒。他数落了一连串他们背叛基督教、背弃教父的信仰的行为，甚至提及了迄今已进入虚无，人们极少记得的"贝希纳和莫利索特"，但我认为，基督教存在着比"贝希纳和莫利索特"、幼稚的俄罗斯虚无主义者更为危险、更为深刻的反对者，这个反对者就是——罗扎诺夫。谁撰写过诽谤基督的文章《论最甜蜜的耶稣和世界的苦果》？谁感到过基督身上的黑色因素？谁感到过死亡和虚无的源泉、生命的灭绝？谁将诞生的光辉的宗教、多神的异教、对生命和存在的确认置于"恶魔"的基督教宗教之上[①]？

[①] 参见罗扎诺夫的《黑色面孔》。

第一章　俄罗斯民族的心理

啊，与罗扎诺夫的否定相比，车尔尼雪夫斯基和皮萨辽夫、贝希纳和莫利索特对待基督教的态度是多么无辜、多么微不足道、多么不值一提。能够和罗扎诺夫对基督教的否定相比的，或许只有尼采的否定，但两者是有区别的，尼采在精神深处要比罗扎诺夫更接近基督，哪怕在后者捍卫东正教的时候都是如此。罗扎诺夫最出色的、最引人瞩目的、最天才的篇章是反对基督和基督教的部分。作为生存现象的罗扎诺夫是基督教最深刻、最极端的对立现象。自然，罗扎诺夫也可能发生精神转变，他身上可以出现新生，他能够从异教徒转变为基督教徒。责备一个人以前是另一副模样是不明智的。可罗扎诺夫并不存在这个问题。罗扎诺夫的每一行文字都在证明，他没有发生任何改变，他依然像以往那样，是那个无力抵御死亡、极端地反对整个基督教的异教徒。存在着他灵魂的凭证：他本人公之于众的《隐居》和《落叶集》。罗扎诺夫体验了在生与死面前的恐怖。他以前从来没有考虑过死亡，因为他除了被生所困扰着以外，还在寻找着摆脱一切的获救之途。罗扎诺夫出于恐惧接受了东正教，但那是没有基督的东正教，接受的是东正教的日常生活、东正教肉体的整个动物性温暖、东正教中的一切异教的东西。但要知道，他总是喜欢置身于东正教中，生活在东正教的集体动物性温暖中——他不喜欢和不愿接受的只是基督。根本没有一种声音表明，罗扎诺夫接纳了基督，在基督身上寻找获救之途。如今，罗扎诺夫支持基督教、支持东正教教会，是偏执的，并不是出于宗教的理解和兴趣，而是出于民族的、日常生活的和政论的主题。一个俄罗斯人根本不能做到如此这般与东正教没有任何关系！就俄罗斯风格来说，东正教是如此为罗扎诺夫所需要，正如同他需要茶炊和煎饼一样。只要在手中掌握了东正教的武器，要镇压"左翼分子"、知识分子和虚无主义者就更容易了。可我认为，另外一些俄罗斯的知识分子——无神论者，在某种深度上，要比罗扎诺夫更接近基督。俄罗斯知识分子中更优秀的、更具有英雄主义精神的一部分，哪怕在反民族主义的时候，在背叛和流浪的时候，甚至在反对俄罗斯的时候，也是具有民族主义精神的。这是俄罗斯的精神现象，它要比西方—德国的民族主义榜样更具有俄罗斯特征。罗扎诺夫本人在俄罗斯的西方主义中看到了纯粹俄罗斯的忘我和驯顺。（第53页）而俄罗斯知识分子生活中的一切是不能把账算在"贝希纳和莫利索特""马克思和恩格斯"头上的。不论是马克思，还是贝希纳，都没有深植于俄罗斯的灵魂中，他们填充的只是浮表的意识。俄罗斯灵魂的巨大灾难与罗扎诺夫本人的灾难相仿佛——都在于向"村妇性"转化的阴性的消极性，在于男子气概的不足，在于向往出嫁，在于期望与另一个男人结婚。俄罗斯民族过于生活在民族—自然的集体主义中，其中并没有能够加强个性、尊严和权利的意识。对此作出的解释是，俄罗斯的国家性是如此浸透着德国因素，它经常显得好像是一种外来的统治。在俄罗斯的民族自然力中，"罗扎诺夫式"的、村妇性的、奴性的民族—异教性的、前基督教的因素，是那样强烈。"罗扎诺夫气质"损害着俄罗斯，把它向下推动，使它庸俗化；对俄罗斯而言，摆脱掉这一气质便可获得拯救。仿照罗扎诺夫的名言"俄罗斯灵魂被罪孽惊吓住了"，我要说，俄罗斯灵魂被它损害和压垮了。这种原初的受惊妨碍着人们男子气地创造生活，控制自己的土地和民族自然力。这场战争如果存在着人们企求的意义，那么，这意义也跟罗扎诺夫所设想的恰好相反。这意义就在于

第一章　俄罗斯民族的心理

在俄罗斯民族中锻造男性的、积极的精神,摆脱女性的消极性。俄罗斯民族只有战胜自己的"罗扎诺夫气质",才能战胜日耳曼主义,它的精神才能在世界上占据强国的地位。我们早已谈论过俄罗斯民族的文化、民族意识、俄罗斯民族的伟大使命。但我们的愿望与整个"罗扎诺夫气质",即"永恒—村妇性"、沙文主义和自吹自擂极为对立,与这种对待流淌在俄罗斯军队里的鲜血的精神—吸血蝙蝠式的态度极为对立。应该想到,俄罗斯民族在这个世界上的弥赛亚使命,就是要使基督的真理成为现实,就是要让人类的灵魂高于所有的王国和所有的世界之上……

永恒的流浪者

战争与知识分子的意识危机

一

战争应该在众多的俄罗斯知识分子中间孕育出意识的危机，使他们开阔眼界，改变对生活的基本评价。俄罗斯知识分子的习惯思维范畴无法评判像当今的世界大战那样巨大的变故。我们知识分子的意识从前并不关注历史——具体的事件，没有评价和判断这一领域的器官。这一意识命中注定要运用的评价和判断，是从自己习惯的其他领域挪用来的。知识分子传统的意识是整个地关注内在的政治，除了在社会兴趣方面，其他知识都非常渊博。世界大战不可避免地将意识转向了世界政治上去，激发起探讨俄罗斯在世界生活中所起的作用的特殊兴趣。意识的视野变成世界性的了。意识的地方性和兴趣的地方性正在被克服。我们在命运的驱使下，进入了世界历史的广阔天地里。许多受传统影响的俄罗斯知识分子，以前习惯于用自己抽象——社会学的和抽象——伦理学的范畴来评价一切，一旦要求他们在如此规模的世界性事件中作出反应，便感到了惊惶失措。在世界性——历史性的厄运之可怖的嘴脸面前，习惯的原则和理

第一章 俄罗斯民族的心理

论显得是那样地无力。俄罗斯激进主义的地方性视野、俄罗斯的民粹派和俄罗斯社会—民主党的地方性视野，并不能介入那些世界性事件。传统意识习惯于鄙视一切"国际性"事物，整个儿将它划入"资产阶级"界域中。但是，世界大战爆发以后，没有人再能够鄙视"国际性"事物，因为后者对各个国家的内部生活都进行了限制。不混同于教条、不被教条所束缚的本能，对祖国的直接的爱之本能，在知识分子中间苏醒了过来；在它活生生的影响下，意识也开始复活了。很多人都体验到了这种意识的改变，都有一种被抛到了历史的船舷之外的感觉。世界上发生的事情并不如他们习惯按照传统的原则和理论所预见的那样发生。被粉碎的不仅是自己的"世界观"，而且还有自己习惯的传统感觉。人们被世界历史强迫转向国际性利益，转向各民族的历史命运及其相互关系，同样转向每个民族的内部生活，提高和加强民族的自我感觉和自我意识。朝着国际性和世界—历史事物的转向，使得人们更敏锐地感到自己民族的价值和它在世界上的任务意识。而政党和阶级的斗争正在削弱民族感。战争给大量的知识分子带来了自己的民族意识，使他们意识到自己几乎完全丧失了的民族感的价值。对传统的知识分子意识而言，存在着民族的善、公正、幸福和各民族的友谊的价值；但并不存在着在世界价值等级中占据完全特殊地位的民族性的价值。民族性体现的不是自我价值，而是某种从属于幸福之其他抽象价值的价值。而首先需要作出解释的是，知识分子的传统意识从来都不关注历史—具体的事件，总是生活在抽象的范畴和评价中。俄罗斯知识分子的历史本能和历史意识非常弱，几乎像那些没有关于历史的观点和不懂得历史的价值的女人一样。这总是意味着幸福的观点凌驾于价值的观

47

点之上。

须知，人们的幸福观将引向对历史意义和历史价值的否定，因为历史价值要以高于幸福和利益以及他们的现实生活的名义，来牺牲人们的幸福与利益，牺牲他们的家族。创造价值的历史，实际上是悲剧性的，不允许在人们的利益面前作任何停留。历史中的民族性价值，正如一切价值，需要以牺牲证明，它高于人们的利益，它与作为最高标准的民族的利益之特殊的证明相抵触。民族的尊严高于人们的利益。从当今一代人的观点来看可以容忍这个无耻的世界，但从民族性的价值和历史命运的观点来看，是不能容忍的。

二

我们在战争影响下的危机的本质，可以简要地表述如下：转向历史、具体的事物的新意识的诞生，抽象的和教条的意识、我们思想和评价的特殊的社会主义与道德主义的被克服。我们知识分子的意识不想知道历史，正如他们不想了解具体的、形而上的现实和价值一样。它总是用抽象的范畴来处理社会学问题，让历史的具体性服从抽象——社会学的、道德的和教条的提纲。对这种意识而言，根本不存在什么民族性、种族、历史命运和历史的丰富性和复杂性，对它而言，存在的仅仅是社会阶级和善与公正的抽象的理念。历史的任务，永远是具体的和复杂的，我们喜欢解决抽象——社会、抽象——道德或抽象——宗教的问题，亦即将它们简化和纳入从其他领域借来的范畴中。俄罗斯意识特别嗜好将历史道德化，亦即让历史来适应从私人生活中借用来的道德范畴。

第一章 俄罗斯民族的心理

可以而且应该揭示历史进程的道德意义；不过，历史的道德范畴应该和私人生活的道德范畴区别开来。历史生活是一个独立的现实，它存在着独立的价值。民族性便属于那种现实和价值，它是具体—历史的范畴，而非抽象—社会的范畴。在俄罗斯的需求中，对世界上的一切都加以道德的和宗教的想象，是它自己的真理。俄罗斯灵魂不能容忍对无意义的、无道德的、无神论的理论的推崇，它不能把历史当作天然的必然性来接受。在此，应该将健康的和有价值的种子从有局限的、简化的和教条的意识中剥离出来。为了掌握着自己特殊价值的、具体的、丰富的历史现实性，我们应该敞开自己的灵魂和自己的知识。我们应该承认民族的现实性和民族—历史任务的价值。关于俄罗斯的世界性作用，关于它的命运的问题，具有巨大的意义，它不能在民族利益、社会公正等的问题中被揭示。视野变得具有世界性、世界—历史性。而整个世界历史不可能被塞入抽象—社会和抽象—道德的范畴中，它懂得自己的价值。俄罗斯是世界上独立的价值，它不能在其他价值中被揭示，需要将俄罗斯的这一价值带到神性的生活中。俄罗斯知识分子采用抽象—社会的范畴来评价历史生活和历史任务，传统的做法是让一种独特的和隐秘的道德形式凌驾于历史之上。当世界大战爆发的时候，许多俄罗斯知识分子都尝试着从无产阶级的利益视角出发来评价它，把它纳入经济唯物主义的社会学范畴或民粹主义的社会学与伦理学理论。其他阵营的知识分子也同样开始将它纳入斯拉夫主义的教条中，或是用一种东正教—教条主义的观点来观察它。而托尔斯泰主义者则从自己抽象的道德主义来抵制战争。俄罗斯社会—民主党和民粹派，像斯拉夫主义分子和托尔斯泰主义者借助于宗教—本体论或宗教—道德主义的做法一样，借助于自己的提纲，同样简单地将历史道德化，所有这些传统的和教条的观点都不承认独立的历史现实和独立的历史价值。灵魂并不在丰富的历史现实面前敞开，思维的能量并不致力于生活与历史提出的新的创造任务。思维并不致力于研究新现象和新主题，并不渗透到世界生活的具体性中去，而是简单地将它们纳入自己的旧纲领、自己的社会、道德和宗教范畴中。可是，世界性变故要求人们沉入具体事物中，要求提高那完成研究生活中一切新现象的工作的思维能量。斯拉夫主义、民粹派和社会—民主党的纲领，完全不适合世界历史的新事件，因为它们是为更为普通、更为一般的现实而制定的。俄罗斯思想总是过于热衷一元论，过于倾向于唯一，过于敌视多元化，在具体的多样化面前显得很封闭。俄罗斯思想这种特殊的一元论总是喜欢强暴存在的无限复杂性，世界大战激发了它的危机。人们需要开始不按照现成的纲领，不按照传统的范畴来思考，而是创造性地思考世界历史展开的悲剧。因为世界大战巨大的道德和精神意义会由于什么人用教条式的观点来强暴历史而溜走。绝对的东西不适用相对的东西、历史—物质的东西。只有在精神深处，而非外在现实上，自然和历史的进程的整个相对性，才可能走向绝对的唯一。

三

对我们知识分子而言，从否定占优势的意识向肯定的意识转化，是战争的另一个结果。在传统的知识分子意识中，对待生活的关系主要是分配的，而非创造的；是抵制的，而非创新的。我们的社会意识不是创造性的。战争以沉痛的经历教导我们，人民应该尽量获取力量和威力，以便于实现自己在世界上的弥赛亚使命。在俄罗斯人民和俄罗斯社会中应该激发创造和创新的能量。在民族生活中，肯定的因素应该战胜否定的因素。而这应该以意识的另外一种状态——更阳刚、更负责、更作用和更独立的状态为前提。历史创造高于政党、流派、阵营和集团的否定性斗争。唯有创造，才能公平地分配。俄罗斯知识分子还没有承担起在历史中掌权的使命，因为他们只习惯于对整个历史现象作不负责任的抵制。在他们中间应该产生成为历史的创造力量的兴趣。伟大民族的未来可依靠的是它自己，是它的意志和能量，是它的创造力和它的历史意识的觉醒。我们的命运依靠的是"我们"，而不是"他们"。老一套东西不能再专横地控制我们的意识和意志。否定的反应不应该再束缚我们的创造能量。在各民族意识中，正在强化的价值的理念应该替代正在弱化的幸福和利益的理念。各民族生活的目标不是幸福和利益，而是价值的创造，对自己的历史命运的英雄主义和悲剧性的体验。而这是以对待生活的宗教态度为前提的。

自由帝国主义体现为我们肯定的、创造的意识，其中有着向历史—具体性的转向。但自由帝国主义的形成过于按照西方派的模式，在精神上已很少包含俄罗斯的和民族的东西。俄罗斯知识分子的灵魂厌恶它，甚至不希望看到其中包含的真理。我们知识分子的意识应该按照新的价值进行修正、丰富和更新。我相信，在战争的影响下，这是能够做到的。可在俄罗斯知识分子的灵魂中，存在着一种不可超越的价值，这种价值是最为典型的俄罗斯价值。它应该保留在俄罗斯不可避免的欧化进程和进入世界历史的循环过程中。

只有摆脱了否定性的束缚和局限，这一价值才能存在。从地方主义中解脱出来的俄罗斯知识分子，最终将进入历史的广阔天地，把自己对人间真理的渴望、自己经常意识不到的关于世界性拯救的幻想和自己对人类更新、更美好的生活的向往带到这一天地中。

第一章　俄罗斯民族的心理

黑葡萄酒

一

在俄罗斯的政治生活里，在俄罗斯的国家机构里隐藏着一种黑色的非理性因素，它颠覆着一切政治纯理性主义的理论，它不取媚于任何纯理性主义的解释。这一非理性因素的影响在我们的政治中创造了一些出乎意料、突如其来的事物，把我们的历史转化成为幻想，变作一部与实际不相符合的浪漫小说。奠基在我们国家政治上的，不是国家的理智与理性，而是某种非理性的和幻想的东西，这一点近来尤其被深切地体会到。非理性因素搅和了一切，创造了最具幻想性的相互关系。右翼的、保守的，甚至反动的莫斯科贵族阶层被放置于在野的境地，被迫奔向民主运动。唯一可以成为旧政权支撑的社会阶层，从它的脚下溜开了去。甚至莫斯科崇尚精神的科学院，曾经那么习惯于奴颜婢膝，也民主地表现了对受黑色影响浸染的神圣教会的惊惧。真正的保守主义，真正的教会观点正在为控制着俄罗斯政府和俄罗斯教会的那种黑色自然力的统治而感到震惊。

阿·德·萨马林被任命为最神圣的东正教最高会议的总监一事

饶有意味。真正的东正教徒对这项任命寄寓的希望是，继续保持教会的独立，同时向教会革新迈步前进。那只是一些保守的希望，是那些因陷入被黑色力量控制着的宗教生活之毁灭而感到绝望的、坦率的、高尚的宗教保守分子的希望。东正教的虔诚信徒要看清面对外来的、不同于教会内部神圣的影响之教会政治的奴性倚赖是十分困难的。萨马林的统治并不持久，而他的下台比他的上任更耐人寻味。阿·德·萨马林是一名右翼的、保守的牧师。他的下台不可能是与右翼的、反动的政治相冲突的结果。想必他本人对左右他的理想向后转，而非向前进的复辟势力并不陌生。但阿·德·萨马林与存在于教会生活中，巩固教会和国家的黑色非理性因素，与甚至因为没有任何理性的定义而不能称之为反应的影响力发生了冲突。作为一名笃诚的宗教人士，作为一名有气节的人，萨马林不能忍受奴颜婢膝。他应该以一名右翼的保守分子、坚定的东正教牧师的资格站在反对的立场上。国家处在危险之中，这召唤着我们的爱国主义忧患。但教会也处在危险之中。它召唤的是宗教忧患。俄罗斯的局势正处于空前的悲剧情境之中。

它应该战胜的不仅是外在的敌人，而且还有内在的黑色因素。有人甚至还无法认为正在发生的是有步骤的反动。这不是反动，而是醉醺醺的瘫痪。甚至不论多少有理性的反动分子反对它的发生，右翼分子依然能够把黑色自然力的统治称为国家的理智。显然，阿·德·萨马林是一个理智的、有理性的右翼分子，相当清楚，甚至过于清醒。或许他害怕整个过分非理性的因素。而他那理性的和清醒的正义性，他那纯理性主义的斯拉夫主义面对面地与一股疯狂、迷醉的力量，与俄罗斯大地的黑酒发生了冲突。在俄罗斯，理

第一章　俄罗斯民族的心理

智的、文明的保守主义是无力的,它不能使俄罗斯政权振作起来。唯有俄罗斯官僚无限的适应能力,它甘愿的、奴性的唯唯诺诺,才能与黑色影响力和睦相处。俄罗斯官僚是俄罗斯黑色非理性因素的矫正,它的适度理性的补充;没有他们,俄罗斯自然力会彻底完蛋。官僚抑制非理性因素,使之适用于黑色自然力,为它安排好这个世界的事务。我们拥有的是一个幻想性的与隐藏在政权背后的黑色的、非理性的、迷醉的力量相调和的枯燥、理性的彼得堡官僚制度。

二

最右倾、保守的派别也可以维护著名的文化类型。在最保守的文化类型中,黑色自然力经历了人的精神与意志的运作和克制。但在俄罗斯,几乎没有那样的文化保守主义。俄罗斯的反动实质上总是对整个文化、整个意识、整个精神性的敌视,在它背后永远站立着某种黑色自然力的、混沌的、蒙昧的、狂醉的东西。我们的反动永远是酒神节,只是外表被官僚所遮掩了,穿上了欧洲的常礼服和燕尾服而已。在俄罗斯,存在着文化与黑色自然力的悲剧性冲突。在俄罗斯大地上,在俄罗斯民族中,存在着一种黑色的、恶劣的、非理性的、阴郁的、不透光的自然力。无论理性受到俄罗斯大地文化的役使有多么深远,仍然留下了对它无可奈何的积淀。民族生活中的这种特别的自然力在鞭笞派之中找到了灿烂的,我甚至要说是天才的表现。在这种自然力里存在着黑葡萄酒,存在着某种酒神狂欢的东西,谁一旦尝过这酒的味道,他就很难挣脱被它营造的氛围。鞭笞派是一种深刻的现象,它的外延要比拥有这命名的教派更宽广。鞭笞派，作为自然力酒神节的因素，也存在于我们的宗教生活中。俄罗斯大地原生性自然力的整个沉醉都具有鞭笞派的偏向。

在鞭笞教派内部，要比在未成形和松散的自然力的民族体验中更少这种不透光的黑暗。在鞭笞派教徒的神秘主义渴求里，存在着指责官方教会的宗教之贪婪的真理。在俄罗斯文学中，这种自然力在安·别雷的长篇小说《银鸽》中找到了天才的艺术再现。安·别雷艺术地复原了俄罗斯民族充满激情的神秘主义自然力，这是对传统地创造了民粹派有关民族的认识而言已经消逝了的自然力。这种自然力是斯拉夫主义者感受不到的，列夫·托尔斯泰也同样感受不到。唯有陀思妥耶夫斯基知道它，但不是在人民的生活中，而是在知识分子的生活中揭示了它。

这种俄罗斯黑色自然力，就最深刻的含义上而言，是反动的。其中存在着对整个文明、个性因素、个体的权利和尊严、整个价值系统的神秘主义反动。这种对俄罗斯大地之自然力的迷恋，这种自然力的沉醉，它那酒神节的体验，是与任何文化价值、任何个体的自觉不能相容的。那是一种不可调和的对抗。先天—自然的民族神秘主义的整个理想化是敌视文明和发展的。我们这种反动的理想化经常采用的形式是满足于俄罗斯日常生活、俄罗斯肮脏的温暖，同时还伴随着对整个上升的敌意。俄罗斯鞭笞派自然力具有双重性。其中隐伏着真正和虔诚地远离这个可耻世界的渴求。在鞭笞派的教派运动中，存在着有价值的宗教能量，尽管并非是由最高意识所照亮的。但在散布于俄罗斯大地的各种形式的鞭笞派自然力里，也存在着无法丈量的黑色和肮脏的因素。其中存在着以恶劣的、愚昧的迷醉来麻醉俄罗斯人民的黑葡萄酒的源泉。俄罗斯大地的这种混沌——自然力的、鞭笞派的迷醉，而今已达到了俄罗斯生活的顶峰。我们感受着一种完全独特和例外的现象——国家本身的鞭笞派。这是一条旧政权最终瓦解和腐朽的道路。在俄罗斯民族的自然力里，不透光的黑暗之残余就是如此历史性地正在消除。黑色的非理性因素在民族生活的底部诱惑和腐蚀着峰顶。旧俄罗斯正在走向深渊。但新的、未来的俄罗斯拥有与民族生活的其他深刻元素，与俄罗斯灵魂的联系，所以，俄罗斯不可能灭亡。

三

对俄罗斯来说，醉心于固有的民族理想，对旧俄罗斯的自然性，对满足于俄罗斯性格的自然属性的旧俄罗斯方式加以美化，具有很大的危险性。那种美化必不可免地偏向于反动的蒙昧主义。经历文明浸染的精神神秘主义应该反对民族自然力神秘主义。向往文明、向往自律、向往以阳刚意识来定型自然力，应该反对俄罗斯狂醉与黑暗的原始性。神秘主义应该进入到精神的深处，恰似一切伟大的神秘主义者所达到的那样。在俄罗斯的自然力里，存在着对文明的敌意。我们的这种敌意可以找到各种形式的意识形态证明。这种意识形态证明是臆造的。但有一点是确实无疑的。在俄罗斯精神中真正存在着一种走极端的意向。而文化道路是一条中间道路。就俄罗斯命运而言，最活生生的问题是，在保存住自己的一切特性、自己精神的一切独立性以后，它是否能够为了文化而使自己遵守纪律。

俄罗斯在原始——民族的狄奥尼索斯沉醉中，在过于迟晚而对它是致命的异教精神中，莫非不会精疲力竭？如今出现在俄罗斯反对派中的东西,就是一种醉酒的异教精神,登峰造极的酒神节狂欢。战争因一项伟大的事业——消灭酗酒而著名。但俄罗斯有一种任何外在的措施和革新都无法消灭的黑葡萄酒。为了使俄罗斯人民终止被这种酒所麻醉,必须从他们生活的根本上进行精神重铸,需要精神的清醒,唯有通过这种清醒才能享用新酒。可我们继续在用发酵的、变酸的旧葡萄酒自我麻醉。旧俄罗斯应该在崩溃和历史终结的时刻自我麻醉。旧生活不会轻易把位置让给新生活。那种内心的黑暗,那种集聚了离散和腐蚀,却不能够牺牲和放弃的力量的恐惧,寻求着能给予高级生活的麻醉。旧的历史力量的完结在酒神节的瞬间突然降临到了它身上。历史笼罩着这种幻想的终结。在永远受到价值之毁灭、精神之消逝的威胁的俄罗斯自然力过程中,某种黑色元素诞生,随后灭亡。存在着一根把俄罗斯生活峰顶的黑暗与它的低洼地的黑暗连接在一起的细线。高峰正在倒塌,下面的基础也在崩溃,没有任何本质的力量来支撑它。但下面依然存在着一股浸渍了黑葡萄酒的黑色自然力,高峰试图对之进行依靠的黑色自然力。这股自然力在民族生活中早已不占优势,但依然能够拥戴这施与我们的宗教与国家生活以黑色—非理性特征,并使这种特征不被任何光明照亮的那些冒名为王者。关于这点,需要比已有的观察更为深刻和认真的观察,因为对俄罗斯而言,这是意味深长的,而非偶然的。对于内在黑暗的斗争而言,必须调动起选择光明之路的整个精神。

第一章　俄罗斯民族的心理

亚细亚的与欧罗巴的灵魂

一

在《年鉴》杂志的创刊号上,刊登了马·高尔基的一篇性格鲜明的文章《两个灵魂》。显然,它标志着杂志的方向。文章围绕着俄罗斯思想的永恒主题——东方与西方的问题而展开。对我们的民族而言,这个主题是基本的和极为重要的;对哲学而言,这个主题也是基本的,需要一种严肃哲学的修养。我们这位享有盛誉的作家是如何处理它的呢?马·高尔基使用的是一种仿佛有所发明的笔调进行写作。看来,他想必以为自己是俄罗斯第一位激进的西方派分子。"我们认为,历史庄严地要求正直而理智的人们去对这种独特的存在进行全面研究和大胆的批判的时间已经来临。我们需要和我们心理结构中的亚细亚积层进行斗争。"可以认为,对我们的独特性之研究和批判目前才刚刚开始。但要知道,俄罗斯的思想已受到西方派很多世纪的控制。没有一个民族能够达到像我们俄罗斯人这样的自我否定的程度。俄罗斯人几乎以自己是俄罗斯人而感到羞耻。在民族主义繁荣的西方,这种现象是完全不可能出现的。除

永恒的流浪者

了俄罗斯、俄罗斯人以外，哪里还能找得到对西欧真正奉若神明的现象？在欧洲面前的俄罗斯之否定和思想屈服，是极其俄罗斯的现象，是东方的、亚细亚的现象。恰恰是最极端的俄罗斯西方派才是亚细亚灵魂的体现。甚至可以举出那样的谬论：斯拉夫主义者（顺便提一下，我基本不去分析他们的观点）是最初的俄罗斯的欧洲人，因为他们自发地试图按照欧洲方式进行思维，而不是像孩子们所模仿的那样去模仿欧洲思维。斯拉夫主义者在俄罗斯所做的事情，也就是那个希望把日耳曼意识引向独立道路的费希特在德国所做的事情。下面是谬论的另一方面：西方派依然是亚洲人，他们的意识是幼稚的，他们对待欧洲文化，就如同对它完全陌生的那些人一样，后者将欧洲文化看成遥远的幻想，而非他们的内在本质。对俄罗斯的西方—亚洲人来说，西方是一块乐土，是完善的生活之迷人的形象。西方是完全外在的、内在无形的、遥远的。西方派拥有的几乎是一种产生距离的宗教虔诚感。孩子们就是这样看待成人的生活的，他们觉得神奇迷人，因为那是他们完全不熟悉的。在俄罗斯灵魂中真正存在着"亚细亚积层"，它们总是会在如高尔基之流的激进西方派那里被感到。在激进的西方派中，总是会有许多俄罗斯知识分子；不仅是完全不同于西方的俄罗斯式的，而且完全是亚细亚式的。欧洲思想在俄罗斯知识分子那里被歪曲到了无法辨认的程度。西方的科学，西方的理性，获得了某种不知道批判的欧洲神祇的特征。甚至贝希纳，一个思想肤浅的三流通俗作家，也转向写作激发宗教感情的教义问答手册。我们的思想与意识的本身价值总是否定的。俄罗斯人，文明的俄罗斯人从这种亚细亚方式中解放出来的时刻已经来临。西方人在自己的文化价值面前不会顶礼膜拜，因为是他创造了它们。而我们也应该从纵深地带创造文化的价值，创造的独特性属于欧洲人。在这一点上，俄罗斯人也应该与欧洲人相类似。

俄罗斯的独特性不应该与俄罗斯的落后性相混淆。这种痛苦的混淆在各个不同流派都有过分的表现。俄罗斯是一个文化落后的国家。这是无可争议的事实。在俄罗斯有许多野蛮的黑暗，其中沸腾着一股东方的黑暗、混沌的自然力。俄罗斯的落后应该由创造的主动性、文化的发展来克服。但民族的独特性与落后没有一点共同之处——前者应该出现在发展的高级阶段，而非初级阶段。最具独特性的是未来的、崭新的俄罗斯，而非古老的、落后的俄罗斯。真正的民族意识仅仅是创造性的，它向前进，而非向后退。欧洲的所有民族就是这样的。而且还不能把黑暗的、野蛮的、混乱的亚细亚东方与有着悠久文化，并且显示出独特的精神类型，吸引着最文明的西方人注意的亚细亚东方相混淆。东方是一切伟大的宗教和文化的摇篮。文明的欧洲人站在欧洲文化的顶峰，不可能对自己古老的源泉加以蔑视。古老文明的欧洲灵魂不会对欧洲文化顶礼膜拜，也不会蔑视东方的文化。唯有仍然是蒙昧的亚细亚灵魂，在自己的血液中，在自己的精神中，感觉不到古老的欧洲文化之嫁接，才会把欧洲文化精神作为完善的、独有的、唯一的精神来奉若神明。这颗灵魂也同样感觉不到东方的文明。马·高尔基把一切都混淆和简单化了。有关东方的消极性和西方的积极性之古老而原本准确的思想被他们庸俗化和肤浅化了。这个课题需要相当的哲学深度。而高尔基具有的只是一直在知识分子圈内生活的闭塞感觉和看不到世界思想之广度的地方主义。

永恒的流浪者

二

仅仅是略微接触一点欧洲知识的皮毛，就可能简单地崇拜理性与科学，看到其中疗治万恶的灵丹妙药。谁一旦进入内部，在欧洲认识发展过程的最深层，而不是从虔诚的角度来观察，他就可以理解欧洲理性和欧洲科学的内在悲剧性，它的深刻危机，令人痛苦的贪婪，对新道路的摸索。高尔基显然绕过了发生在欧洲19世纪，而今受到幼稚的自然主义和幼稚的唯物主义无情批判的庞大的哲学工作。高尔基虔诚地对理性加以确认，其态度是非批判的，完全是非哲学含义的。大部分科学实证论流派根本不承认理性。形而上学相信理性。而高尔基拥有的是某种非常幼稚的形而上学信念，与实证论科学研究毫无共同之处。这种对理性的宗教式信念，对科学和它的目标来说，是完全不需要的。高尔基，作为一名典型的俄罗斯知识分子，过于俄罗斯式地理解了欧洲科学，过于东方式地崇拜它，而非欧洲式地，如同那个创造科学而从不膜拜的人一样，对高尔基而言，如同曾经对皮萨辽夫而言，科学是一本教义问答简明手册。但这不过是意识的孩童阶段，这是初次相遇的喜悦。

欧洲要比高尔基所设想的要复杂得多，丰富得多。那里，在欧洲，不仅有实证论科学和社会事业。那里还有宗教、神秘主义、形而上学、浪漫主义的艺术；那里还有直观和幻想。我们时代的宗教探索之特点，不仅是就俄罗斯而言，而且是就欧洲而言。那里的人们正在寻找上帝和生命的最高意义，那里也有对生命之无意义的忧患。高尔基那么厌恶的浪漫主义，也是西方的现象，而非东方的。

恰恰是西方人才是浪漫主义者和幻想家。东方人完全不是浪漫主义者和幻想家，他的宗教感完全是另一种类型。浪漫主义是与天主教类型的宗教感相伴随发生的，但在东正教的宗教感中，它根本不存在。在东正教的东方，寻找圣杯的故事是不可能出现的。印度也没有浪漫主义，东方没有基督徒。可以将瑜伽称为浪漫主义吗？对高尔基而言，浪漫主义永远是资产阶级的反动，这一点可以证明经济唯物主义达到了怎样的盲目程度，它是多么的没有生命力。浪漫主义运动出现在西方的时候，资本主义已经处在自己生活道路的开端了，它面临的是尘世生活整整一个世纪辉煌的成功和强大。谈论那时候的欧洲资本主义的崩溃是那样荒唐，如同谈论正在发展的、在现代俄罗斯的初期资本主义的崩溃一样荒唐。我不想谈论那样解释精神生活之痛苦的乏味。

马·高尔基指责俄罗斯的"寻神论"是在自己之外寻找中心，抽掉了对无意义生活的责任。他甚至认为，要证明恰恰是宗教人士反对生活的意义是不可能的。这是惊人的盲目事例！正是那些被高尔基用不恰当的术语称之为"寻神论者"的人们，许多年来一直力图把重心移入人的内部，他的内心深处，把人对于生活的巨大责任给予个性。正是他们在与无责任感，与把责任置放于外在于人的力量中的情形作斗争。甚至高尔基也开始觉得，就在宗教人士承认尘世生活的意义的同时，他们也在否定它。实证主义和唯物主义否定责任、自由、创造意志，否定人类，要建构一套社会环境和必然性权威，外在环境恰当的不自由的理论。宗教意识应该与以人类的创造主动性为名，以他的最高自由为名，以生活的最高意义为名而设置的社会环境之涣散和软弱的理论作斗争。在俄罗斯，这些令人难受的社会环境之唯物主义理论，这些关于整个已发生事件之必要性的使人堕落的学说只不过纵容了东方式的惰性、意志薄弱和无责任感。对人，对他的创造自由和创造能力的信念，唯有对宗教意识而言，才是可能的。而对于把人看成物质的、自然的、社会的手段之反射的实证主义意识而言，是从来不可能的。在俄罗斯，对人的主动性、人的创造活动、人的责任感的提高之呼吁是真正必不可少的和刻不容缓的。但这必须是在与高尔基所站立的土壤完全不同的土壤上才是可能的。歪曲和奴性地接受了西方丰富复杂的生活的俄罗斯激进的西方派，是东方消极性的一种形式。在东方应该激发一种创造新文化的独特的创造积极性，而这唯有在宗教的土壤上才是可能的。我们已经进入我们生活的那个年龄，已经到了从幼稚的斯拉夫派中间走出来的时候，我们应该转向民族意识更为成熟的形式。伟大的世界性事件把我们带到了世界的旷野，迎向世界的前景。世界大战的震荡也把欧洲带出了它封闭的界域，揭开了欧洲内部的根本矛盾，打碎了西方派的偶像。俄罗斯进入世界循环意味着它封闭的地方主义存在、它的斯拉夫主义自我满足和西方派的奴颜婢膝之终结。但马·高尔基还停留在旧的意识里，他根本没有从世界已发生的变化中获取教益，仍然处于东方与西方旧有的对立状态中。

第一章　俄罗斯民族的心理

论空间对俄罗斯灵魂的统治

一

在俄罗斯历史、俄罗斯民族的命运和俄罗斯国家中有许多谜样的存在。在斯拉夫派使无政府主义的民族遐迩闻名的俄罗斯民族与庞大的俄罗斯国家之间，至今还留有俄罗斯历史哲学的一个谜。但已有人不止一次地指出，地理因素，它在地球上的位置，它那无边无际的空间，在俄罗斯命运中具有巨大的意义。俄罗斯的地理环境是那样的辽阔，以至于俄罗斯人民不得不建立一个庞大的国家。在俄罗斯平原上应该建立起一个伟大的、东西方联合的、有秩序的、完整的国家。俄罗斯民族轻易地接受了一个巨大的空间，但并不能轻易地接受世间最伟大的国家所体现的这个空间结构，并支持和保护它的秩序。俄罗斯人民已为此付出了大部分精力。俄罗斯国家的规模赋予了俄罗斯人民几乎难以承受的重任，使他们处于过度的紧张状态中。在创造和维护自己的国家这项巨大的事业中，俄罗斯人民耗尽了自己的力量。国家的要求给剩余力量留下的自由太少。俄罗斯人的整个外在活动都被用于为国家服务。而这就在俄罗斯人的生活上打下了忧伤的印痕。俄罗斯人几乎未品尝过快乐。俄罗斯人没有游戏创造的力量。俄罗斯灵魂被俄罗斯无边的冰雪压垮了，它被淹没和溶解在这种无边无际里。俄罗斯人难以给自己的灵魂定型，难以给自己的创造定型。形式的天才不是俄罗斯的天才，他难以与空间对俄罗斯灵魂的统治相配合。而俄罗斯人几乎完全不懂得形式的喜悦。

国家对俄罗斯无边的空间的统治，伴随着中央集权，对自由的个性与社会力量进行压制，使整个生命服从于国家利益。俄罗斯人的个人权利意识很薄弱，阶级与集团的首创精神很不发达。未被那些形式化和秩序化的天才所控制的人民，仍然不能轻易支持世间最伟大的国家。长期以来，他们不得不保卫俄罗斯，抗击来自四面的敌人。来自东方和西方的波涛威胁着要吞没俄罗斯。俄罗斯经受过鞑靼统治时期，经历过蒙昧时代，最终巩固和诞生了庞大的国家。但俄罗斯无边的空间依然像一个沉重的负担，压迫着俄罗斯民族的灵魂。俄罗斯国家的无界性与俄罗斯土地的无界性进入了它的心理结构。俄罗斯灵魂被辽阔所重创，它看不到边界，这种无界性不是解放，而是奴役着它。由此，俄罗斯人的精神能量就向内转，走向直觉，走向内省；它不能够转向总是与构形有联系、与标示出界限的道路有联系的历史。俄罗斯国家的形式使得俄罗斯人变成了缺乏形式的人。俄罗斯人的温顺变成了他的自我保护。作为监护者的俄罗斯国家要求对历史与文化创造的拒绝。俄罗斯人在四面八方拥挤地环居着的无边空间，成了他们生活内在的、精神的动因，而非外在的、物质的动因。这些俄罗斯无边的空间坐落在俄罗斯灵魂的内部，对它具有极大的影响。俄罗斯人，土地的主人，感到自己无

第一章 俄罗斯民族的心理

能力统治这些空间，使它们秩序化。他们过分习惯于把这种秩序委托给中央政权，仿佛那是先天如此的。他们在个人的灵魂中感到了那种无法承受的无边无际。俄罗斯人是宽广的，宽广一如俄罗斯大地、俄罗斯原野。斯拉夫骚动在他身上肆虐着。俄罗斯空间的巨大不能在俄罗斯人身上铸就自律性和自主性——他离散在空间之中。而这并非俄罗斯人民外在的命运，而是内在的命运，因为一切外在均不过是内在之象征。从外在的、实证科学的观点来看，辽阔的俄罗斯空间便是俄罗斯历史的地理动因。但从更深刻的、内在的观点来看，这些空间本身就是俄罗斯命运的内在的、精神的事实。这是俄罗斯灵魂的地理学。

二

在俄罗斯人身上，没有欧洲人那种在不大的灵魂空间集聚自己能量的狭隘性，没有那种对时间与空间的经济打算和文化的集约性。旷野对俄罗斯灵魂的统治产生了一系列俄罗斯美德和缺点。俄罗斯的惰性、满不在乎、缺乏首创精神、责任感薄弱，都与此相关。俄罗斯大地的辽阔与俄罗斯灵魂的宽广压制了俄罗斯的能量，导致了博而不精的后果。俄罗斯无边的空间要求于俄罗斯灵魂的是温顺与牺牲，但它也保护了俄罗斯人，给了他们以安全感。俄罗斯人感到周围都是自己的巨大空间，置身俄罗斯的心脏，他不会体验到恐惧。辽阔、深邃、宽广的俄罗斯大地，总能解救俄罗斯人，帮他摆脱困境。他总是过分依赖俄罗斯大地，依赖俄罗斯母亲。他几乎把大地母亲与圣母混为一谈，寻求前者的庇护。恰恰是俄罗斯大地统治着俄罗斯人，而不是他统治着它。西方人被国土空间的狭小规模和灵魂的狭小空间憋闷得喘不过气来。他习惯于运用集约式能量和主动性。他的灵魂空间是拥挤的，而非宽敞的，一切应该被精心计算和准确界定。一切被机械地固定在自己的位置上的做法，造成了总是那么令俄罗斯人吃惊和厌恶的西方人的小市民习气，西方文化的小市民习气结下的果实，激起了赫尔岑的愤慨和列昂季耶夫的厌弃。对典型的俄罗斯灵魂而言，这些果实是苦涩的。

我们举德国人为例，他对周围的感觉像是挤进了一只捕鼠器。他的身心内外都没有旷野。他在自己个人的有机能量中，在自己紧张的积极性中寻求拯救。德国人的一切都被划定在原地。没有自律性和责任感，德国人就不能生存。他到处看到界限，到处划定界限。德国人不可能在无界性中存在，他与斯拉夫式的无边无际格格不入。他只是怀着很大的紧张能量希望拓展自己的疆域。德国人应当蔑视俄国人的是，后者不会生活，不会安排生活，不能使生活秩序化，根本不知道尺度和位置，不能够尽其所能。俄国人反对将生活作小市民安排的日耳曼式热情。日耳曼人认为，日耳曼拯救不了他，而是他自己应该拯救日耳曼。俄罗斯人认为，不是他拯救俄罗斯，而是他被俄罗斯拯救。俄罗斯人从来不会感到自己是一名组织者，他习惯于被组织。甚至在俄罗斯国家面临危急的这场恐怖战争中，俄罗斯人也不会轻易地意识到这种危急，在心中激发对祖国命运的责任感，激发能量的凝聚。由于他背后总是站立着无边的空间可以拯救他，他不必十分害怕，他不需要过度凝聚自己的力量；所以，他失掉了自己。俄罗斯人很难意识到调动自己整个能量的必要性。对他而言，诸如必须以紧张的积极性为前提的集约性文化的问题，不会变成命运和生存的问题。他沉没在自己的底层，自己的空间里。需要指出的是，俄罗斯人的主动性和积极性变成了一个不可克服的障碍。已经转化成自我满足的力量的庞大的俄罗斯国家机构，害怕俄罗斯人的主动性和积极性，它从俄罗斯人肩上卸下了对祖国的责任感，令他为其服务，要求他恭顺。经过俄罗斯国家机构的历史性储藏，俄罗斯空间把俄罗斯人的整个负责的主动性和创造的积极性隔离了开来。而对俄罗斯人和整个俄罗斯民族力量的役使，已由对俄罗斯空间的维护和整顿得到了补偿。

三

世界大战向俄罗斯提出来的要求，应该引起俄罗斯人的意识和他们的意志方向的变化。它应该最终从空间的影响下获释，进而控制空间，而丝毫不改变与俄罗斯的辽阔相关联的独特性。这意味着将出现与迄今俄罗斯人迥异的另外一种对待国家和文化的态度。国家应该成为俄罗斯民族的内在力量，它固有的正面势力，它的工具，而非凌驾其上的元素，成为它的老爷。文化也应该变得更为集约，积极地控制内外空间，调整它们的俄罗斯能量。没有这种内在的改进，俄罗斯民族不可能拥有未来，不可能过渡到真正的历史存在的新阶段，而俄罗斯国家本身也将面临分裂的危险。如果俄罗斯国家至今还在希望由自己的人民之被动性维持，那么，从今往后便只能由人民的主动性来维持了。空间不应该恐吓俄罗斯人民，它们应该激发能量，不是德国式的，而是俄罗斯式的能量。那些把俄罗斯的独立性和独特性，与技术和经济的落后性，以及社会和政治形式的初级性联系在一起,希望通过保持俄罗斯精神的消极性来保持俄罗斯的面貌的人们是一些疯子。独立性并不与孱弱、不发达、欠缺相关联。俄罗斯灵魂的独特类型已经铸就,已经永远确定无疑。俄罗斯文化和俄罗斯的社会生活唯有从俄罗斯灵魂的深度,从它独特的创造能量中得到创造。但俄罗斯的独特性最终应该是正面地,而非负面地,在力量中、在创造中、在自由中呈现出来。民族独特性不应该是胆怯的、多疑的和拘谨的。在民族历史存在的成熟时期,独特性应该得到自由的体现、勇敢、创造,是前瞻,而非后顾。在我们痛苦的岁月里,有一些斯拉夫主义分子认为,如果我们俄罗斯人在对待国家和文化的态度上积极一些,把握它们并使之有序化,如果我们开始从自己的精神深处创造一种新的自由的社会生活和我们必不可少的工具,如果我们踏上技术发展的道路,那么,我们就会雷同于德国人而丧失我们的独特性。但这是对俄罗斯民族精神力量的不信任。唯有依靠它对落后和初级的物质形式的巩固才能保存的独特性是一钱不值的,是根本无法在它上面有所建树的。保护者永远很少信任被保护的东西。唯有在自由人,在创造者那里,才有真正的信仰。唯有俄罗斯独特的精神能量才能创造独特的生活。已经到了中止以国家的庞大、空间的无垠来吓唬俄罗斯人并役使他们的时候了。恰恰是俄罗斯人被拘囿于奴役之中的时候,他才会置于德国风格的影响之下,并将它烙印在俄罗斯国家机构上。俄罗斯民族能量的解放,它对俄罗斯空间的积极占有和定型,才是俄罗斯民族对德国奴役的摆脱,才是它创造的独特性的证明。决不能假设,俄罗斯的独特性建立在俄罗斯人成为另一种主动的奴隶这一点上,不管是德国式的,还是与德国有区别的。幸亏上帝将我

第一章　俄罗斯民族的心理

们从那种独特性中拯救出来，否则，我们将因此而毁灭！空间统治俄罗斯民族灵魂的时期正在结束。俄罗斯民族正走向一个新的历史时期，它将成为自己土地的主人和自己命运的创造者。

中央集权制与民族的生活

一

我们大部分政治和文化的意识形态都深受中央集权制之苦。在这些意识形态与俄罗斯无限丰富的生活之间,总让人感觉到某种不适应。庞大的俄罗斯的民族生活的内核总是猜不透的、神秘的。俄罗斯人民本身似乎总是沉默的,位于中心的人们难以猜破它的愿望。我们的那些个派别,比如斯拉夫主义和民粹派,对人民的生活表现出特别的尊重和关注,按照自己的方式,渴望支撑在俄罗斯大地的最核心处。但是,无论是斯拉夫主义还是民粹派,都总是期待着中央集权制意识形态的乌托邦主义,这些转向人民的生活的思潮不能概括俄罗斯人民生活的无限性和巨大性。对俄罗斯思想来说是如此典型的民粹派,曾经以各式各样的面貌出现,总是背叛和脱离人民的生活。它是从丧失了与人民的联系和关于人民的意识的知识分子的角度来寻找真正的人民和真正的人民生活。这是从一隅和远处来与人民相融合和将人民理想化。民粹派是纯粹的知识分子派别。在人民的生活深处,在那些出自人民的优秀人物中,没有任何民粹主义，那里只有对发展和上升的渴望，对光明的渴望，而不是对民粹性的渴望。这完全跟在西方没有什么西方主义一样。民粹派的一个根本错误就是，它没有分辨清楚人民和普通百姓、农民、劳动阶级的关系。我们有文化的和有知识的阶层，没有能力意识到自己也是人民的一员，怀着嫉妒和羡慕观察着普通人民的民粹性。但这是病态的自我感觉。位于中心的有文化和有知识的人们过于经常地想到，人民的精神和社会重心在普通百姓中间，在俄罗斯深处某个遥远的地方。但是，人民生活的中心到处都是，它在每一个俄罗斯人和每一寸俄罗斯土地的深处，它并不在某个特殊的地方。人民的生活是民族的生活、普通俄罗斯人的生活，整个俄罗斯大地和整个俄罗斯人的生活，它不是来自地层表面，而是来自地层深处。每一个俄罗斯人都应该感觉和意识到自己是人民，在内心深处感受人民的自然力和人民的生活。生活在中心的高文化层次的人，应该和可以感到自己一点都不比普通人、不比生活在俄罗斯某个深处的庄稼汉更不是人民。而天才是最具民粹性的。高文化层次的人也可以像底层百姓那样具有民粹性。人民，首先是我本人，与无限和伟大的俄罗斯深处联结在一起的我的内心深处。只有在我被抛到了浮表上，我才能感到自己脱离了人民生活的核心。需要在深处的变化中，而非在空间和外表中寻找真正的人民生活。在深处，我（一个有文化的人）和一个俄罗斯庄稼汉一样，都是人民，我很容易在精神上接近这个庄稼汉。人民不是社会的范畴，社会对立只会妨碍民粹性的意识。在我之外和在远离我的某处渴望真正的人民的生活是病态的和软弱的。要知道，真正的中心唯有在人的内部，而非外部才能找到。整个人民的俄罗斯大地不过是每一个俄罗斯人的深层，而不是在他之外、在被允诺的遥远的地方。真正的中心,不在首都,也不在外省;不在高层,也不在低层,而是在整个个性的深处。人民的生活不可能被某个阶层和阶级所垄断。对我们民族的健康而言,俄罗斯的精神和文化的非中心化是不可避免的,不能把它理解为是纯粹由首都中心向偏僻的外省转移的外在空间运动。这首先是内在的运动,是意识的提高,是整个俄罗斯大地上的每一个俄罗斯人内在的民族能量的集聚。

二

俄罗斯自身有着多年的历史和文化的年轮,从中世纪早期到20世纪,从原初的文化萌芽时期到世界文化的高峰,都有自己的年轮。俄罗斯是一个反差巨大的国家,没有一个地方还能有如此悬殊的高与低、光明与黑暗的对立。这就是为什么很难把俄罗斯组织起来,很难让俄罗斯混沌的自然力有序化。所有的国家都有自己的年轮。可是,俄罗斯无边的庞大和它的历史的特殊性孕育了无形的对立和矛盾。我们几乎没有中间的、坚强的阶层,能够到处组织人民的生活。偏僻的外省的不成熟和国家中心的腐败——这就是俄罗斯生活的两极。而俄罗斯社会生活又过于和这种极端粘连在一起。彼得堡和莫斯科的先进社团的生活和俄罗斯遥远的外省角落里的生活分属于不同的历史时代。俄罗斯国家的历史结构把国家—社会的生活中央集权化了,它被官僚主义所毒害,并压迫着外省的社会和文化生活。在俄罗斯出现了文化的中央集权制,这对于那样一个庞大的国家来说是很危险的。我们的整个文化生活都集中在彼得格勒、莫斯

第一章　俄罗斯民族的心理

科，只有一部分在基辅。俄罗斯不希望文化能量扩展到俄罗斯的无边空间中去，害怕会沉入偏僻的外省的黑暗中去，努力在中心地带守护着它。存在着某种面对俄罗斯的黑暗和吞噬的中心的恐惧。这一现象是病态的和致命的。俄罗斯不是法国。在法国，巴黎的中心文化产生着巴黎与法国的外省的年轮的不相称的差别，产生着脆弱的、浮表的政治变动。在俄罗斯，这样的中央集权化是完全病态的，它使得俄罗斯一直维持在低水平的发展上。在俄罗斯，精神—文化和俄罗斯人民生活的核心的精神—文化的高涨的非中心化的出现是必然的。可这完全不是民粹主义。虚假的首都中央集权制、精神的官僚主义和虚假的民粹主义、精神的外省主义，应该一视同仁地被克服。生活的首都定位和外省定位都是不正确的。这是人民生活的同一断裂的两个方面。应该让走向每一个俄罗斯人的内心的社会民族的生活定位开始，让每一个意识到自己与民族的关系的个性的生活定位开始，俄罗斯生活的中心不是在某个什么地方，而是在到处各地，在能找到人民精神的到处各地。在民族生活的表面总是存在着精神的中心，但不应该让它带上生活的精神官僚化特征。

俄罗斯不同的年轮首先提出的是民族的精神、道德和社会教育和自我教育的任务。这些任务是以巨大的牺牲为前提的，不允许强暴人民的生活。如果说官僚主义—绝对的中央集权制和革命—雅各宾式的中央集权制一般是有害于人民的健康发展的话，那么，它们在像俄罗斯那样一个强大的、秘密的国家里，危害就更大。反动的中央集权制和革命的中央集权制只有在同样地不适应俄罗斯的深处时，在人民生活的核心中形成的东西才是可能存在的。不过，将出现的状况是，对人民生活的官僚主义强暴被新的雅各宾式的强暴所取代！让人民的生活从与我们现实存在相适应的内部向外展开！彼得格勒的官僚主义既污染了自由派运动，也污染了革命运动。官僚主义是一种特殊的形而上学，它深深地渗透在生活里。极端的中央集权制官僚主义和极端的地方主义是相互关联和相互制约的。俄罗斯会由于一方的中央集权制的官僚主义和另一方的黑色地方主义而灭亡。俄罗斯文化的非中央集权制意味的不是地方主义的胜利，而是既要克服地方主义，又要克服中央集权制的官僚主义，让整个民族和每个个性都得到精神的提升。在俄罗斯，应该开始像挖掘它的物质核心一样来挖掘它的精神核心。而这是以缩小中央和外省、俄罗斯生活的高与低的差距为前提的，是以尊重出现在人民生活的无形的深处和远处的生命过程为前提的。不允许命令出自中心的自由，应该期待植根于大地核心的人民生活中的自由。这一对自由和光明的期待也存在于最底层的和最愚昧的阶层中。需要的仅仅是以爱心而不是强迫去接近还很愚昧的那些人的灵魂。如今，需要唤醒的不是知识分子，不是文化层次高的阶层，不是那个蛊惑性地发展着的阶级，而是不能自己发言的、巨大的、无形的、人民的、外省的、"普通"的俄罗斯。战争的震撼有助于促进这一苏醒。那个面向苏醒的俄罗斯的意识世界，不应该成为外在的、中央集权制的和强暴的世界，而应该成为对一切俄罗斯人和整个俄罗斯民族来说都是内在的世界。

论神圣与正直

一

康·列昂季耶夫说道，俄罗斯人可能变得神圣，但不可能变得正直。正直是西欧的理想。俄罗斯的理想是神圣。在康·列昂季耶夫的表述中，存在着一点美学的夸张，但其中存在着无可置疑的真理，摆放着俄罗斯民族心理饶有意味的一个问题。正直对于每个人都是必需的，它与人的荣誉相关，它铸造人的个性，俄罗斯人对此缺乏足够强烈的意识。我们从来不把道德自律看成一个独立的最高课题。我们的历史中缺乏骑士的元素，这对于发展和锤炼个性是不利的。俄罗斯人并不向自己提出锤炼和约束个性的任务，他过分依赖所隶属的、有组织的集体，为后者的道德健康付出一切。俄罗斯人民以自己的道德修养与之相连的俄罗斯东正教，并不曾提出对中庸的俄罗斯人个性来说过高的道德课题，其中存在的是一种巨大的道德宽容。俄罗斯人首先被要求的是驯顺。驯顺是约束个性的唯一形式。驯顺地造孽要好过于骄傲地完善。俄罗斯人习惯于认为，不正直不是大恶，只是与此同时他的灵魂应该驯顺，不骄傲，不自负。

最大的罪恶可以温驯地忏悔，小罪孽可以像谄媚者面前的小蜡烛一样被吹熄。最高尚的超人问题摆在圣者面前。普通的俄罗斯人不该抱定这个崇高目标，去远远地趋近神圣这个理想。这是傲慢。俄罗斯东正教的长老从来不踏向那条道路。俄罗斯东正教意识认为个性过于英雄主义的整条道路就是傲慢，东正教思想预备在这条道路上见到人之神化与恶魔主义。普通人应该生活在有组织的集体中，服从它的制度与秩序，由自己的等级、自己向来的职业、整个传统的民族类型构成。

在何种意义上，俄罗斯民族的东正教意识信赖神圣的罗斯，永远确信罗斯是依赖着与仅仅依赖于正直这种不那么崇高的元素而区别于西方各民族的神圣而生存着的？在俄罗斯宗教意识里的这种关系中存在着根本的二元论。其实，俄罗斯民族和俄罗斯人依赖着神圣而生存，并不意味着他们在神圣里看到了自己的道路或者认为神圣在某种程度上是自己可以达到和必须承受的。罗斯完全不是神圣的，也不认为自己必须成为神圣的和实现神圣之理想。唯有无限地敬仰圣者和神圣性，唯有在神圣中看到生活的最高状态，如同欧洲人在认识的成果中或社会的正义中，在文化的庆典中和创造的天才中看到的最高状态一样，罗斯才是神圣的。对俄罗斯的宗教灵魂而言，与其说神圣的是人，不如说是"上帝以奴隶的形象出现，祝福着踏遍"的俄罗斯大地本身。在俄罗斯民族的宗教幻觉中，俄罗斯是被当作圣母看待的。俄罗斯人并不沿循神圣之路行动，从来不抱持那样崇高的目标，但他膜拜圣者和神圣性，把自己的终极之爱与它们相联系，奉献给圣者，报答它们的庇护与眷顾，企求凭借俄罗斯大地拥有如此众多的圣物获得拯救。俄罗斯灵魂从来不崇拜金

第一章　俄罗斯民族的心理

钱，我相信，它从内在深处便从来不会崇拜它。但俄罗斯灵魂倾向于沉溺堕落的状态，在那里放纵自己，姑息无耻和污秽。俄罗斯人会去抢劫和敲诈，过一种不纯洁的生活，但同时他又从来不把物质财富看成最高目标，他会相信，六翼天使萨罗夫斯基的生活高于一切尘世的幸福，六翼天使会拯救他，以及置身于统辖俄罗斯大地的至尊者面前的一切有罪的俄罗斯人。俄罗斯人可以成为一个绝望的骗子和罪犯，但在灵魂深处他景仰神圣，希望在圣者那里，在他们的中介那里获得拯救。某一个侵略者和吸血鬼可以非常真挚地、非常虔敬地膜拜神圣，在圣者的像前点燃蜡烛，千里跋涉到沙漠中看望长老，却仍然是一个侵略者和吸血鬼。这甚至还不能称之为伪善。这是许多世纪养成的二元论，它渗透于血肉，是特殊的结构、特殊的道路。这是精神宗教不足的灵—肉嫁接。但俄罗斯内心类型要比欧洲类型有更大的优越性。欧洲资产阶级是由自己的完善而自负的意识，对自己的资产阶级品德的信奉所滋养而肥沃起来的。俄罗斯资产阶级在受滋养而肥沃起来的时候，永远感到自己犯有某种罪孽，有些鄙视资产阶级品德。

二

对俄罗斯人而言，神圣仍是一种中介元素，它没有成为他的内在能量。对神圣的敬仰都是按照对偶像的敬仰模式来施行的。对圣者的态度也等同于对圣像的态度，他的面庞也就成了圣像画的面庞，不再是人的面庞。但这沟通上帝与人的关系的神圣中介元素，对俄罗斯人来说是有益的，可以帮助他，拯救他，支持他完成道德与精神的工作。俄罗斯人完全不会考虑到，神圣能成为改变他的生活的内在元素，它总是由外在作用于他。神圣太过崇高，高不可及，它已经不是人的状态，在它面前唯有虔敬地膜拜，以及为了赎罪而寻求它的帮助和庇护。对圣者的敬意遮蔽了与上帝的直接交会。圣者比普通人更多，而敬仰圣者，在其中寻求庇护的人，要比普通人更少。那么，普通人在哪里呢？完善、崇高、光荣、正直、纯洁、光明的整个人类理想，在俄罗斯人觉得是微不足道的、过于凡俗的、中庸文化的。俄罗斯人避开了人的因素，在野兽和天使的因素之间摇摆不定。俄罗斯人这种在神圣与卑鄙之间的摇摆是十分典型的。俄罗斯人常常感到，如果不能成为圣者和提升到超人的高度，还不如停留在卑鄙的状态里，成为可鄙或光荣并不那么重要。由于神圣之超人的状态唯有少数人才能达到，那么，最大多数人也就不去达到超人的状态，而滞留在卑鄙状态之中。积极的人之完善与创造就此瘫痪。在俄罗斯，人的因素迄今尚未足够敞开，它依然是潜在的，伟大的潜在，仅仅是潜在而已。

  俄罗斯的道德浸润着继承自我们独特的民族宗教性的二元论。神圣罗斯的理念拥有深厚的根基，但它在自身之中植入了对俄罗斯人而言的道德危险，它经常削弱俄罗斯人的道德能量，麻痹他的意志，阻碍他的飞升。这是一种阴性的宗教感和阴性的道德。俄罗斯的懦弱，性格的缺陷，在它总想躲到圣母的衣褶中的永恒愿望，在吁求圣者的庇护之中可以体会得到。神的因素不可能由内向外，在俄罗斯意志里，在俄罗斯的生命激情中显示出来。对自己的懦弱和懊悔的体验更多地被看成一种宗教的体验。我们最迫切需要的是在一切关系中发展自己的阳性宗教因素。我们应该增强自己的责任意识，培养自我承受，信任自己的积极性。俄罗斯的未来，它在这个世界上的使命之完成便有赖于此。不允许在自己的孱弱和落后中显示自己的独特性，应该强有力地敞开俄罗斯真正的独特性。俄罗斯人应该中止这种幻想，以为会有什么人为他做好和抵达一切。俄罗斯生活的历史时刻要求，每一个俄罗斯人必须发掘自己的人的精神积极性。

值得注意的是，不仅在俄罗斯的民族宗教性中和老一代俄罗斯笃信宗教的代表那里，而且在无神论知识分子那里，在许多俄罗斯作家那里，仍然可以感觉到那种超验的二元论，一切不过是对超人的完善价值之认可和人的评价之不足。中间层的激进知识分子通常那样认为，他或者是颠覆世界，或者被迫停留在相当低贱的状态中，在肮脏的道德中堕落。他把工业活动整个看成"资本主义"，按他的意见，它并不具有道德质量。"环境折磨"俄罗斯人太容易了。他习惯于认为提升和拯救他的不是自己，不是自己的主动性，不是对个性的内在约束，而是有组织的集体，某种外在的东西。生活环境的唯物主义理论在俄罗斯是一种独特的、被歪曲了的、将重心置放在人的内心之外的宗教超验性体会。"全有或全无"的原则通常在俄罗斯留下的是"全无"的胜利。

三

需要承认，我们很少有人会被个性的尊严、个性的荣誉、个性的正直和纯洁所吸引。对个性课题的整个呼吁正刺激着俄罗斯人。对自己的个性定型的精神工作在俄罗斯人眼里并不认为是必需的和有吸引力的。当俄罗斯人处在神圣状态时,他就相信圣者和上帝本身正在为他负责;当他是一个无神论者时,他就认为社会环境应该为他负责一切。二元论的宗教与道德修炼总是特别引向驯顺,却从来不引向荣誉,藐视纯粹的人性因素;纯粹的人之积极性和人之尊严总是把人分成天使的和野兽的,在战争期间尤其如此。俄罗斯人在自己生命的美好时光里依然敬仰神圣,但他缺少正直,人的正直。但是,对神圣的敬仰,这个俄罗斯民族道德养料的主要源泉正在消退,古老的信仰正在减弱。人的野兽因素不习惯对自己进行精神的锤炼,把低级天性引向高级创化,显得有些听天由命。陈旧的宗教二元论失落了信仰,而今正在资本主义化的俄罗斯人那里仍然势头不减。但神赐的美好离开了他,他依然被阴郁的本能左右着。对俄罗斯而言,在伟大的世界大战和伟大的考验的岁月里,化学本能的、丑陋的营利与投机生意是我们最大的耻辱,民族生活的污点,俄罗斯肌体上的溃疡。对营利投机的渴望攫住了俄罗斯民族过于宽广的阶层。俄罗斯人身上荣誉感与正义感的长期欠缺、个性的道德修养与它的自由之自我约束的不足正在显露出来。而其中存在着的是某种奴性的、某种非公民性的、前公民性的状态。中质的俄罗斯人,无论他作为地主也好,商人也好,都缺乏公民的荣誉感和正义感。在考验俄罗斯精神与物质力量的伟大时刻,自由的公民们不会从事投机倒把,囤积紧俏商品,等等。这是难以洗刷的耻辱,后人一定会牢记我们军队的英勇业绩,牢记我们的社会团体的自我牺牲活动的同时,震惊地牢记着它。我确信,俄罗斯民族的核心是道德健康。但在我们平庸的资产阶级身上,缺少强烈的公民道德意识,个性的公民道德修炼。在这个阶层面前,树立着的不仅是巨大的考验,而

第一章　俄罗斯民族的心理

且是巨大的诱惑。俄罗斯人可以无限地忍耐与酝酿，他经历过温顺的磨炼。但他会轻易地受到诱惑，不能忍受蝇头小利的诱惑，他没有经历过荣誉的真正磨炼，没有经受过公民性的锻炼。这并不意味着，由于易受诱惑而偏离个性的道德与公民的正直，俄罗斯人就不热爱俄罗斯。他是以自己的方式热爱俄罗斯，但他不习惯感受对于俄罗斯的责任，在对待俄罗斯的自由—公民的态度上，没有经历精神的锤炼。

只能令人伤心地说，神圣的罗斯在欺诈的罗斯中找到了自己的对应物。这就有点类似于，一夫一妻制的家庭在妓女身上拥有对应物。这样的二元论应该克服和铲除。需要领会我们当代溃疡的深刻源泉。在俄罗斯的深处，在俄罗斯民族的灵魂里，应该让内在的宗教感与内在的道德敞开，最高的神性元素成为内在的变革与创造元素。这意味着，整个一生都应该成为完全自由的人与公民。自由的宗教与社会心理应该战胜每个人内在奴性的宗教与社会心理。这也同样意味着，俄罗斯人应该从他可以变得神圣，却不能变得正直的状态里摆脱出来。神圣作为俄罗斯民族的一笔财富，应该保留下来，但后者应该以新的价值来丰富它。俄罗斯人与整个俄罗斯民族都应该意识到人的荣誉与正直的神性。那时，创造的本能也就会战胜掠夺的本能。

永恒的流浪者

俄罗斯人对待理念的态度

一

我们的社会与民族心理的许多构造正在引起叫人痛心的思索。而俄罗斯广大知识分子理念的落后,对理念和理念创造的冷漠,应该被看作最叫人痛心的事实之一。思想的枯竭与懈怠,不喜欢思想、不信任思想的端倪便在其中显露了出来。俄罗斯灵魂的道德积淀催生了对思想的怀疑态度。我们把理念的生活看成奢侈,而在这种奢侈中看不到对待生活的根本态度。在俄罗斯,从最矛盾的角度出发,压抑的禁欲主义在进行脱离理念创造,脱离超越于社会、道德和宗教的功利目的的沉思生活的说教。禁欲主义对待思想和理念创造的态度,我们同样可以由宗教的和唯物主义的角度得到证实。持最左或最右形式的民粹派也同样具有这一特点。俄罗斯灵魂的这一积淀在托尔斯泰主义中也有鲜明的体现。一部分人满足于社会—民主党的简明手册中的那些常识性思想;另一部分人满足于在神父们的著作中找到的东西。托尔斯泰主义的小册子,马·阿·诺沃西洛夫的《宗教哲学百科》手册和社会主义革命手册同样显现出

第一章 俄罗斯民族的心理

对思想的厌弃和怀疑。在这种时而出自社会主义革命观点，时而出自宗教反动观点的疑惑下，思想本身的价值被否定了，理念创造的自由被窒息了。我们拥有的和被喜欢的是简明手册一类可以轻易适应生活任何情景的东西。但对简明手册的喜好也就是对独立思考的厌弃。俄罗斯从来不曾发生过创造过剩，从来不曾发生过文艺复兴，没有一丁点复活的精神。俄罗斯的历史便是如此可悲而沮丧地构成的，它窒息了俄罗斯的灵魂！俄罗斯人的整个精神能量都被集中于对自己灵魂的拯救、对民族的拯救、对世界的拯救上。其实，这个有关全体拯救的思想是典型的俄罗斯思维。俄罗斯民族的历史命运是牺牲性的，它拯救欧洲免遭东方的入侵、鞑靼人的野蛮统治，因此，它再也没有力量进行自由发展。

西方人创造了价值，催开了文化之花，他拥有对价值的独立自在的喜爱；俄罗斯人寻求拯救，创造的价值在他觉得总有些可疑。不仅是虔敬的俄罗斯灵魂，东正教徒和教派分子在寻求拯救，而且还有禁欲主义者、社会主义者和无政府主义分子在寻求拯救。就拯救事业而言，简明手册是需要的，但自由与创造的思想是危险的。以为俄罗斯左派的、革命的知识分子的精英会把自己的意志社会化，会从事政治的看法是错误的。在他们身上不可能找到任何一点生活思想、政治意识的蛛丝马迹。他们不问政治，不关心社会，而是沿着一条反常的道路寻求灵魂、纯洁的拯救，或许，还寻求为世界建功立业，但丧失了国家与社会的构形本能。俄罗斯知识分子所谓"社会的"，一切从属于政治的世界观，不过是巨大的混乱，思想与意识的孱弱，绝对与相对混淆的结果。俄罗斯知识界的马克思主义、革命主义、激进主义是道德禁欲主义对待国家、社会和历史生活的态度的另一种形式。非常值得注意的是，俄罗斯的策略经常采取抵制、罢课和无所事事的方式。俄罗斯知识分子从来都无法确认是应该接受历史，连同它整个的痛苦、残酷、悲剧性的矛盾，还是整个颠覆它，不知道哪个更正确一些。他们拒绝思考历史和它的课题，他们宁肯把历史道德化，使自己与神学纲要十分相似的社会纲要适合于它。在此，背离了自己乡土的俄罗斯知识分子依然是一个典型的俄罗斯人，对历史、对历史思想和对历史的戏剧性没有一点兴趣。我们的社会思想是有意地粗糙和肤浅的，它总是追求简单而害怕复杂。俄罗斯知识分子总是鼓吹着某些袖珍手册上的学说，许诺全体拯救的简易方法的乌托邦，但不喜欢和害怕有独立价值的创造思想，而在这思想之中正潜含着无限复杂的前景。在被激进的知识分子所称的大众那里，思想不仅是简单的，而且是庸俗和易逝的。在半冷漠的群众那里，古老思想的瓦解是含有毒素的。简明手册唯有在火热的氛围中才能流行，在不冷不热的氛围里它们便逐渐庸俗化和退化。而提出和解决一切新而又新的问题的创造思想是朝气蓬勃的。俄罗斯思想总是过于静止的，尽管有着各种信仰和流派的交替。在对待神权政治学说的态度上和对待实证论—激进主义的或社会主义的学说的态度上也是同样如此的。

二

俄罗斯人对理念的厌弃和对理念的冷漠通常转变为对真理的冷漠。俄罗斯人并不太寻求真理，而是寻求真，对此进行宗教的、道德的、社会的思索，寻求拯救。这里就存在着某些典型的俄罗斯的东西，存在着真正的俄罗斯之真。但也存在着危险，存在着对意识之路的偏离，存在着民粹派式的理由充足的无知倾向。对有机的民族智慧的崇拜总是麻痹着俄罗斯的思想，遏制由个性承担自己的责任的理念创作。我们的保守思想还是一种氏族思想，其中缺乏个体精神的自觉。但就是我们的先进思想也很少能感受到个体精神的这种自觉。思想、理念的生活总是隶属于混淆了真—真理和真—正义因素的俄罗斯心灵。但俄罗斯心灵本身并不隶属于精神性，并没浸渍过精神。在心灵统治的这块土壤上展开的是整个种族的心理素描。氏族思想、与土地的自然力有关的思想，总是心灵的，而非精神的思想。俄罗斯革命家的思考总是沉浸在心灵的而非精神的氛围里。理念、意义是在个性中、在非集体中展开的，民族的智慧是在体现着民族精神的那些个性的精神生活的顶峰展开的。没有个性精神的伟大的责任感和勇敢，就不可能实现民族精神的发展。理念生活也就是精神生活的呈现。在创造的思想里，精神统治着心灵—肉体的自然力。心灵与它的动物温暖的特殊统治是与精神的这种自由生活相对立的。最伟大的俄罗斯天才们也害怕个性精神的这种责任感，而从精神的峰顶坠落下来，去贴近大地，在自然力的民族智慧中寻求拯救。陀思妥耶夫斯基和托尔斯泰是这样，斯拉夫主义者也是这样。在俄罗斯宗教思想中例外的代表是恰达耶夫和弗·索洛维约夫。

俄罗斯自然—民族的心灵正在接受各种不同的、最为矛盾的形式——守旧的和反叛的，民族—宗教的和国际—社会主义的。这是敌视思想与理念的民粹派的根基。在俄罗斯民族的心理倾向上，存在着对知识进程持怀疑态度的反诺斯替教的东西。心灵控制着理智和意志。俄罗斯民粹派的心灵类型是道德化的，它对世间一切都采用特殊的道德评价。但这种道德主义并不适合个体性格的锤炼，不可能创造精神的结晶。在这种道德主义里，占大多数的是含混的心性，软化的经常是迷人的性情，但感受不到阳刚的意志、责任感、自律性和性格的坚毅。俄罗斯民族或许是世间最富精神性的民族，但它的精神总是在某种自然力的心灵中，甚至在肉体性中漂浮。在这种无垠的精神性中，阳性元素不可能控制阴性元素，使其定型化。而这就意味着，精神不能控制心灵。这不仅可以由它对"民族"的态度，而且也可以由它对已经外在地背离了民族但保存着相当典型的民族心理特征的"知识分子"的态度来证实。在这块土壤上早已诞生了俄罗斯意志和俄罗斯性格的孱弱。极右的俄罗斯斯拉夫主义分子和极左的俄罗斯民粹派分子（罕见的例外则可以算上在心灵构造上与之相近的，却和自己的西方同志相异的社会—民主党人）同样反对"抽象的思想"，而要求对生活具有本质的实践意义的道德的和拯救的思想。在对抽象思想的反对和对整体思想的要求中存在着很大的真确性和思想的高级类型的预感。但这种真确性被淹没在了含混的心性中和对分解与零散化的无能之中。缺少痛苦的分解过程和缺少堕落、缺少世俗化，原始的有机整体性不可能被保留和迁移到精神性的高级类型中。没有对这一真理的认识，有机的整体思想就会转而敌视思想，转向无意义，转向蒙昧的道德主义。俄罗斯灵魂的独特性和独创性不会被思想所戕杀。这种担忧也就是俄罗斯人对俄罗斯的不信任。我们的保守思想之非分解性也转入到了我们的进步思想之中。

第一章　俄罗斯民族的心理

三

真正的思想解放在俄罗斯迄今尚未完成。俄罗斯虚无主义是思想的奴役，而非解放。我们的思想还停留在次要位置上。俄罗斯人害怕思想罪，甚至在他们不承认任何罪孽的时候也是如此。俄罗斯人还不曾意识到，在活跃的、创造的思想中存在着改变自然力、穿透黑暗的光明。知识本身就是生命，所以不能够说，知识应该为生命所利用。我们必须使精神从奴役我们思想的功利主义中解放出来，不论它是宗教的，还是唯物主义的。思想的奴役在俄罗斯知识分子广大的圈子里导致理念的贫乏和理念的落后。在许多情况下，显得仿佛是"先进"的理念，本质上是并未站立在现代欧洲思想高度上的落后理念。"科学"的世界观之拥护者落后了科学运动半个世纪。知识分子与半知识分子的群众凭借早该送进博物馆的思想旧废料而生存着。我们"先进"的知识分子无望地落后于欧洲思想的运转，落后于愈来愈复杂和精细的哲学和科学创造。他们相信的是五十多年前在西方占有主流地位的理念，他们仍然严肃地擅长于鼓吹实证主义世界观、社会环境的旧理论，等等。但这是思想终极阻隔和僵化。传统的实证主义不仅在哲学中，而且在科学内部都已崩溃。倘若从来都不能严肃地谈论作为一知半解的流派的唯物主义，那么，要想严肃地谈论实证主义是不可能的，要谈论康德的批判主义哲学也随即变得不可能。同样，要想支持那个俄罗斯广大知识分子仍然支持着的激进"社会主义"的人生观与世界观也是不可能的。"宇宙性"的人生观与世界观的新前景正在展开。社会性不可能脱离和独立于宇宙生命，不可能脱离从宇宙的整个结构中流注给生命

89

的能量。所以，总是建立在社会生活的简单想象中，不想知道宇宙的非理性力量的纯理性中的乌托邦主义也是不可行的。不仅在小圈子里经历了高涨时期的俄罗斯创造思想中，而且在西方思想中，也出现过激进的断裂层。思想的"先进"完全不是我们许多思想怠惰和消极的人继续相信的那些东西。

人类的顶峰已经面临着新的中世纪的深夜，此时，太阳已在内部照亮我们，把我们引向新的白昼。外在的光亮即将消隐。理性主义的破产，神秘主义的复活，也就是这种深夜时刻。但是，旧的理性思维崩溃的时候，尤其需要呼唤创造思维，呼唤精神理念的发现。斗争在人类精神顶峰上进行着，那里，人类意识的命运正在明显起来，这也就是真正的思想生活、理念生活。思想的旧惰性把持着中间地带，在理念创造中没有首倡性，旧世界的思绪挨着饥饿的生存。自认为是知识分子的中庸思想进入了完全没有思想的状态。我们遭遇了思想的静止状态，思想的动态不见了。但思想就其天性来说是活跃的，它是永恒的精神活动，在它面前永远树立着新的课题，永远展示着新的尺度，它应该永远给予新的解决。当思想变得静止的时候，它就正在僵化和死亡。我们许多西方派分子的思想还停留在60年代[①]，他们是这一旧思想的维护者，他们还停留在西方18世纪兴起的启蒙运动的那个阶段。在思想领域里，这些人不是进步分子和革命者，而是保守分子和守旧派；他们向后顾，面向启蒙运动，他们只是给早已冷却的思想稍稍加温而敌视思想的整个燃烧。

---

① 指19世纪60年代。——译注

第一章　俄罗斯民族的心理

四

理念的创造活动并未引起俄罗斯广大知识界的强烈兴趣。我们甚至已经形成了一种信念，社会运动根本不需要理念，而是需要它们的起码储量，后者总是可以在传统的、早已冷却的、静止僵化的思想仓库里找到。1905年，我们的整个运动就不曾充满活的创造性理念的精神，它吮吸的便是温吞水的理念。因此，它被强烈的激情和兴趣撕碎了。而这种理念的赤贫是宿命性的。近十五年来，我们已拥有了许多有关创造的理念的论述，以及不仅是抽象的，而且是鲜活的、具体的理念。但在这些理念的周围还没有形成任何文化氛围，没有出现任何社会运动。这些理念仍然停留在小圈子里。理念的世界与社会性的世界相互没有联系。社会活动家方面没有对理念的咨询，没有对理念创作的预定，他们满足于旧理念褴褛的残余。我们社会精神状况的整个异常和病态，在既要求物质的又要求精神的整个力量的紧张的世界大战期间尤其可以被感觉到。不能够再依靠旧的启蒙时代理念的残余，旧的理性主义—社会主义的纲要，来应付世界性的悲剧。仅仅被这些陈旧武器所武装的人，应该感到被压垮了，给扔到了历史的船舨之外。人道主义—和平主义的情绪永远是非常粗浅和简略的，在历史命运、历史悲剧的狰狞面目前是无力的。倘若我们没有足够的物质储备应付战争，也就没有足够的理念储备。数十年来控制我们的传统理念已经完全不适合当今发生在世界上的事件的规模。一切已从惯常的位置上挪移开了，一切都要求思想全新的创造性工作，新理念的鼓舞。在不寻常的世界灾难发生的时期，我们的社会性依然理念贫乏，士气不足。我们正在为长期对理念的冷漠付出代价。旧政权筑基其上的理念终于寿终正寝了。任何力量都无法使它们复活。从旧仓库里翻找出来的任何有毒的神秘主义证明都无济于事。但负有使命而来重新建立俄罗斯生活和复兴政权的俄罗斯社会性之理念早已先于它们在生活中现身的期限而冷却和消散了。但仍然要转向在世间悄悄成熟了的理念之创造生活。俄罗斯保守主义的思想基础与俄罗斯激进主义的思想基础都已摇摇欲坠。

在各民族的世界性斗争中，俄罗斯民族应该拥有自己的理念，应该植入自己的精神结晶。俄罗斯人不能够满足于反映日耳曼军国主义和内在地克服黑暗的反动的否定性理念。俄罗斯人应该在这场战争中不仅重建国家和社会，而且重建理念与精神。为维护思想的落后和静止的石化而可耻地冷待理念的态度，应该被新的理念鼓励和理念热情所代替。土壤已被掘松，我们未来的一切所依凭的理念宣传的时间已经来临。在我们历史最困难和最重要的时刻，我们立身于理念的无政府主义和混乱的状态中，我们的精神在保守的和革命的思想中、与左派的和右派的理念之死亡存有关联的腐朽过程已经完结。但在俄罗斯民族的深处存在着活的精神，潜伏着伟大的可能性。应该在掘松的土壤里播种新思想和新生活的种子。成熟的俄罗斯要发挥世界性的作用，必须以它精神的复活为前提。

第二章

民族性问题

（东方与西方）

民族性与人类

一

我们的民族主义者和世界主义者对民族性的理解相当低，他们同样把民族的存在和统一的人类的存在分离开来。激发民族问题的激情，通常妨碍着意识的清理。致力于民族性问题的思想，首先应该明白，把民族性和人类、民族的多样化和全人类的统一对立起来，是不可能的和无意义的。然而，这种虚假的对立是从两方面形成的，一方是民族主义，另一方是世界主义。原则上是不能以部分来对抗全部或以器官来对抗身体的——也不能设想以部分和器官的多样性的消失和克服来形成整个身体。民族性和为它的存在和发展而进行的斗争，并不意味着在人类中和与人类发生纠缠，它在原则上也不能在统一的状态中与未完成和未来临的事物发生关联。虚假的民族主义给了那种民族性观念以养料。民族性是个体的存在，在它之外，人类的存在是不可能的，它植根于生活的最深处；民族性也是在历史中创造出来的价值，也是推动力。人类在它的各个部分的民族存在的形式中存在，并不必然意味着按照人道主义和统一的发展

第二章　民族性问题（东方与西方）

程度而消失的敌视和需求的动物的与低级的状态。在民族性的背后站着永恒的本体论基础和永恒的价值目标。民族性是日常存在的个性，是存在等级之一，是与人的个性——作为某种共同的人类的个性不同的另一个等级、另一个圈子。人与人之间形成的友谊并不会消弭人的个性，而是会成为他们完满的证明。各民族之间形成的全人类的友谊不会消弭，而会证明民族的个性。人类是某个肯定的统一。如果它以自己的存在去压制和取消一切进入它的等级现实，诸如个体的个性和民族的个性，那么，它就将转化为空洞的抽象性。在天国中应该考虑个人和民族的个性之完满和出色地实现。整个存在都是个体的。抽象性不是存在。在抽象的、脱离了具体的人道主义的多样性中，没有存在的精神，只有空洞。人类本身是最高等级的具体个性，是共同的个性，而不是抽象，不是纲领的总和。上帝也不是吞噬了多样化存在的一切个性的存在，而是后者的完成和充盈。不能以最高等级的统一、统一后的个性来替代个体等级的多样性、世界的整个复杂的等级。完成了的统一（社会民族的、社会人类的、宇宙的或神性的）是世界上丰富的个性存在的最高和最完满的形式。整个民族性是唯一的、友好地联合起来的人类的财富，而不是它道路上的障碍。民族性是历史的问题，而不是社会的问题；是具体文化的问题，而不是抽象的社会性的问题。

世界主义在哲学上和在生活上都是站不住脚的，它用抽象的范畴来衡量一切具体的事物，因此，仅仅是抽象和乌托邦。世界主义名不符实，它身上没有一点世界性的东西；因为，宇宙、世界都是具体的个体，都是等级之一。在世界主义意识中，宇宙的形象正如民族的形象一样，是缺席的。感到自己是一个宇宙的公民，并不意味着就丧失了民族感和民族的公民的感觉。一个人是通过一切个体等级的生活、通过民族生活来接近宇宙、世界的生活的。世界主义是关于唯一、友好、完满的人类之理想的畸形和虚幻的反映，是以抽象的乌托邦来替代具体的活生生的人类。谁不爱自己的人民，不亲近它的具体形象，谁也就不会爱人类，也不会亲近人类的具体形象。抽象繁殖抽象。一旦抽象的感觉控制了人，一切有血有肉的东西就会逸出人类的视野。世界主义就是这样否定和消弭个体的、整个形象和差别的价值，宣传抽象的人和抽象的人类的。

二

一个人是通过民族个体性，作为民族的人，而非抽象的人，是作为俄国人、法国人、德国人、英国人，进入人类的。人不能越过整个存在的等级，离开这一存在是苍白的和空洞的，民族的人要大于而不是小于普通的人，他身上既有一般的氏族特征，也有个体的民族特征。可以期望俄国人、法国人、英国人、德国人以及大地上一切民族的团结和统一，但不能期望从大地的脸上抹去民族的面貌、民族的精神类型和文化。那种期望从一切民族的东西中抽象出来的人和人类的理想，是消弭价值和财富的整个世界的渴望。文化从来都不是也从来都不会是抽象—人的，它永远是具体—人的，亦即民族的，个体—人民的；只有在那种状态下才能达到全人类性。完全不是民族的、抽象—人的，轻易地从人民转移到人民的文化，是缺少创造性的文化，是文化的外在技术层面。文化中的一切创造都烙有民族天才的印迹。甚至伟大的技术发明也是民族的，只有那

第二章　民族性问题（东方与西方）

些被所有民族轻易掌握的伟大发明的运用才是非民族的。甚至创造方法的首倡天才也是民族的。达尔文是一个英国人，而格里姆戈尔茨是一个典型的德国人。文化中的民族的东西和全人类的东西是不可能对立的。全人类的意义拥有民族创造的高峰。在民族天才身上显示着全人类的东西，通过自己的个体的东西渗透到宇宙的东西里。陀思妥耶夫斯基是俄罗斯的天才，在他所有的创作中都烙印着民族的形象。他向世界揭示着俄罗斯精神的深层。但作为俄罗斯人中的俄罗斯人，他又是俄罗斯人中最具全人类性的，最具有宇宙性的。他通过俄罗斯的深层揭示了整个世界、整个人类的深层。可以说，所有的天才都是如此。他们总是能让民族的东西达到全人类的意义。歌德不仅作为抽象的人，而且作为民族的人，德国人，都是世界性的人。

　　人类的联合，它向统一的发展，是通过民族个体性和文化的形成与斗争来进行的。没有其他的道路，其他的道路是抽象性、空洞性的或纯粹地转向精神深处、转向另一世界。民族和民族文化的命运应该彻底实现。接受历史，就是接受为了民族个体性、为了文化的斗争。希腊文化、文艺复兴时期的意大利文化、繁荣时代的法国文化和德国文化是统一的人类的世界文化之路，但它们都是极为民族的、个性独特的。所有伟大的民族文化都在自己的意义上是全人类的。划一的文明是畸形的。同一模式的文化没有任何意义，在它身上没有一点世界性的东西。存在的整个世界之路是各种个体性的世界等级的相互关系，是一个等级向另一个等级的创造性转化，是个体向民族、民族向人类、人类向宇宙、宇宙向上帝的转化。在完善的人类中，可以而且应该设想阶级和强迫的国家的消亡，但不能设想民族性的消亡。民族是动力的本体，而不是过渡的历史功能，它扎根于生活的秘密深处。民族性是肯定的存在，应该为它而斗争，正如为价值而斗争一样。民族的统一比阶级的统一、党派的统一和各民族生活的历史向过渡结构的统一更为深刻。每个民族都在为自己的文化、为在良好氛围中的最高生活而斗争。希望绕过民族性而进行创造是伟大的自欺欺人。甚至托尔斯泰式的脱离一切与民族性有关联的东西的不抵抗，也显得极具民族特征，极具俄罗斯特征。离开民族生活，云游四方，是烙印着俄罗斯民族精神的纯俄罗斯现象。甚至对民族性的形式上的反对都可能是民族的。民族的创造并不意味着是故意民族化的，它是自由和自然地民族化的。

三

民族性的理性界定的一切尝试都不成功。民族性的自然是不能按照任何理性的—有条件的标志来界定的。没有一个种族、没有一块领土、没有一种语言、没有一种宗教，能够成为界定民族性的标志，尽管它们都在它的界定中起着这样那样的作用。民族性是复杂的历史构成。种族和部族产生血缘的融合，土地进行过许多次再分配，精神—文化的进程创造了它的不可重复的精神面貌，民族性就是在这样的结果中形成的，它把自己的命运与之联系在一起。在历史和心理的探索结果中，存留着不可分解的和不可捕捉的剩余物，民族个体性的整个秘密便在其中。民族性是秘密的、神秘的和非理性的，正如一切个体性的存在一样。需要生活在民族性中，加入它的创造性生活进程中，为的是最终了解它的秘密。民族性的秘密隐

第二章 民族性问题（东方与西方）

藏在历史自然力的摇摆不定的背后，隐藏在命运的整个更替变化的背后，隐藏在颠覆过去、创造未来的所有运动的背后。中世纪的法国和20世纪的法国都还是那颗民族的灵魂，尽管历史中的一切已变得面目全非。民族文化和生活类型的创造不能忍受外在的、强迫性的规章，它不是完成强加的规则；它是自由的，其中有着创造的恣意妄为。有规则的、官方的、外在强迫的民族主义限制着民族的使命，否定了民族存在的非理性秘密。民族主义的规律性和人道主义的规律性同样压制着创造的激情，同样敌视作为创造任务的民族存在的观念。存在着陈腐的民族主义。陈腐、保守的民族主义害怕那种被称为把俄罗斯"欧化"的东西。它维护那些与俄罗斯的历史落后性联结在一起的民族生活的特征，担心欧洲的技术、机械、工业的发展及与欧洲在形式上相似的新社会形式可能戕害俄罗斯精神的独特性，让俄罗斯失去个性。可这是一种胆怯的、不自信的民族主义，它不信任俄罗斯精神的力量，不相信民族力量的坚不可摧，它是一种把我们的精神存在寄托在对生活的外在物质条件的奴性依赖上的物质主义。那些被认为是把俄罗斯"欧化"的东西，根本不意味着将俄罗斯非民族化。与法国和英国相比，德国是一个在经济和政治上落后的国家，相对于西欧来说，它是东方。可是，当它接受了更先进的西方文明以后，难道它就变得更少民族特点，丧失自己的独立精神了吗？当然不。机械，就它本身而言，在技术上是无个性和无特点的，是国际性的，尤其在它嫁接到德国以后更是如此，它变成了民族意志的工具。在德国机械中存在着的邪恶和强力的东西，也是非常民族的，非常德国化的。在俄罗斯，机械可以起完全不同的作用，能够成为俄罗斯精神的工具。其他一切也是如此。那被称之为欧洲的和国际的文明本质上是一种方特游戏。整个民族存在的发展并不是从民族特性向某种根本不可能存在的国际化的欧洲文明的演变。划一的欧洲主义、国际文明是最纯粹的抽象，没有一点具体的存在。所有民族、所有国家都要经过某个发展阶段，它们用没有一点个性和民族性的科学与社会的技术武装起来，因为，最终具有个性和民族性的是生活的精神。但这种发展过程不是片面的，不是朝着在西方也找不到的某种"国际化的欧洲"方向发展，这是一种向上的运动，在自己的民族特性中的全人类运动。只有一条道路能达到最高的全人类性，达到人类的统一，那就是民族发展和民族创造的道路。人类只有在民族的特征之下才能发现自己。渗透着国际化的欧洲、国际化的文明、国际化的人类的理念的非民族化，是最纯粹的空虚，是虚无。没有一个民族能片面地发展，在另一条道路和另一种模式上发展。在我的民族性和我的人类性之间，不存在任何"国际化的欧洲""国际化的文明"。创造的民族之路是走向全人类的道路，它是在我的民族性中的全人类性的敞开，正如我的民族性在整个的民族性中敞开一样。

四

那通常被称为把俄罗斯"欧化"的东西，是不可避免的，是令人愉快的。在这一过程中，有许多沉重的和病态的东西，因为通过一切有机物的分裂、分离从旧的整体性向新的、生活中没有过的整体性转化并不轻松。可至少"欧化"的过程并不意味着我们会变得与德国人、英国人或法国人相似。让全人类的生活定位与民族的生活定位相对立是根本没有任何意义的。呼吁忘掉俄罗斯和民族的事物来为人类服务，只为全人类的事物而触发灵感，是没有一点意义的；这是一种空洞的呼吁。全人类性是依赖于俄罗斯的民族性和其他的民族性的存在而存在的。俄罗斯是一个伟大的现实，它正在进入具有人类性的其他现实，用自己的价值和财富来丰富它、充实它。以人类的名义来对俄罗斯进行的世界主义的否定，是对人类的剥夺。俄罗斯是一个普通的存在，通过它我们可以抵达人类。而俄罗斯也应该获得全人类的意义。俄罗斯是面临全人类而提出的创造的任务，是丰富世界生活的价值。人类和世界等待着来自俄罗斯、它的语言、不可重复的事业之光辉。全人类极为需要俄罗斯。对全人类而言，应该否弃让俄罗斯人成为国际化、世界化的人的设想。对全人类而言，必须把俄罗斯人提升到全人类的意义，而不是让他转化成抽象的、空洞的人。全人类性与国际主义毫无共同之处，全人类性是所有民族的事物的最充实的状态。我们应该创造具体的俄罗斯生活，与其他任何生活都毫不相似的生活，而不是创造抽象的社会和道德范畴。我们整个的生活应该定位在民族与个性的具体理念上，而不是阶级和人类的抽象理念上。俄罗斯的命运无比贵重于阶级、党派、原则和学说的命运。人道主义者、世界主义者如此害怕的动物学的民族感觉和本能，是低级的和愚昧的自然状态，它应该转化为创造的民族感觉和本能。没有对俄罗斯原初的和自然的爱，就不可能有任何创造的历史道路。我们对俄罗斯的爱和所有的爱一样，是自由自在的，它不是为质量和尊严而付出的爱，这种爱应该是创造俄罗斯的质量和尊严的源泉。对自己人民的爱应该是创造的爱、创造的本能。至少，它不意味着对其他民族的敌视和仇恨。对我们每个人来说，要通过俄罗斯而踏上走向全人类的道路。实际上，整个非民族化是把我们与全人类隔离开来了。俄罗斯的面庞将烙印上美妙的人类的印迹。在唯一的人类中能够联合的只有个体性，而非空洞的抽象性。关于民族性与人类性的有益联系的真理，甚至可以从另一角度，从相反方向加以证明。如果人类性的理念与民族性的理念的对立是不允许的话，那么，反之亦然。不应该从民族主义者的角度，以民族性的名义来成为人类统一的敌人。那种以民族来反对人类的做法是对民族性的削弱，是民族性的毁灭。那种虚假的、背叛的民族主义应该承担空洞的国际主义的命运。民族的创造性确认也就是人类的确认。民族性和人类是一回事。

第二章　民族性问题（东方与西方）

民族主义和弥赛亚主义

一

民族主义和弥赛亚主义是相互接近和相互融合的。在自己的正面确认中，在精神的特别高涨中，民族主义就转化为弥赛亚主义。在19世纪初的德国，费希特的精神的民族热情就越出了自己的囿限，转化成了德国的弥赛亚主义。斯拉夫主义也是悄悄地转化成了弥赛亚主义。但是，民族主义和弥赛亚主义在自己的天性上、在自己的起源和任务上是深深地对立的。民族主义追求和弥赛亚主义追求的对立在俄罗斯总能被感到。在《新时代》和我们的杜马民族主义者的民族主义中，我们很难发现弥赛亚的理念。对那些民族主义者来说，整个疯狂而牺牲的弥赛亚主义不仅是敌对的，而且是危险的。民族主义者是清醒的、实践的人们，是在大地上安排得井井有条的人们。民族主义可以在实证土壤上得到加强，它可以在生物学上加以论证。弥赛亚主义只能在宗教土壤上被想象，它只能被神秘主义地证实。许多民族主义可以同时存在。理念中的民族主义并不追求世界性、统一性和特殊性，尽管在实践上它轻易地就会去否定和消弭其他的民族性。但就自己的天性而论，民族主义是割据的，它总是部分的，它的那些否定和消弭也很少是在追求宇宙性，正如动物世界中的个性之于生物学斗争一样。弥赛亚主义不能容忍共同存在，它是唯一的，总是按照自己的雄心来统一世界。但弥赛亚主义从来都不在生物学上否定和消弭其他民族性，它拯救它们，让它们服从自己的世界理念。

弥赛亚主义的宗教根源在犹太民族的弥赛亚意识中，在以为自己是上帝的选民的意识中，在弥赛亚（被选中摆脱一切邪恶，创造以色列的极乐王国的人）会诞生的意识中。古犹太的弥赛亚主义是特殊的弥赛亚主义，是驱使其他一切民族性从属于一个民族性的弥赛亚主义。在犹太弥赛亚主义中，没有一点全人类的理念。对基督教来说，在希腊人和犹大之间没有什么差别。犹太弥赛亚主义不可能存在于基督教世界中。自从基督—弥赛亚出现以后，犹太民族的宗教弥赛亚便消亡了，犹太弥赛亚主义也随之消亡。在基督教世界里不允许狂热的宗教—民族仇恨，它只是作为生物学事实而非宗教事实，才是可能的。基督教世界中的以色列王国是全人类的王国。基督教一点都不否定作为自然、精神—生物学的个体性的种族和民族性。但基督教是拯救的宗教，拯救整个人类和整个世界的宗教。基督是为了所有人、为了每个人而降临的，尽管对整个人类和整个世界来说，在基督教人类中，否定自己的人类理念的特殊的民族主义的弥赛亚主义、旧约的弥赛亚主义是不可能的，可从弥赛亚的出现中生发的变形的新约弥赛亚主义是可能的。在基督教人类中，弥赛亚意识可能只是面向未来，面向将来的基督，因为这种意识本质上是先知的意识。而纯宗教的、纯基督教的弥赛亚主义总是带有

第二章 民族性问题（东方与西方）

启示的色彩。基督教民族会意识到自己是各民族中的神选的、基督的弥赛亚民族；会感到自己负有解决世界历史的命运的特殊宗教使命，根本不否定其他的基督教民族。俄罗斯弥赛亚主义（如果分离出其中的纯弥赛亚自然力）主要是启示的、面向未来的基督和他的反面——反基督徒的出现。这存在于我们的分裂教派中，在神秘主义教派分化运动中，在像陀思妥耶夫斯基那样的俄罗斯民族天才中，我们的宗教—哲学探索便带有这种色彩。基督教世界中的弥赛亚意识是二律背反的，这和在基督教世界中的其他一切一样。在俄罗斯民族的精神结构中，存在着某些使它成为在他的精神生活的最高显现中的启示民族的特征。波兰的弥赛亚主义也带有启示的烙印，这揭示了斯拉夫种族的精神特性。但弥赛亚理念作为一种特殊的精神—文化使命，可以脱离自己的宗教—基督教土壤，被各民族所体验。德国弥赛亚主义便主要是种族的，带有强烈的生物学色彩。在自己的精神顶峰，德国民族意识到自己不是基督精神的掌握者，而是最高的、唯一的精神文化的掌握者。日耳曼种族是最优秀的种族。启示的情绪是与日耳曼精神格格不入的，哪怕在老一代日耳曼神秘主义者那里也没有。斯拉夫人和日耳曼人的基本区别就在于此。但费希特、老一代唯心主义者和浪漫主义者、瓦格纳，以及当今的德列弗斯和张伯伦的日耳曼意识也曾经片面、紧张地体验着日耳曼种族的神选性和作为最高的世界精神文化的掌握者的使命，这便带有弥赛亚主义的特征，尽管是被歪曲的弥赛亚主义。德列弗斯认为甚至可以谈论日耳曼宗教的建立，纯雅利安的日耳曼主义的宗教的建立，但谈不上基督教和非基督教的宗教的建立。

二

  在19世纪至20世纪期间，弥赛亚主义和民族主义的体验是交织、混淆、悄悄地相互转化的。需要记住，民族主义是新现象，是19世纪才发展起来的，它取代了中世纪和古罗马的普济主义。发展到竭力否定其他民族的灵魂和肉体，使得与它们的一切正面交往都不可能的民族主义，是一种自私的自我确认，是狭隘的封闭性。它的土壤是低级的生物学土壤。那种民族主义愈是追求无限性，它就会变得愈是有局限。民族主义的无限追求使得它更为局限，更为狭隘，使它脱离了普济主义，丧失了它的创造精神。卡特科夫和达尼列夫斯基的民族主义便是如此。民族的机体总是体现为割裂的存在，而非普适的，它不能容忍宇宙的、全人类的精神，却具有成为一切和吞噬一切的倾向。民族主义和弥赛亚主义的整个混淆，民族主义对弥赛亚主义的整个奉献，正在孕育愚昧的意识，把恶带给世界。偷偷地置换总是会滋生恶行的。因此，严格的区分是必要的。因为部分的东西不应该抑制整体的东西。民族主义正如创造的确认一样，是正面的利益和价值，是具有个体性的民族存在的敞开和发展。可是，全人类性应该在这个具有个性的民族形象内部展开。一旦民族性陷入无限的自我怀疑和贪婪的自满中，认为自己便是世界，不容许任何人和任何物与自己并存，那是非常致命的。日耳曼的民族主义便具有这种倾向。但是，一旦民族性以创造性的努力来敞开自己的世界性，不丧失自己不可重复的形象之个性，而把它提升到全人类的意义上来，那是富于生机的。民族性不能追求特殊性和普遍性，它应该容忍其他的民族个体性，与它们保持联系。民族性进入到

第二章 民族性问题（东方与西方）

存在的等级中，应该占据一定的位置，它在等级上是从属于人类和宇宙的。因此，必须严格区分民族主义和弥赛亚主义。

弥赛亚主义从属的是完全不同的精神秩序。弥赛亚主义之于民族主义，就像神秘主义者的二次诞生之于他的初次诞生。民族的存在是自然的存在，必须为它而斗争，必须发现它、发展它。但弥赛亚使命已经在发展的自然进程之外，这是来自天堂的闪电，是燎尽一切人间事物的神火。不可能存在妥善地处理人间事务的理智的弥赛亚主义。在弥赛亚意识中总是存在着神奇的、向自然秩序中灾难性的爆发，向抽象和有限事物的激烈转化。民族主义也是存在于自己的自然—相对状态中，在历史的发展中。民族主义和弥赛亚主义根本不相互否定，因为它们分属于不同的秩序。民族主义可以确认和发展那个自然—历史的存在，如同发自精神天堂的闪电的弥赛亚理念，就在这一存在中熊熊燃烧。在这个世界向另一个世界转化的时候，弥赛亚主义就可能被民族主义所替换。清理和创造的民族性工作可以仅仅为弥赛亚理念准备一个储存的场所。但弥赛亚理念来自另一个世界，它的自然力是火的自然力，而不是大地的自然力。

三

在弥赛亚意识内部，正在发生基督教的弥赛亚主义和犹太弥赛亚主义的融合。如果说以民族主义取代弥赛亚主义、以分裂性取代包罗性是有害的话，那么，以犹太弥赛亚主义取代基督教弥赛亚主义，其危害也不会更少。在基督出现以后，犹太弥赛亚主义便永远不再可能存在。在犹太教的内部，它的作用是否定性的；因为，或许它只是对新的、与基督对立的弥赛亚的出现,后者将在人间确立极乐世界的以色列王国。但犹太弥赛亚主义正渗透进基督教世界,它以追求代替了服务,以对人间特别福利的渴望代替了牺牲。但基督教弥赛亚意识可以是特别牺牲的意识,是服务于世界和世界上所有民族的使命意识,是拯救它们脱离恶和痛苦的使命意识。弥赛亚,就其神秘主义的本性而论,是牺牲的;弥赛亚—民族只能是牺牲的民族。弥赛亚的等待是通过牺牲对拯救的等待。等待着人间乐土的犹太"千年王国"说,没有牺牲,没有各各他的受难,它是与基督教的弥赛亚主义深深对立的。对未来基督的等待是以各各他的经历、对十字架上的基督的接受、向着崇高的英雄主义、创造的道路为前提的。波兰的弥赛亚主义者,密茨凯维奇、托维扬斯基、捷什科夫斯基,都拥有纯粹的牺牲意识,由于巨大的痛苦而在民族的心里燃烧。但在波兰,牺牲的弥赛亚主义过于迅速地被极端的民族主义所取代。弥赛亚意识只能成为伟大的民族痛苦的果实。植根在俄罗斯民族心中的弥赛亚理念是俄罗斯民族、它对未来城市的寻找的痛苦命运的结果。但在俄罗斯意识中,已经发生了基督教弥赛亚主义与犹太弥赛亚主义、越过自己囿限的民族主义之间的融合。我们没有健康的民族意识和民族感,永远是某种断裂,永远是过分的自我肯定和过分的自我否定。我们的民族主义过于经常地倾向于成为狂热、特殊和紧张的古犹太类型的弥赛亚主义。它的相反方面是对民族性的全面否定,是抽象的、乌托邦的国际主义。

在我们民族意识内部进行分解和清理是必要的。民族主义确认各民族的个体性—历史存在的精神—生物学基础,没有这一基础就不可能完成任何弥赛亚使命。一个民族应该保持自己的形象,应该发挥自己的能量，应该拥有创造自己的价值的可能性。可是，最纯粹、最地道的民族主义不是弥赛亚主义。弥赛亚理念是世界理念。它是以民族的牺牲精神之力量和以非此岸世界的王国所感动的特殊灵感显现出来的，它不可能追求对世界的外在统治，不可能倾向于那些给民族以人间幸福的东西。可我想，在俄罗斯，在俄罗斯民族中，存在着特殊的、打碎自己囿限的民族主义，存在着狂热的犹太弥赛亚主义，也存在着真正的基督教的、牺牲的弥赛亚主义。俄罗斯的形象是双重的，它汇融了最大的对立性。我们最极端的民族主义确认，经常与俄罗斯的弥赛亚主义，与弥赛亚理念的抽象的不理解，与对它的厌恶联系在一起……民族主义可以是纯粹的西方主义，俄罗斯的犹太化，精神上的割据现象。它自己的精神不触及任何关于俄罗斯的伟大理念，不了解作为某个伟大东方的俄罗斯。与之相反的是，民族主义的完全否定可能是深刻的俄罗斯现象，它不了解被关于俄罗斯的世界理念所激发出灵感的西方世界，不了解它的牺牲的弥赛亚使命。转向否定整个民族主义的弥赛亚主义，希望俄罗斯民族能充满牺牲精神地献身于拯救所有民族的事业，希望俄罗斯人以全人类的形象出现。俄罗斯灵魂具有宗教地、而非"国际性"地否定民族主义的特性。而这一现象是俄罗斯的，是典型民族的，在它背后有着全人类的面孔，需要将后者与世界主义者的面貌区别开来。

四

但俄罗斯灵魂缺乏阳刚意识，不能照亮自己的自然力，它搅乱了不少东西。俄罗斯的启示被当成俄罗斯灵魂的神秘主义激情的渗透，当成它最单薄的结构的振动来消极地体验。俄罗斯灵魂这种消极、病态的、阴柔的启示性，应该与积极的、阳刚的、创造的精神结合起来。俄罗斯亟需阳刚的民族意识，亟需思想的创造性工作，化整为零，让光辉注入俄罗斯的黑暗。在俄罗斯的民族生活中，淹没在黑暗中的启示性体验，达到了自焚和消弭整个存在的地步。这种倾向总是存在于俄罗斯对绝对事物的渴望，俄罗斯对整个相对事物、整个历史事物的否定。俄罗斯革命知识分子的意识也是那么沉浸在黑暗中，他们曾经常地否定民族性和俄罗斯，但按照自己的自然力来说，他们是非常民族的，非常俄罗斯的。俄罗斯的自然力依然是黑暗的，无法用阳刚意识来定型。俄罗斯灵魂经常体验到无意识的、黑暗的弥赛亚主义。按照自己的方式宣传斯拉夫弥赛亚主义的巴枯宁便是如此。这在某些无政府主义者和革命者那里也是如此。他们相信从世界之火中可以孕育出新生活，他们在俄罗斯民族中看到了那个弥赛亚，他将点燃世界之火，把新生活带给世界。我们的民族主义者打着官方的旗号，不论是旧形式还是最新的西方形式，在所有情况下，他们都比其他的分裂派教徒或其他的无政府主义者，比知识上愚昧却在自己的自然力上属于真正俄罗斯的人们更少俄罗斯弥赛亚精神。在最离奇怪诞和丰富多彩的形式中，俄罗斯灵魂反映着关于解脱恶与痛苦、为全人类带来新生活的世界理念。巴枯宁和 Н. ф. 费多罗夫，俄罗斯社会主义者和陀思妥耶夫斯基，俄罗斯分裂派教徒和弗·索洛维约夫，都迷恋这一理念，弥赛亚理念。可这一弥赛亚意识没有被意识之光所浸润，没有被阳刚意志所定型。我们应该意识到，俄罗斯的弥赛亚主义不能成为自负和自满，

第二章 民族性问题(东方与西方)

它只能成为精神的牺牲之火,只能成为为了整个世界而向着新生活迸发的精神。弥赛亚主义并不意味着我们比其他人更优秀,我们可以有更多的野心;而是意味着我们应该做得更多,善于放弃得更多。但是,积极的民族工作、精神和物质的净化和我们民族存在的加固和发展,应该发生在整个弥赛亚服务之前。弥赛亚主义不能成为纲领,纲领应该是创造—民族的。弥赛亚主义应该是纯洁的、健康的和积极的民族主义的秘密深度,是疯狂的精神—创造的激情。

永恒的流浪者

民族主义和帝国主义

一

民族主义的问题和帝国主义的问题,由于各民族的世界斗争而变得非常尖锐。当今的战争的后果之一,是将在思想领域里出现民族主义哲学和帝国主义哲学。但在这一趋向中,对实践的任务而言,对我们世界和内部政治的整个趋向而言,创造的工作应该是富于成效的。我们的民族主义至今还在意识的非常低的层次上。我们的民族意志冲动不是明朗的。俄罗斯的帝国主义,作为一种世界历史的事实,还不能被足够意识到,还不能与被称之为民族政治的东西相比。在俄罗斯知识分子的广泛圈子里,人们很少对这些问题感兴趣,甚至认为它们是"反动"的。唯有战争激发了民族感和自发地迫使人们去培养民族意识。在自由之上,没有极端的必然性,我们生活得无忧无虑。

可以从各种角度来观察世界大战。角度之一是,世界大战应该被看作是在帝国主义的发展和辩证法中不可避免和命中注定的时刻。它是追求世界强权和世界优势的帝国主义意志冲突的结果。一

第二章 民族性问题（东方与西方）

点世界野心的存在，不可能孕育世界大战。德国的世界帝国主义野心在历史上出现得过迟，那时，英国已经成为最大的海洋强国，而俄罗斯是最大的陆地强国。但是，世界大战不仅与强国的帝国主义政治尖锐化有关，而且与所有民族性，哪怕是最小的民族性的命运问题的尖锐化有关。所有的民族实体都希望跻身于世界，希望进入自己的自然疆界。战争毁灭弱小民族性，与此同时，它刺激它们追求独立自治的存在的意志。庞大的帝国主义实体向外扩张，期望形成世界性王国。与之相反的是，在强国庇护下的弱小民族实体期望独立。帝国主义和民族主义是两种不同的元素，在它们背后隐藏着不同的动机，应该将它们区分清楚。

在新人类的历史上，发生过双重的发展进程——普遍化过程和个体化过程，向大躯体联合和向小躯体分化。民族主义是个体化的元素，帝国主义是普遍化的元素。在民族主义趋向于独立的时候，帝国主义期望进入世界性的广阔天地。这些元素具有不同的性质，但并不相互排斥，它们同时并存。帝国主义就其本性来说，期望越出封闭的民族存在界域，帝国主义意志总是追求世界性存在的意志。通过斗争，通过纠纷，帝国主义总是有益于人类的联合。帝国主义给人类历史灌注了不少血液，克服整个民族的孤立性、克服整个地方主义的人类的世界统一理念就隐藏在它的背后。在古罗马帝国没有什么民族性，它追求的就是世界。世界帝国的理念越过整个历史，延续到20世纪，已经丧失了它的辉煌特征（辉煌的罗马帝国），而在相当程度上获得了工商业基础。我们时代的经济主义都打上了世界帝国理念的烙印。英国是第一个新帝国主义的强国榜样。需要承认，帝国主义政治的巨大成功有赖于它的意志和无情地使它变成海洋霸主的行为。这是所有强国的宿命。历史上空前的世界大战突然爆发的时候，存在着冀求世界性优势的三个最大的强国——英国、俄罗斯和德国。这三个世界性帝国主义意志不可能同时并存。冲突和选择不可避免。相信可以按照世界帝国主义斗争这条道路预先加以防止，希望从中看到的不是整个人类的悲剧性命运，而仅仅是这些和那些阶级、这些和那些政府的恶意志，这种历史哲学是非常幼稚和天真的。

二

不能把帝国主义问题置放在我们支持还是不支持帝国主义政治的主观—道德立场上来看待。可以根本没有帝国主义热情，甚至厌恶地对待帝国主义政治的许多丑陋方面，却依然承认帝国主义客观上的不可避免和它的客观意义。可以愤怒地看待殖民政治的某些方面，却依然可以承认它有益于文化的世界联合。帝国主义会引发世界大战，但它联合人类，使人类走向统一。大的帝国主义躯体的形成是不可避免的，人类应该经历它。这是历史发展进程的趋向之一。人类通过斗争、纠纷和战争走向统一。这是令人悲哀的，这可能激发我们的愤怒，这是人生之根沉溺其中的大黑暗的显现，但事实就是如此。人文科学的和平主义推崇优良的道德真理，但它不了解形成人类历史命运的道路。这一命运是通过悲剧性冲突，而非通过道德明朗的直路形成的。解决冲突的人类历史道路，包含了很大的危险性、下滑和后退的可能性、回归兽性本能的可能性，但应该勇敢地跨过去，并保存着人的形象。帝国主义的客观意义要比我们

第二章　民族性问题（东方与西方）

称之为帝国主义政治的表面更为深刻和更为远大。不论它的动机如何低级，它的手段如何愚蠢，帝国主义依然会越出民族存在封闭的界域；它还越出欧洲的界域走向世界，越过海洋，联合东方与西方。世界性的热情也在工商业帝国主义中存在。

但帝国主义和它的世界性追求根本不意味着必然要压迫和毁灭小民族性。帝国主义并不必然是毁灭其他民族性的某一个民族性的膨胀。德国帝国主义类型不是唯一的帝国主义类型。相当一部分人认为，德国没有帝国主义的志向，它的帝国主义不过是过高地估计了自己限度的民族主义。显然，德国最显赫的国家人物——俾斯麦已经丧失了帝国主义意识，他的政治是民族主义的。过于自负和过于膨胀的民族主义将抑制民族的个体性。民族主义应该有自己的界限。超过这一界限开始的就不是民族主义，而是帝国主义。英国很懂得这一点。在此，我们接触到了对俄罗斯很重要的一个关于帝国主义和民族主义之间的关系问题。俄罗斯是世界上最大的内陆帝国，是一个具有无限多样性的大世界，是抬高了个体性有限概念的伟大的东方—西方。不论俄罗斯面临怎样多的帝国主义任务，它们都会被抬高成民族性任务。古罗马帝国面临那样的问题，新时代的俄罗斯也面临那样的问题。伟大的帝国应该是一个伟大的联合体，它的普济主义应该具有拥抱每一个个体性的能力。顺应历史的整个伟大帝国，应该围绕自己的民族核心来进行自己的世界—历史工作。伟大的俄罗斯部族应该组成那样一个俄罗斯帝国主义核心，它创造庞大的俄罗斯。俄罗斯帝国包含了非常复杂的民族结构，它接纳了很多民粹性的东西。但它不能被看作民粹性的机械性替代——它就其基础和世界任务而言是俄罗斯的。俄罗斯是世界上的某个实体，它具有自己专门的使命，自己唯一的面貌。

三

被如此自然地赋予的俄罗斯帝国主义，与英国帝国主义和德帝国主义并不相同，它是完全特别的，在本性上更为矛盾。俄罗斯帝国主义具有民族主义基础，它会抬高一切纯民族主义的任务，它面临很多联合的任务，或许还有无形的东方—西方、亚洲—欧洲的联合任务。莫非我们就站立在命定的任务的高度上？这使我们涉及了民族政治的问题。只有当俄罗斯克服了自己旧的民族政治（实际上与俄罗斯民族的精神不相符）的时候，俄罗斯才会站立在帝国主义任务的高度，踏上新的道路。倘若世界大战最终把俄罗斯带入世界性广阔天地，踏上履行自己的世界性使命的道路，那么，首先应该改变按照民粹派态度对待一切的政治。俄罗斯民族的全人类和宽容的精神将战胜地方主义的片面性和自负。当我们的政治不再是强迫的和特别民族化的时候，它将第一次成为真正民族的政治。那样的民族政治与世界帝国的理念完全不矛盾。那种民族主义是弱点的显现，它与力量的感觉不相联合。它在摆脱了奴役的民族那里、在害怕落入奴役的弱小民族那里都可能存在。伟大的世界帝国以力量为基础，而不是以民族核心的虚弱为基础，它不能奉行民族主义政治，不能让自己所含纳的民粹性与之冲突，不能激发所有民族厌恶自己而渴求解放。那样的政治最终是反政府的，会导致俄罗斯的分裂和萎缩。俄罗斯政治可以仅仅是帝国主义政治，而非民族主义政治；我们的帝国主义，按照我们在世界上的状况，应该是宽容的，而非

第二章　民族性问题（东方与西方）

残酷掠夺的。包含了很多民族性的伟大帝国的民族核心，应该激发自爱，应该注重自身，应该获得迷人的能力，应该给自己的民粹性带来光明和自由。可以说，人民的俄罗斯激发对自己的爱，也激发所有民族对自己的爱。我们的异族人沉醉于真正的俄罗斯文化的魅力中。官方的俄罗斯处心积虑地疏远自己，希望扼杀这种爱和这种刺激。它希望从内部进行分裂，尽可能多地加以疏远，以不自由和强力来禁锢它们。但是，如果俄罗斯帝国主义受到过分的推崇的话，它就仅仅拥有存在的权利，也仅仅是强力的标志而已。俄罗斯是先天注定的帝国主义国家，却已丧失了帝国主义的激情，这就是它的独特性。旧的民族主义政治是胆怯和无力的，因此，它不信任伟大的俄罗斯民族。但是，如果在伟大的俄罗斯民族中没有真正的力量和真正的精神，它不可能获得世界性意义。强力是不能替代力量的。才能的缺乏是不能用任何恐吓来补偿的。令人吃惊的是，我们的民族主义者对俄罗斯的不信任已达到了怎样的地步。他们的姿态是虚弱的姿态。

全人类的宽广和对整个民族个体性的体认，谨慎和宽容地对待一切民族性，恰恰应该在俄罗斯的帝国主义之中。对民族灵魂的理解是俄罗斯天才的骄傲。作为全人类的俄罗斯人，就在俄罗斯理念的基础上。而如果俄罗斯帝国主义不是这种俄罗斯民族精神的体现，那么，它就会开始分裂，随后引发俄罗斯的分裂。相信自己的力量和自己的使命的伟大帝国，不会把自己的公民转变成无权的贱民，像我们曾经对待犹太人那样。这会导致帝国主义统一的分化。只有自由的公民才是帝国的支撑。存在大量的无权、受迫害、被仇视的人，是十分危险的。我们有过官方为我们选择的最糟糕的保存民族面貌的方法，那种方法是歪曲这一面貌，而不是保存它。俄罗斯帝国主义有辽阔的空间，它不会有掠夺的野心。

俄罗斯帝国主义的外在任务只是对海湾、出海口的占领。另一个任务就是解放被压迫的民族性。但是，只有当俄罗斯内部不再有压迫，只有当它内在地成为被压迫民族性的解放者，这一美好的弥赛亚才可能实现。首先，俄罗斯应该开明地解决作为世界问题的波兰问题。其次，依然要以开明的态度来解决犹太、芬兰、亚美尼亚等问题。我们的加里齐政治并不能有益于俄罗斯的伟大和它的威望。只是乌克兰的分裂主义情绪正在加强。倘若俄罗斯不能激发对自己的爱，那它就会丧失自己在世界上的重要地位的基础。它的帝国主义不应该是侵略性的。它的民族主义应该体现全人类的民族特性。

第二章 民族性问题（东方与西方）

欧洲的终结

一

关于世界联合与世界统一的幻想是人类古老的幻想。罗马帝国是那种联合与那种统一的最伟大的尝试。而整个普济主义迄今还与作为精神的概念，而非作为地理的概念的罗马密切相关。目前正在扩大和威胁着可能殃及所有国家和民族的世界大战，显然与世界联合，与唯一的世界性政府这一古老幻想相悖异。看起来，那场恐怖的战争正在摧毁人类的统一。但这不过是一种肤浅的观点。从更为深邃的观点来看，世界大战把有关地球的世界结构和整个地面上的文化普及的问题尖锐化到了极点。当前的历史时期与民族大迁移的时代很相像。可以感觉到的是，人类正在进入新的历史，甚至宇宙时期，进入任何科学预测都难以料想，一切理念和知识都无法勘破的伟大的未知。首先显露的是，古老的、非理性的、尚武的、种族的本能要比一切人道主义情感更为强烈。植根在生活黑暗源之中的本能战胜了资产阶级自我保护的感觉。在19世纪后半期出现的那种人类统一的意识，仿佛都成了生活的表象。世界大战掀掉了19世纪和20世纪这张文明的薄膜，裸露了人类生活更深层的结构，卸除了仅仅是外在地被遮掩，进而非转化为新人的人类天性中的混沌的非理性存在。社会问题，阶级斗争，人文—世界主义，等等，不久前还显得无比重要，能在其中看到未来的一切，正在移向次要的位置，让位于更深刻的需要与本能。被推到首要位置的是民族与种族问题，为控制各个帝国主义的斗争和一切制胜的世界主义、和平主义、人文主义的学说。永恒的资本主义世界显得虚幻而抽象了。在这场恐怖战争的大火中，一切教条主义都已燃尽，一切桎梏生活的学说和理论都已熔化。种族与民族的本能在20世纪显得比社会与阶级的本能更为强大。在最资本主义化和完善化的文化中，非理性因素超过了理性的因素。种族的斗争，民族尊严的斗争，为强盛和统一而进行的伟大帝国的斗争，本质上都是超民族的。在此，扩张超个体生活的黑色意志战胜了一切个体的需要与利益，粉碎了一切个人的前景。帝国主义政治和为民族尊严而战，要求个人作出巨大的无偿牺牲。在我们这个本能萎缩的时代，帝国主义和民族主义斗争所依凭的本能依然十分坚固。局部的、家庭的、小市民的生活利益被民族的、历史的、全世界的利益，民族和国家的荣誉本能战胜了。

二

民族意识和民族主义是19世纪的现象。自从世界帝国的理念鼓励下的拿破仑战争之后，民族解放的战争就开始了。民族的自觉正在增长。民族性的国家正在形成。最小的一些民族也想确立自己

第二章　民族性问题（东方与西方）

的民族面貌，拥有独立的生存。19世纪的民族运动是与中世纪的宇宙主义相悖异的，中世纪为世界神权政治和世界帝国的理念所主宰着，不知道什么是民族主义。19世纪与20世纪紧张的民族能量是与世界主义、社会主义，人文主义—和平主义的能量相并立的。19世纪是最世界主义和最民族主义的世纪。资本主义的欧洲生活就是非常世界主义的和民族主义的。但其中很难发现宇宙性的精神。人之生活的民族性也就是他的个人性。而对个人性的企求是一种新现象。民族主义的国家和民族主义的个人性唯有在19世纪才得到了确认。与民族丰富多彩的发展完全并存的是，国家与民族的独立性减少了，地方的封闭性变弱了。可以说，人类正在通过民族的分化而走向统一。在民族生存中，与分化并行的是世界化、横向性的发展。也可以这么说，人类正在通过战争的世界性纠纷，通过我们所面临的长期不幸，走向统一与联合。历史是悖异的和二律背反的，它的发展具有双重性。历史上没有任何东西是直线地、和平地生长起来的，并不是没有分裂、没有牺牲、没有与善相辅相成的恶、没有光明之阴影而能生长起来的。种族与民族在血的斗争中结成兄弟。在战争中存在着突破民族的、私人的与封闭的生活之出口。

世界大战所激发的更强大的情感，可以作这样的表述：作为文化垄断者的、自命是全世界的、地球之封闭的、外省的欧洲的终结。世界大战导致地球上所有种族、所有地方进入了世界性循环之中。它把东方与西方引向了历史上如此空前地亲近的往来。世界大战提供了有关世界空间，以及在地球上普及文化的出路。它把一切与帝国主义和殖民主义政治有关的问题，与欧洲国家对待世界其他地区，对待亚洲和对待美洲的态度有关的问题尖锐化到了极点。当前的战争、土耳其的存在和它的遗产分配问题已经越出了欧洲视野的界限。长期被欧洲外交支持着的土耳其半透明的生活，在它封闭的存在中阻碍着欧洲，预防着与东方的运动相联系的过于尖锐和悲惨的问题的提出。在土耳其存在着一个死结，能否打开，要取决于欧洲存在的特点，因为土耳其的终结也就意味着文化向东方流通，越出了欧洲的界限。而除此问题之外，战争还提出了许多与世界历史的主题——东方与西方有关联的其他问题。世界大战要求解决一切问题。

三

列强主宰着世界局势，阻碍着把自己的文化影响传出欧洲，传向世界各地和各民族，传向整个地球表面。这就是帝国主义政治，它总是怀有世界主义的野心，本应与民族主义有所区别。民族主义也就是割据主义；帝国主义也就是世界主义。按照某种类似生物学的定律，生物社会学的定律，列强，或者按照尼·彼·司徒卢威的界定，最强的大国总是倾向于无限的、没有餍足的扩张，倾向于鲸吞弱小国家，成为世界性的强国，希望按自己的意愿来使整个地球文明化。

天才的和独特的英国帝国主义者克莱姆柏在希望"激发居住在不列颠帝国境内的所有人的英国式世界观"[1]这一点上看到了英国帝国主义的意义。其中他看到了种族对不朽的企望。帝国主义及其

---

[1] 参见克莱姆柏《德国和英国》。——原注

第二章　民族性问题（东方与西方）

殖民政治是世界主义文化、文明向欧洲以外，向大洋彼岸扩张的现代的、资本主义的特征。现代的帝国主义是纯粹欧洲的现象，但它携有最终开启欧洲之终结的能量。在帝国主义的辩证法中存在着自我否定。不列颠帝国的无限扩张和强大，也就意味着作为民族性的国家，作为个体性—割据的民族存在的英国之终结。因为，不列颠帝国，和一切帝国一样，在自己的界限内才是世界、地球。在被我命名为"资本主义的"以区别于往昔许多世纪的"神圣"帝国主义的现代帝国主义[①]，也就是那在难以作为民族存在进行考察的罗马帝国内的世界性统治的追求。这是列强的坦塔罗斯痛苦，它们的饥渴永难遏制。唯有小民族和小国家才接受纯粹的民族性存在，不愿意成为世界的。但现代的资本帝国主义的手段已经与古老的神圣帝国主义的手段有了很大的差别，完全是另外一套思想体系和实践。而今一切首先拥有的是经济基础。现代帝国主义者已经不再谈论世界性的神权政治，不再谈论世界性的神圣帝国。殖民统治、海上霸权的斗争、金融斗争，这就是现代帝国主义所从事的、世界列强所采取的手段和方法。帝国主义政治其实越出了欧洲之封闭性存在的界限，其实服务于世界主义的文化。但这是通过间接的和否定的道路完成的。至于帝国主义直接的文化传播是不能相信的。我们再清楚不过了，欧洲列强是如何在地球各个角落传播自己的文化的，如何粗暴和丑陋地对待世界其他地区的种族，开化古老的文明与原始人的。印度是一个有着智慧的伟大宗教的意外发现的古老国家，而今这些发现却不能帮助欧洲各民族深化它们的宗教意识。英国人在

[①] 参见拙文《神圣帝国主义和资本帝国主义》。——原注

这个国家所起的文化作用明显就是要支持帝国主义的文化体系的谎言。现代英国人的世界观比印度人世界观更为肤浅，他们带给印度的只是外在的文明。19世纪的英国无法孕育出如印度曾孕育的罗摩克里希纳。在欧洲现代文明对古老的种族和古老的文化的接触中，总是存在着某种亵渎性的东西。而欧洲的、资本主义的、科学的和文明的意识之自负是一种难以摆脱的感觉。局部的野蛮正威胁着欧洲。但依然不能否定越出欧洲界限和纯粹的欧洲文明的帝国主义的意义，不能否定它外在的、物质的、地理性的使命。整个地球都必须文明化，世界上一切地区、一切种族都应该汇入世界历史的河流之中。如今，这个课题比固定了的欧洲国家和文化的内在生活的课题更迫切地摆在了人类面前。

四

不列颠帝国是第一个现代型的帝国主义，神圣帝国主义的最后一次试验是拿破仑的世界帝国，它依然是在罗马理念的感召下建立的。在拿破仑时代，神圣罗马帝国已最终消逝，转变成一个幻影。自此以后，依然自命为世界主宰的帝国，将建立在另外的基础上，具有另外的意识形态。帝国主义与资本主义时代的经济有紧密的联系。英国树立了一个古老国家帝国主义的榜样。盎格鲁—撒克逊种族的本能仿佛完全适合于建立一个新型的世界帝国。不列颠帝国遍布世界各地，地球上的五大洲都臣服于它。英国人负有把自己的强大传递到海洋之外去的使命。英国帝国主义是和平主义的，而非军国主义的。它是文化—经济的和商业—海洋的帝国主义。不应该否

第二章　民族性问题（东方与西方）

定英国人民的帝国主义天赋和帝国主义使命。可以说，英国拥有地理—帝国主义的使命感。这使命感蕴含在最高精神生活的范畴内，人类历史命运的完成需要它。而按照自己的地理位置和自己种族的固有特性，英国人是最帝国主义的，或许，还是该词现代意义上唯一的帝国主义民族。英国人是帝国主义政治的成功者。不过，不能给德国人以这样的评述。日耳曼种族不幸的地理位置和穷兵黩武的本能使得日耳曼帝国主义令其他国家和民族感到艰难、生硬和不可忍受。日耳曼帝国主义是挑衅的，尚武的—掠夺性的。在日耳曼帝国主义中，新型的资本主义是与军国主义密不可分的。这是纯粹的军国主义的帝国主义，而军国主义是现代化的资本主义，未来主义。通过武力追求世界统治的日耳曼帝国，总是给人好出风头的印象，它总是被暴发户的难以克服的傲慢所控制。值得提醒的是，俾斯麦尚未成为帝国主义者的时候，他就极为注意殖民主义政治。他创造了民族性的帝国，完成了日耳曼民族的联盟。帝国主义是德国资产阶级和德国容克集团的产儿，内在于俄罗斯、意大利和其他国家的日耳曼精神把资本主义的触角伸得很远，力图使一切都德意志化。但日耳曼就它的使命来说，并非帝国主义国家。它的帝国主义，就它本身而言和就欧洲而言，都是氏族性的。恰恰是日耳曼帝国主义被判定了要揭露，帝国主义必不可免地不仅要引发战争，而且要引发世界大战。世界大战是帝国主义政治的渊薮。战争的种子就植根在最和平的帝国主义的原初根基上。任何民族都会受和平的帝国主义驱使，去在地球上扩张自己的强力。这整个帝国主义无可避免地要与另一个帝国主义的急流相冲撞。几个世界性野心的并存就意味着世界大战。更古老的英国帝国主义与更新颖的日耳曼帝国主义的冲突在劫难逃。关于此点,在战争爆发前几年克莱姆柏在自己的讲座《德国与英国》中就怀着很大的兴趣论述了,尽管他对日耳曼帝国主义的理想化令人难以苟同。帝国主义并没拥有在整个世界上传播文明、扩展世界之共同性的目标,而是引向世界的纠纷与战争。欧洲的黄昏在唯物主义的帝国主义中降临了。但黑夜之后的光明必然是世界的晨曦。

世界大战把一个将文化从欧洲引向地球上的世界空间的课题摆到了20世纪面前。通过战争的惨剧和殖民政治的丑恶,通过种族与民族的斗争,人类和整个地球的文明化完成了联合。在这个世界性的课题面前,地方性的欧洲问题被移到了次要的位置。面向自己古老的源头,面向古老的种族,面向东方,面向亚洲和美洲,这些重新进入世界历史河流的地区的文化运动,或迟或早都要开始。埃及、印度和巴勒斯坦不会永远游离在世界历史之外。而中国也将会清理痛苦的难题。纯粹欧洲文化的夕阳将成为东方的旭日。东方古老民族谜样的表情向欧洲人展示,在历史的转折点会出现谜底。欧洲不论怎样,都难以勘破古老种族谜一般的眼神。欧洲不仅应该把自己的文化带到亚洲和美洲,而且应该在文化的古摇篮里取得一点什么。帝国主义及其殖民政治是外在的、我们所能预见的、必然的世界历史之资本主义的体现。欧洲文化的精神危机,新的欧洲意识的实证主义和唯物主义的崩溃,生活中的失望,对新信仰和新智慧的渴望,提供了这一历史转折的内在准备。西欧的中心位置,极有可能移出欧洲,来到美国,一个在战争结束后迅速发展的强国。新文明的美国精神将把欧洲拽到美国去。东方是欧洲之外的一个出口,美国是另一个出口。欧洲不再是世界历史的中心,最高文化的

第二章　民族性问题（东方与西方）

唯一主宰。如果欧洲希望继续成为垄断者和停留在自己欧洲式的自大里，它应该放弃世界大战。但欧洲的生活早已坐在了火山口上。如今，欧洲被正式地摆到世界历史的基本主题——东西方联合——面前。而难题就在于，人类将在精神深化中，在宗教之光的映照下，体会欧洲的终结和历史的断裂。

五

俄罗斯和英国注定要在这场世界性文化迁移中扮演重要角色。英国的使命更外在化，而俄罗斯的使命则更内在化。俄罗斯坐落在东方和西方的中心地带，它是东西方兼有的。俄罗斯是一个最大的帝国。但恰恰因此，它不同于该词意义上的英国和德国帝国主义。我们俄罗斯人没有伟大帝国的企求，所以，伟大的帝国只是客观存在，而非派定的任务。俄罗斯过于伟大，以至于没有扩张和统治的激情。那是斯拉夫民族的气质，而非帝国主义的气质。俄罗斯不谋求殖民，因为它身内便有一块巨大的亚洲殖民地，出现了许多事务要处理。俄罗斯的使命是保护和解救弱小民族。俄罗斯还是反对蒙古东方的后盾。但对这点而言，它应首先脱离自己身上的蒙古东方的成分。君士坦丁堡是俄罗斯唯一的自然屏障和通向海洋的出口。俄罗斯的君士坦丁堡应该成为东西方统一的唯一中心。俄罗斯的物质力量和物质伟大是我们原有的客观存在。我们不会为了成为伟大而为每寸土地艰苦战斗。我们所拥有的认可俄罗斯使命的基础，在它的精神生活里，在它的精神的而非物质的宇宙主义里，在它的遍布于俄罗斯文学、俄罗斯思想、俄罗斯宗教生活，以及新生活的先知预感里。如果欧洲的地方性封闭生活之终结已经临近，那么，俄罗斯的地方性封闭生活之终结就已更早地临近。俄罗斯应该进入到世界原野中去。欧洲的终结，将是俄罗斯和斯拉夫种族作为精神力量，对之加以限定的在世界历史的竞技场上的出演。强烈的宇宙风摇动了所有国家、民族和文化。为了在这阵大风里站稳，需要巨大的精神凝聚和深化，需要历史灾难的宗教体验。

第二章　民族性问题（东方与西方）

创造性的历史思想的任务

一

战后的一个最悲惨的现象是人们不怎么反省自己。我注意到，我们几乎根本没有什么创造性的历史思想。我们思想的传统特点很不善于提出创造性的历史任务和规划世界性的前景。我们的民族思想依然有地方主义的毛病，它主要倾向于作否定性评价。俄罗斯内部过于琐碎，被一些细碎的政治纠纷、党派争斗和社会集团的对立所占据，后者封闭了世界的、历史的远大前景。无责任的俄罗斯社会不可能感到有责任承担俄罗斯的世界命运。世界大战自然应该把民族思想引向世界性的任务。显然，应该尝试着去思考战争，确定俄罗斯在世界生活中的位置，意识到自己的使命。真正的民族自我意识会把民族的存在纳入世界历史的前景，它能克服民族生活和民族利益的地方主义。成熟的民族意识也是全世界—历史的意识。民族主义和帝国主义的赤裸的和愚昧的自我中心主义不能成为立足的根据，各民族的精神存在无法在它上面建立起来。

作为某种比它的人类结构的分散利益更为深刻的统一体的俄罗

斯是否存在？俄罗斯独一无二的面孔是否存在？这一面孔的显现意味着什么？俄罗斯是否具有在世界上的特殊使命，它是否应该在世界历史中发表自己的看法？世界大战给俄罗斯提出了什么样的具体任务？世界历史新的一天带来的所有这些问题，需要创造性思想的巨大努力。没有任何现成的、传统的思想范畴能妥善地解决这些问题。思想完全独立的新工作、创造精神的作用力，应该得到发现。但我们的民族思想在这方面不是考虑得太少，就是按照陈规旧套、习惯的范畴来思考。我们至今还没有意识到战争的任务。战争的证明都是一些老生常谈。不要满足于那些俄罗斯能击败德国军国主义的意识。战争提出的问题要更为深入。也不能满足于斯拉夫主义的自吹自擂，在此显示出思维的惰性、在精神上生活在一切现成的东西里的倾向。须知，斯拉夫思想依然确认的是俄罗斯的地方性存在，而不是它的世界性存在。斯拉夫主义为民族自我意识做过很多工作，但它是自我意识的原初的、幼稚的阶段，不适应当今的历史时代。

无论是我们的"右"派阵营，还是"左"派阵营，都没有形成创造性的历史思维。它们过多地被自己的"右"或"左"的思想所淹没，亦即依然是民族的，而非世界性任务。我们几乎没有历史思想。我们习惯于运用道德或社会学范畴，不是具体的范畴，而是抽象的范畴。我们的意识主要是沿循否定的而非创造的道路。充斥"右派"脑海的是民族性、知识分子的那些完全否定的毒素，对"左派"危险性的搜寻，对一切自由的社会性现象的消弭。"左派"过于关注"资产阶级"的出现，在鼓动的目的中运用否定的事实，过于把俄罗斯分成两个营垒。俄罗斯不能意识到自己是唯一的，应该创造性地界定自己的世界性—历史性任务。对抽象的社会学范畴的运用，是分裂而非联合；对道德怀疑和道德判断的滥用，最终是切割开来，导致分崩离析，仿佛是两个种族。唯有我们的意识转向民族存在的深度和世界性—历史性存在的广度，才能提出创造的任务。创造的历史思维应该最终克服我们否定的民族主义和否定的世界主义。

二

对于那些从历史哲学角度来看待世界斗争的人来说，应该很清楚，如今发生的是一出东方和西方的世界性—历史性戏剧。世界大战促进了西方世界和东方世界的特别接触，它通过纷争达到了团结，越出了欧洲文化和欧洲历史的界限。东方与西方的问题实际上一直是世界历史的基本主题，是它的轴心。欧洲的平衡总是有条件的结构。在欧洲这个封闭的世界之外是向着遥远东方的世界性广阔天地。世界的空间、东方和南方的未知性和不可耗尽性，总是让欧洲各民族的国家和文化生活感到不安。欧洲强国的帝国主义政治已经将帝国主义的强力和文化影响引向大洋以外，去克服纯欧洲存在的封闭性。地球无形的广阔引向自身。它们的目光转向亚洲和非洲，转向古老的文化摇篮。看起来，从西方向东方的反向运动，是更内在的欧洲文化不可避免的辩证法。在封闭和自大的欧洲文化中，存在着对极端的饱和、枯竭、日落的宿命般倾斜。它必然要探寻在自己的界域之外、广阔的地方和遥远的地方的运动。带有殖民政治色彩的帝国主义是历史这一不可重复的运动的外在表现之一。但东方和西方的文化与精神的联合要更为深刻。欧洲的黄昏正在开始。

世界大战的战火在巴尔干半岛点燃，不是偶然的，对欧洲世界的威胁总是来自那里。如今战争的中心兴趣又转到了巴尔干，也不是偶然的。巴尔干半岛是从西方到东方的通道。君士坦丁堡是大门，通过它，西欧文化可以抵达东方，来到亚洲和非洲。君士坦丁堡是东方与西方的交叉点。土耳其帝国的形成就是东方向西方的挺进。土耳其帝国的瓦解就是西方向东方的挺进。欧洲各民族害怕这一运动，感到自己朝不保夕；而在东方和西方的出入口的土耳其的君士坦丁堡的存在是欧洲各民族精神不成熟的体现。新欧洲与把幻想的激情寄托在十字军东征上的中世纪欧洲是多么不相同啊！如今，欧洲只是自卫式地防御土耳其。但是，欧洲最害怕的是庞大而神秘的俄罗斯，后者看起来总是显得异己和不接纳。18世纪和19世纪的欧洲政治，在相当程度上是为了不让俄罗斯进入君士坦丁堡、海湾和海洋。欧洲感兴趣的是，怎样强行让俄罗斯存留在封闭的圈子中，不让它进入世界的广阔天地里，阻止俄罗斯发生世界性作用。而俄罗斯本身看来也感觉不到自己已经成熟的世界性作用。那些像斯拉夫主义那样的俄罗斯民族主义思想，确认的是俄罗斯地方一封闭性存在，而不是它的世界性存在。俄罗斯依然作为某个统一体与欧洲相对立。斯拉夫主义和西方主义同样都相信作为唯一的精神和唯一的文化类型的欧洲的存在。斯拉夫主义是把欧洲作为更高的精神类型来与俄罗斯相对立；西方主义则把欧洲作为世界文化的唯一类型而让俄罗斯向往欧洲这一典范。但世界大战的突然爆发粉碎了唯一的欧洲、唯一的欧洲文化、唯一的欧洲精神类型的幻影。欧洲不再是文化的垄断者。欧洲成了摇摇欲坠的状态。在同一个欧洲内部隐藏着最为矛盾的元素、最敌视的自然力、最相互排斥的精神类型。对欧洲许多民族来说，德国成了比俄罗斯更可怕、比东方更异己的国家。战争应该推动欧洲从一个角度面向东方,从另一个角度面向极端的西方。在最近的战争结果中,美国不会变强大,不会成为斯拉夫种族的历史使命的问题而被提出来。欧洲很早就期望克服自身,越出自己的界域。欧洲并不是一般文化的典范。欧洲本身是地域性的。在欧洲早就存在着对东方秘密的、内在的向往,它在历史表层上有各式各样的体现。很多不同特征的现象,诸如政治上的帝国主义和精神生活中的神智学,都热衷于越出欧洲文化的界域,期望从西方转向东方。伟大的十字军东征进入了内部,但还停留在欧洲。俄罗斯在这场世界—历史运动中应该保持怎样的状态呢?

三

只有在东方与西方的问题世界里,俄罗斯才能意识到自身和自己的使命。它处在东方世界和西方世界的中心,可以被定义为东方—西方。俄罗斯整个19世纪围绕斯拉夫主义和西方主义而进行的争论不是徒然和偶然的。对俄罗斯意识来说,基本的主题就是关于东方和西方的主题,西方文化是否作为唯一的和普遍的文化出现,有没有可能出现另一种更高级的文化类型?俄罗斯思想的那条思路是正确的。斯拉夫主义思想和西方主义思想都存在着局限性和不成熟性。但俄罗斯思想的这一主题是深刻的,对俄罗斯而言,也是基本的。这一主题依然停留在意识形态上,并没有与实践前景联系起来。须知,俄罗斯思想界是完全没有责任心的,它的思想也完全没有什么责任心。但世界大战活生生地向俄罗斯提出了关于东方和西方的主题。如今，对这个主题的思考不可能还是那样抽象和无责任心。可是，发生了那样的事情，在我们历史的这个负责时刻，我们的民族思想的水平下降了，我们知识分子的永恒思考破碎了。在我们面前出现的任务是提高民族思想的水平，把它与世界性事件提出的生活任务联系起来。俄罗斯是那么深入地沉迷于世界生活的积淀物，没有任何俄罗斯的惰性和惯性能把它从自己历史的基本任务中吸引开来。不论战争怎样结束，不论最近会出现怎样的政治，这场战争的精神结果是可以预见的。

世界大战应该把俄罗斯从封闭的地方性存在引向世界生活的广阔天地里。俄罗斯的潜在力量应该显示出来，它那迄今仍是双重的面孔，应该向世界敞开。在任何情况下，如果不是沿循胜利的力量和至今增长的强力的道路的话，也会沿循牺牲、痛苦甚至堕落的道路。有许多条道路，但在各民族的命运中，有一个秘密是我们无法理性地猜解的。人民需要最恐怖的牺牲，通过伟大的牺牲才能产生那些在自满和舒适的苟安生活中不能达到的东西。世界大战将是对被称为欧洲文化的片面性和封闭性的克服，使它面向世界广阔的天地。而这意味着，世界大战以新的、具体的形式，向欧洲和俄罗斯及时提出了关于东方和西方的永恒主题。在欧洲面前和俄罗斯面前，将提出不仅在外表上，而且在内部都是空前尖锐和具体的精神问题，诸如关于土耳其和泛斯拉夫主义、关于巴勒斯坦、关于埃及、关于印度和佛教、关于中国和泛蒙古主义等问题。欧洲过于封闭在自我满足中。从殖民政治和掠夺市场的角度来说，主要是古老的东方和南方令它感兴趣。以自己在世界上的现状，俄罗斯还没有达到提出那些世界性问题的程度。俄罗斯过于内在地没有安排好，需要

第二章　民族性问题（东方与西方）

解决很多粗浅的问题。弗·索洛维约夫竭力使我们的意识转向世界性—历史性主题，但并不总是能成功。在任何情况下，他都比斯拉夫主义分子和西方主义者显示出更大的步伐。

四

俄罗斯应该呈现东方—西方文化的类型，克服带有实证论和物质主义特点的西欧文化的片面性，克服它视野狭隘的自满。不能以欧洲的地方主义和封闭性来克服俄罗斯的地方主义和封闭性。我们应该转入世界的广阔天地。而在这个广阔天地里可以看到文化的古老的宗教源泉。按照新的标准，东方应该和西方具有同样的价值。从某种意义上说，俄罗斯的欧化是必然的和不可避免的。对欧洲来说，俄罗斯应该变成更内在的而非更外在的力量，创造—革新的力量。为此，俄罗斯应该按照欧洲模式在文化上进行革新。俄罗斯的落后性不是俄罗斯的独特性。独特性首先应该体现在发展的高级而非低级的阶段。愚昧的东方还处在落后初级阶段，俄罗斯应该在自身之中战胜它。但西方主义是天真的迷失，它处在与世界任务相对立的状态中。西方思维的老一套和旧斯拉夫主义一样，也不能领会世界性事件的意义。我们进入的历史时代，要求民族意识和宇宙意识的有机结合，亦即民族性的世界性体认。我们面临的一个非常具体的任务，是意识到俄罗斯、英国、德国的世界性作用和它们的相互关系。关于这一点将另文阐述，但我想，在世界上占主导地位的应该是俄罗斯和英国或德国。俄罗斯和英国占据优势，应该使东方和西方相互接近，解决东方和西方问题。德国则会导致创造新世界帝国的尝试，觊觎世界统治，实际上不能接近和联合，因为它根本不承认自身的价值。

转向创造性的历史任务，可以使我们摆脱地方主义的纠纷，摆脱微不足道的敌视。我们在精神上必须意识到俄罗斯在世界斗争中的位置。仅仅被敌人的意志否定性地驱使是可耻的。俄罗斯具有不依赖于德国恶的意志的独立的任务。对于这些独立的任务，我们研究得太少。必须引向独立的创造的民族思维，后者应该能把我们引向自由的空气、广阔的天地。可是，创造性的历史思维要以对独立的现实的历史，亦即特别的形而上的现实的使命为前提。我们至今几乎都没有朝着历史的那种转向，我们没有合适的范畴来思考历史和它的任务。对我们而言，在那样的意识转变中，将出现某种解放的东西。

第二章　民族性问题（东方与西方）

斯拉夫主义和斯拉夫理念

一

战争严峻地向俄罗斯意识和俄罗斯意志提出了一切迫在眉睫的斯拉夫难题——波兰的、捷克的、塞尔维亚的难题，它把巴尔干半岛和奥匈帝国的斯拉夫世界整个调动起来，痛苦地思索着自己的命运。如今，所有斯拉夫主义分子都在痛苦之中。而有时仿佛让人觉得几乎不可能平息斯拉夫彼此纠缠已久的争端。由整个历史导致的、出人意料的斯拉夫种族和日耳曼种族之间的世界性冲突，似乎不可能不引向斯拉夫的自觉。在日耳曼主义的巨大威胁面前，斯拉夫理念应该被自觉意识到。但斯拉夫大家庭内部的相互敌视依然在继续。巴尔干半岛在斯拉夫的扩展下，已经人心浮动；波兰已经四分五裂，兄弟之间不得不反目成仇。这种相互间的猜忌与怀疑是真正令人恐怖的。而我们的俄罗斯社会意识是否已经作好了成为斯拉夫理念的载体和代表的准备呢？这一理念是否已经成熟？它是否已强大到深入人心和改变生活的程度？斯拉夫理念在我们这儿的处境非常悲惨，它被套进桎梏之中难以得到自由的表达。我确信，斯拉夫理念正无意识地生活在俄罗斯人民的灵魂深处，它如同本能一样，依然是一个昧而不明、未曾找到真正的表达的存在。但我们并未拥有真正的斯拉夫意识，真正的斯拉夫理念。

俄罗斯的民族自觉和斯拉夫一统的自觉诞生于斯拉夫主义与西方派的争执之外。唯有在斯拉夫主义里面才能寻找斯拉夫理念，在西方派那里根本没有这一理念的丝毫痕迹。但在我们经典的斯拉夫主义那里，在基列耶夫斯基、霍米亚科夫、阿克萨科夫兄弟、萨马林那里，很难找到纯粹的斯拉夫理念的体现。斯拉夫主义更确切地应被命名为罗斯主义。斯拉夫首先要确立在东正教土壤上的俄罗斯文化的独特类型，而与文化的西方类型和天主教持相反的立场。在斯拉夫主义中存在着许多地方性的封闭性。斯拉夫主义分子还是一些善良的地主，他们十分聪明能干，富有教养，热爱故土和眷恋自己独特的灵魂。但他们的意识并没包含世界性的远景。斯拉夫主义思想的分化要比综合更容易。这是俄罗斯民族的儿童知觉，民族的大梦初醒，自我评价的初步尝试。但斯拉夫主义思想体系已经不适应俄罗斯民族成熟的历史存在了。斯拉夫情绪是在不自由的状态下成熟起来的，其中有一种被压迫的感觉，它们无法适应自由、宽广的历史生活。古老的斯拉夫理想首先是尚未进抵历史存在的旷野，尚未感受到这种存在的俄罗斯人局部的、家庭的、日常的生活之理想[①]不自由的状态导致了斯拉夫主义者的无责任感。他们并不负有实现自己的理念的使命，而他们的理念也经常不会是俄罗斯人的温情。斯拉夫思想体系孱弱的方面、它的不适生存性，它的老地主式

[①] 我在此不涉及霍米亚科夫的宗教理念，它们非常深刻，保存着不可超越的意义。——原注

第二章 民族性问题（东方与西方）

的娇气之所以不够突出，原因在于它在生活中不是主流的，而是处于在野的地位。拥有力量的只是当权的、官方的民族主义，它并不需要斯拉夫主义者可疑的效劳，也不需要任何思想体系。斯拉夫主义者在俄罗斯民族灵魂中感到了点什么，按自己的方式表达了这种俄罗斯的身心感觉，他们的巨大效劳也就在于此。但实现斯拉夫理念之纲领的整个尝试所显示的或者是它的空想性和不可行性，或者是它与官僚政权的合流。斯拉夫主义在自己的模仿者那里注定要退化到与官僚民族主义混为一谈的地步。当权—官僚的斯拉夫主义形成以后，斯拉夫理念与斯拉夫政治已变成了华而不实的术语，在俄罗斯国内外都没有人再相信。斯拉夫主义竟然无力于影响政权倾向于创造的斯拉夫政治。占据优势的不是斯拉夫的，而是日耳曼的驱动力。斯拉夫派的后裔也沾染了这一习气。

二

唯有在斯拉夫派那里才有民族理念，唯有他们才承认民族灵魂的现实性。对西方派来说，根本不存在民族的灵魂。我们的西方派思想是不会在民族意识上投入精力的。但斯拉夫派在对待就我们俄罗斯人而言最迫切、最重要的斯拉夫问题——波兰问题的态度上，是筑基于虚伪的和非斯拉夫的根源上的。斯拉夫派从来就没有认为波兰民族是斯拉夫一统的，是斯拉夫兄弟的关系。对斯拉夫派来说，信赖自己的精神的斯拉夫世界首先是东正教的。他们认为，非东正教的斯拉夫人是斯拉夫事业的变节者。他们不能原谅信仰天主教的波兰民族。他们不能理解和喜爱波兰灵魂，是因为他们不能理解和喜爱天主教灵魂。而波兰文化的整个独特性是由天主教在斯拉夫灵魂中的折射确定的。波兰的民族特点就是这样形成的，它完全是一种特殊的斯拉夫—天主教面貌，既有别于各个罗马天主教民族，也有别于各个斯拉夫东正教民族。对斯拉夫派而言，波兰是斯拉夫世界内部的西方，它总是对立于俄罗斯正教的东方，对立于最高精神类型和宗教真理的完满之代表。波兰人似乎首先让人觉得是拉丁人，几乎已被遗忘了他们是斯拉夫人。波兰语词看起来似乎有着天主教的危险。斯拉夫派对天主教的敌视达到了这样的程度，以至于把天主教的国家和民族看得比新教的德国更坏。与天主教徒相比，路德派教徒在俄罗斯受到特别的优待，他们经常处在执政的地位。理念的斯拉夫主义与丧失了理念的国家在这一点上十分相似。陀思妥耶夫斯基对天主教和波兰的仇视则采取了更为极端的形式。他在天主教中看到了反基督的精神，希望和新教的德国一起去镇压天主教。相当巩固的斯拉夫—保守派的传统已经形成，它就是使我们的政治总是依赖于德国。这已被国家所接受，并付诸了实践。对波兰的敌视与对德国的友好是同一现象的两个侧面。而须知，并非只有波兰人才是斯拉夫世界中的天主教徒。对待天主教的古斯拉夫式态度使得真正的斯拉夫统一成为不可能。我们面对波兰民族应该救赎自己的历史罪愆，而对他们的敌意使得我们的斯拉夫派显得很完善。实在地说，俄罗斯人应该首先去解救受压迫的斯拉夫人，其次才去解放其他斯拉夫人。如果斯拉夫的俄罗斯和东正教类型认可一种完全和独特的真理，它不需要斯拉夫文化的其他类型的补充和存在，斯拉夫理念与斯拉夫统一就不可能出现。那时剩下的就只有俄罗斯化的和强行转向正教的统治。但这一政治与斯拉夫理念是相

第二章 民族性问题（东方与西方）

悖异的。俄罗斯灵魂也将是接受了正教嫁接的斯拉夫灵魂。这种正教嫁接在俄罗斯知识分子——无神论者的道德面貌中和在曾经斥骂过正教的列夫·托尔斯泰那里也能感觉得到。但这一颗俄罗斯灵魂是可以接受了其他精神嫁接，与代表另一种文化类型的其他斯拉夫灵魂兄弟般友好地相处。俄罗斯灵魂可以爱上另一个伟大的斯拉夫民族——波兰的灵魂，它也就能因此而显出自身的价值来。斯拉夫世界从斯拉夫的各个灵魂的统一中唯有得到丰富。斯拉夫派对待巴尔干半岛的斯拉夫人是另一种态度，要比对待波兰人好得多。为了保持这种友好和平等的关系，斯拉夫派成了过于特殊的亲俄派。当然，弱小的塞尔维亚并不指望获得与俄罗斯相等的重要性。无疑，俄罗斯应该在斯拉夫世界中起到领先的作用。问题并不在此。问题在于，俄罗斯最终要摆脱那种恐惧和讨厌的理念，诸如"斯拉夫溪流归入俄罗斯海洋"，等等，要承认一切民族个体性的永恒权利，像对待自身价值一般地对待那种个体性。那种态度将完全与俄罗斯民族慷慨的、无私的、容忍的、给予的灵魂相吻合，而不是与那个掠夺的、斯拉夫人还不知道的灵魂相吻合，因为后者是被我们的非民族国家的政治所遮蔽了的。

斯拉夫派惊吓住了波兰人、斯拉夫人和俄罗斯上流社会的先进阶层。在斯拉夫派中存在着真正的斯拉夫理念的种子，但它被陈旧和腐蚀的、与官僚俄罗斯黏合得过紧的外壳所围裹着。弗·索洛维约夫与旧式斯拉夫主义者相比，已经迈出了很大的一步，他克服了斯拉夫主义式狭隘的民族主义。弗·索洛维约夫的使命意识与陀思妥耶夫斯基的一样是世界性的。视野正在拓展。弗·索洛维约夫对待天主教完全是另外一种态度，他在天主教中看到了可以与东正教世界复归一体的真理。所以，他处理波兰问题也与旧式斯拉夫主义者有所不同。他以手足之情来看待波兰民族，认为它对于俄罗斯民族本身的命运有很大的积极意义。但弗·索洛维约夫的斯拉夫情感和斯拉夫意识的体现很弱，以至于无法将他称之为斯拉夫理念的代言人。在自己的使命意识之宇宙性特征上，陀思妥耶夫斯基和弗·索洛维约夫可与伟大的波兰弥赛亚主义者相提并论：密茨凯维奇、斯鲁瓦茨基、克拉辛斯基、托夫雅斯基、泽什柯夫斯基、弗隆斯基。我们对波兰的弥赛亚主义者了解得太少，而今应该转向研究他们。波兰的弥赛亚主义比俄罗斯的弥赛亚主义更纯正，更具牺牲意味，后者尚未从我们国家力量的理想化感觉中解脱出来。在陀思妥耶夫斯基的使命意识中，找不到那种激发波兰人的使命意识的纯粹牺牲精神。陀思妥耶夫斯基过于把自己与俄罗斯政权的挑衅性联结在一起了。甚至斯拉夫主义者在该词的严格意义上都不能被称之为弥赛亚主义者，他们更可能是民族主义者。在自己的意识上，他们远远低于应被称之为斯拉夫理念最初预言者的波兰弥赛亚主义者。遗憾的是，今后波兰的悲剧命运将导致以特殊的波兰民族主义来取代斯拉夫弥赛亚主义。波兰弥赛亚主义者中间最为著名的是弗隆斯基，他宣扬的是俄罗斯的而非波兰的弥赛亚主义。弗隆斯基很早就曾经预告，世界大战将在类似这种情景下发生：斯拉夫世界与日耳曼世界发生冲突，在这场斗争中，波兰与俄罗斯必须联合起来。弗隆斯基认为俄罗斯民族是神选的民族。但我们几乎没有人听说过他的理论。

第二章 民族性问题（东方与西方）

三

西方派完全不承认民族性的价值，而俄罗斯理念也与俄罗斯自由派和俄罗斯革命派迥然不同。在西方派的左翼阵营里，民族性被认为是否定性的，是一种羁绊，应该予以解除。受压迫的民族性被认为需要受到保护，但受到世界主义理念的驱使，创造的民族任务总得不到承认。我们的左翼党派准备承认波兰和格鲁吉亚的民族性之存在的权利，由于它们是受压迫的，但并不愿意承认俄罗斯的民族性，因为它正以国家的形式占据着上风。但唯有感觉到自己的民族灵魂的人才可能感觉和了解另外一颗民族灵魂。仅仅在战争期间，民族意识才在俄罗斯自由派和革命派的圈子里传播开来。思想开始致力于俄罗斯的民族自我界定和民族觉悟，并与斯拉夫理念相遇。出自斯拉夫主义的某种东西应该能被总是以为自己是西方派的那部分人士所领悟。满目疮痍的波兰与塞尔维亚的悲剧命运被迫转向我们的意志和我们有关斯拉夫人和斯拉夫理念的意识。但我们应该认识到，斯拉夫的统一不可能建立在传统的斯拉夫派和传统的西方派土壤上，而应该以新的意识、新的理念为前提。不能把东正教体认的土壤上的斯拉夫一统的理念确认为最高的精神文化之唯一的和充盈的源泉，因为这么做将把波兰人和一切天主教—斯拉夫人排除在外。显然，斯拉夫理念的基础应该更宽广，可以容纳几种宗教类型。而这必须以克服俄罗斯的宗教民族主义为前提。

在俄罗斯理念的根基上，恰似通常在俄罗斯的弥赛亚理念的根基上，可以奠定的唯有俄罗斯的宇宙主义精神，俄罗斯的全人类性，俄罗斯对上帝之城的寻找，而不是俄罗斯的民族隔离性和自我满足，不是俄罗斯的民族主义。需要爱上俄罗斯的灵魂，由衷地去理解它，为的是让其他民族所陌生的俄罗斯超民族主义与俄罗斯的大公无私呈现出来。我以为，斯拉夫主义者是体现不出俄罗斯灵魂这一深度的。他们不能达到全人类性的高度，他们尚未克服自私的民族自我肯定。需要一种新斯拉夫和新俄罗斯的理念，创造的、前瞻而非后顾的理念。如今，我们正在进入俄罗斯和世界历史的新时期，陈旧的、传统的理念已不再适应生活摆在我们面前的新的世界难题。我们有过多的体验，过多的重新评价，但没有向旧的思想体系的回归。我们已经不再是斯拉夫派，不再是西方派，因为我们生活在前所未有的世界循环之中，我们被要求的程度不可比拟地大过于我们的父辈和祖辈。俄罗斯民族一切沉睡的力量应该梦见可以胜任所面临的任务的活动。我们应该力求相信我们自己，相信我们民族意志的力量，相信我们民族意识的纯粹，相信我们将带给世界的"理念"，力求忘却和宽恕我们国家的历史罪孽。人们不知道我们的深度，却再清楚不过地知道我们国家机构的那只重手。与这只重手联结在一起的整个斯拉夫理念恐吓过他们，引起过他们的反感。斯拉夫统一必须走在一条全新的道路上。我们的民族思想应该在新斯拉夫理念下创造性地运转，因为斯拉夫种族携带自己的语言登上世界历史舞台的那个时刻已经来临。它将替代日耳曼种族的统治，认识到自己的统一和自己的理念必须在与日耳曼主义的浴血奋战中才能实现。斯拉夫统一的理念，首先应是俄国和波兰统一的理念，不应该是外在政治的、功利—国家的理念，它首先应是精神的、内倾于生活的。斯拉夫理念的命运置身于对世界变化无常的自然力、战争胜利的摇摆、国际外交的狡诈、政客的阴谋之奴性的依赖中。如同与各民

第二章 民族性问题(东方与西方)

族生活的精神基础相联结的整个深刻理念一样,它不可能为外在的失利而牺牲,它着眼的是更为长远的前景。应该在人民和社会中开始一个精神文化的全斯拉夫运动,最终这个运动将对我们的政治发生影响,后者从我们的过去因袭的是那么沉重的遗产。一切应该从真正的、进行联合的深处,而非从外在的、功利—政治的协议和组合开始。我们已经厌倦了政治家的谎言,希望呼吸到真理的自由空气。那种真理就存在于俄罗斯人的天性之中。我们也期待着来自其他斯拉夫人的那种真理。

永恒的流浪者

宇宙的和社会学的处世态度

一

世界大战给人类带来了可以从各个角度来讨论的深刻的精神危机。空前的战争所造成的恶果数不胜数,也不能被整个预见到。有许多证据表明,我们正在进入一个崭新的历史纪元。如果说外在的、国际的、政治的和经济的变化是惹人注目的话,那么,内在的、精神的变化是不知不觉的。它总是首先处在地下状态。我们对未来的预见应该完全自由地摆脱习惯的乐观主义和悲观主义,摆脱按照利益范畴进行的评价。与其将损耗甚巨的战争之后的生活轻率地涂上乐观和幸福的色彩,不如认为,世界正在进入漫长的不幸时期,它的发展速度将是灾难性的。但是,人类在世界大战中获得的价值并不由幸福的增长和减少所决定。

人们过多地谈论和阐述战争的经济和政治后果,很少考虑它的精神后果、它对我们世界观的影响。我想谈一谈缺乏预见的后果之一。19世纪,人类先进阶层的处世态度和世界观被涂上了一层明朗的社会学色彩。人们不止一次地指出,社会学已经代替了神学,丧失了信仰的人类宗教感正向着社会学方向发展。生活的定位主要由社会确定，其他评价都从属于它。所有价值都被置放在社会学前景中。人类的社会性被从宇宙的、世界整体的生活中分离出来，给人的感觉是它是一个封闭、自足的整体存在。人最终被置放进一个封闭的社会领域，他希望成为这一领域的统治者，忘记了他的权力和统治不能抵达的一切其他世界。人对有限、封闭的社会领域的占领，会造成记忆的衰弱，对无限性的遗忘。或许，人需要体验这种有限的世界观的阶段，希望集聚和加强自己的社会能量。在人类进化的某些阶段，需要运用那种有限性。但是，这种社会性的处世态度的有限性不能持续得太长久。这种有限性在自身之中隐藏着太过出人意料的灾难的可能性。世界生活的无限海洋会涌动大浪，冲击被置放在狭小的领域里的、封闭和毫无防备的人的社会性。世界大浪会变成九级大浪那样庞大规模的世界大战。它将对所有人显示，那些令人头晕目眩的东西，建立在脱离宇宙生活的社会性幻景上的整个社会乌托邦，是表层的和短暂的。人道主义、和平主义、国际社会主义、国际无政府主义的乌托邦，等等，都在世界大浪的冲击下坍塌了。不是理论，而是生活本身显示，社会的人道主义拥有的是过于有限和过于表层的基础。人们没有注意到，存在着大地深邃的核心、世界无限的空间和星星的世界。在这些核心和无限的空间中，总是存在着许多黑色—非理性的元素，它们总是会产生偶然性。封闭和有限的人类社会性，以其特殊的社会学的世界观，提醒着把脑袋藏在羽毛中的鸵鸟。在永远是建立在简单化和艺术幻觉中的社会乌托邦中，有很多东西没有受到注意。与绿洲短暂和表层的存在相似的东西在托尔斯泰主义者或社会乌托邦主义的精神中是很普遍的，在复杂和无限的宇宙社会中的整个人类社会学的存在也是短暂的和表层的。社会乌托邦主义总是植根于脱离宇宙生命、脱离非理性地对待社会理性的那些宇宙力量的社会性的幻想。它总是通过有限性来遮蔽复杂性。社会乌托邦主义是对社会性进行终极的和不间断的理性化的信仰，它并不考虑整个自然和宇宙结构能否被理性化。乌托邦主义不想知道社会的恶与宇宙的恶之间的联系；它不明白，社会性是从属于自然的秩序和自然的无序之循环的。像世界大战那样的灾难，迫使人们清醒过来，扩大自己的视野。诸如在这个邪恶世界上的永恒世界、在这个必然性世界上的无政府主义自由、在这个纷争和敌视的世界上的世界性社会友谊和平等，这些理性的乌托邦显示了它们的无根基性。啊，当然，世界的伟大价值、自由、社会的友谊是不容置疑的。但这些价值在表层的和有限的领域里是达不到的。要达到这些价值，必须以无限的深化和扩展为前提，亦即以人类生活中非常复杂和漫长的灾难性进程为前提，以特殊的社会性处世态度向宇宙性处世态度转化为前提。

二

深化的意识应该变成具有宇宙性的社会性，亦即与世界的整体性、世界的能量合为一体的社会性。在人的社会性和宇宙生命之间存在着内渗现象和外渗现象，但人对此并没有充足的意识，他不自然地忙忙碌碌，在自己的有限性中摆脱无限性。在最深的土壤上应该摆放着那个秘密：人在最大程度上获取社会性，是与人对自然的创造性控制相关联的，亦即创造—积极地转向宇宙生命，理论上如

第二章　民族性问题（东方与西方）

此，实践上也如此。而这是以人的大自律为前提的，它是如今在很高程度上以个人的自然力控制自己的状态所不可相比的。只有能控制自己的人，才能控制世界。社会性的任务首先是宇宙—创造的任务。个人的道德和社会的自律与此相关联。这一意识是与我们的民粹派将道德的碎片隐藏在其中的意识针锋相对的。

我们对扩展到宇宙理性的自然的创造性劳动，应该放在首要位置。这一劳动不应该奴性地依赖大地、依赖它的有限空间。它应该具有世界性的前景。20世纪将把那些宇宙任务推进到对自然的创造性劳动的范围，推进到19世纪哪怕以全部的发现都不能幻想和不能猜疑的创造和技术的领域。显然，曾经如此推动创造的元素，使得创造性力量在社会生活中得到增长，把重心置放在分配的元素上的马克思主义，已经丧失了宇宙的处世态度，变成了把人限制在有限和表层的社会性中的极端社会乌托邦主义的样板。马克思主义相信，可以最终把社会生活理性化，将它推进到外在的完满中，根本不考虑在人之上和他周围的世界中的那些能量。马克思主义是社会理性主义最极端的形式，因此，也是社会乌托邦主义的最极端的形式。19世纪的社会学学说失去了那种意识，亦即认为人是宇宙的存在，而不是居住在大地表层的社会性表层的居民，他置身于那种与世界的深度和世界的高度的联系之中。人不是蚂蚁，人的社会性也不是蚂蚁窝。最终建立蚂蚁窝的理想永不复返地破灭了。但只有在宗教的土壤上，才有更深刻的意识。世界性灾难应该有益于生活的宗教性深化。

我把它定性为由社会的处世态度向宇宙的处世态度转化的那种精神转折，人类社会将得到纯政治的后果和体现。社会—政治的地方主义将被克服。社会的和政治的意识面临的是世界性的广阔天地、掌握和管理整个地球表层的问题、使东方和西方接近的问题、让所有的文化类型相遇的问题、通过斗争达到人类联合的问题、所有种族的相互关系和交往的问题。所有这些问题活生生地提出，使得政治愈来愈世界化，愈来愈少封闭性，令人想起历史进程本身的宇宙性宽广空间。实际上，与印度、中国或穆斯林世界、海洋和大陆有关的问题，就其本质来说，要比党派和社会团体的斗争问题更具有宇宙性特点。整个民族个体的存在对待唯一的和联合的人类的态度，这个极为尖锐的问题，应该放在宇宙的背景下来解决。转向民族生活的深处，也应该同时转向世界—历史的宽广天地。帝国主义政治客观上是宇宙性的规模和宇宙学的任务。但帝国主义思想家的意识是有局限的。这一思想是资产阶级的思想，它很少能比纯经济和纯政治的任务的表层走得更深、更远。在帝国主义政治的道路上，存在着许多渗透在那些帝国主义赖以扩张的文化和种族的灵魂里的有局限的无能，这是盲目面对人类的外在任务。对人类在整个大地表层的联合与宇宙社会性的创造而言，作为现代社会不可避免的发展阶段的帝国主义的意义，可以被无条件地引向帝国主义的正面的热情。世界大战是帝国主义扩张的辩证法中的灾难性因素。

三

为了在涌向世界的黑暗中获得光明，必须有深刻的宇宙意识。如果停留在生活的表层，黑暗就会吞噬我们。欧洲的民族和欧洲的文化正在进入枯竭阶段。这些封闭的文化正在下滑、衰老。漫长而

第二章 民族性问题（东方与西方）

致命的世界大战将消耗掉欧洲的力量，而欧洲各民族很难在世界空间更大的深度和更大的广度里找到新能量的源泉。旧的纯社会定位和生活评价不适应正在发生的事件的规模，不适应它的复杂性和新特点。作为整个世界观的抽象社会主义暴露了在一切关系中的不适应性，它走到了尽头，应该让位给更深刻和更广阔的观点。这场战争的灾难使人们出现剧烈的分化，而且完全不是按照人们通常所习惯的标准来进行划分的。他们仿佛根本不适应这一灾难，它像涌出所有坚固的阵地的大意外，在他们的头顶上爆发。大部分持纯社会的处世态度的人都置身在那种状态下。他们很快用自己的旧观点来对待新事件，却感到了一种被向后抛的人们的沮丧。许多人感到自己被抛出了历史的船舱之外。另一部分人则在精神上作好了面对世界性灾难的准备，这灾难根本没有让他们感到意外，根本没有扰乱他们的生活观。那些很早就有生活的宇宙意识和视野开阔的人也同样如此。他们知道，战争是大恶，是对人类罪孽的惩罚；但他们看到了世界性变故的意义，跨入了新的历史时期，没有第一种类型的人们的沮丧和被抛弃的感觉，也根本不怀疑它的内在含义。与社会的处世态度相比，宇宙的处世态度要更少幸福的东西，更少理性实证的东西，更多不安的东西，它预见到了伟大的意外，准备进入无形和无穷尽的王国。这一更深刻和宽广的世界观和意识不允许纯理性主义的幻象，对后者来说，未来的世界是由植根在有限的大地表层的力量决定的。起作用的还有更深刻的、仍然是人所不知的力量，涌动着来自遥远的世界的能量。需要勇气去迎接人所不知的日子，走进黑暗去迎接朝霞。对理性主义的实证论而言，对整个社会的乌托邦主义而言，世界大战是根本没有意义的。对属于这一精神类型的人们而言,它不能给出任何教益,他们不想通过死亡走向新生。但对那些总是预见到隐秘的、不屈从于理性化的宇宙力量的人来说,世界大战具有象征的含义。战争的本性不是创造性的,而是否定的、毁灭性的;但战争可以刺激创造的力量,有助于生活的深化。人类面临着新而又新的创造任务,集聚创造性的能量的任务,这些能量来自存在黑暗的、原初的深层,流向新生活和新意识。人类的发展、人类的提升,从来都不是按照直线、按照单一的正面的元素的增长的道路完成的。这是最高程度上的二律背反和悲剧性的进程。黑暗之流是存在的那种野蛮力,没有野蛮力,人类生活的能量就会枯竭,就会凝固。世界大战是欧洲文化引发的、向它自身涌去的野蛮力,是一种黑暗的力量。在这种黑暗中,如同野蛮人进攻古希腊罗马文化一样,有许多东西灭亡,也有许多东西诞生。但这种野蛮力量是内在的,而非外在的。我们可以作出结论。旧派人物尽管以为自己的社会的处世态度是先进的,仍然是在向后看。他们是昨天和前天的保守分子。具有宇宙的处世态度的人们,满怀着创造的激情,准备走向未知的将来。

第三章

其他民族的灵魂

巴黎的命运

一

当德国人进攻巴黎、巴黎像发热病似的准备防御的时候,地球上的许多心脏都体验到了强烈的紧张和不安。被击打的不仅是法国的心脏,而且是新人类的心脏。因为巴黎的受创而流血的不仅是一个法国,而且是整个有文化的人类。巴黎是世界的城市,是新欧洲和整个新欧洲的人类的世界的城市。如果危险降临到罗马,同样会出现这样的紧张和不安。罗马是旧人类的世界的城市,对新人类而言,它是神圣的纪念碑。柏林、维也纳、伦敦和欧洲其他首都城市受到威胁或毁灭,都不可能那样强烈地激发整个文化的灵魂。这些首都城市的受创,首先是民族的痛苦。而只有罗马和巴黎的受创,才是整个欧洲和整个人类的痛苦。我相信,德国人中间的优秀分子,他们中间最敏感的人,能够从巴黎的命运中经历恐怖的时刻。我们,受到伟大的和公正的战争鼓舞的俄罗斯人,却没有在祖国的命运中体验到直接的恐怖。我们没有那种祖国陷入了危险的感觉。没有人能够允许德国人靠近俄罗斯的首都——莫斯科。在世界历史的这个

第三章 其他民族的灵魂

严峻的时刻，俄罗斯感到自己是强大而非弱小的，拥有帮助其他国家的使命。俄罗斯面临着世界性的任务，世界的前景已经敞开。这场战争在法国的体验则完全不同。那里正处在那种时刻——直接的危险威胁着祖国，法国人为自己祖国的命运而感到恐怖。在现代法国，可以感到某种脆弱性、与自己的历史（其中有着许多伟大的和英雄主义的东西）不相称的落后性，有一种精疲力竭的感觉。现代法国人过于敏感，过于受到小市民式满足的腐蚀，过于被对甜蜜的渴望和对女人的爱情削弱了。法国根本不是军国主义国家。好战的精神早在它身上消逝了。它曾经体验过好战的英雄主义时期，统治过欧洲，如今却不再体现为一种战争的力量。为巴黎而感到可怕，为法国而感到恐怖。许多俄罗斯人都感到与法国很亲近，希望以自己的力量帮助它，支持它。拯救法国是俄罗斯伟大的和世界的任务之一。当然，法国不是比利时，不是塞尔维亚，法国是一个强国，它作为我们的盟友，向我们提供了很大的帮助。但是，主要的力量在我们这边，对巴黎而言，要摆脱直接的危险，在相当程度上依赖于我们的胜利。法—俄联盟，外交的和国家的联盟，给我们的体验是热情的、真诚的和平易的。在我们与法国的联盟中，存在着某种比国际政治的利益更深刻的东西。

二

巴黎是新人类的世界性体验，是伟大的开端和大胆的实验的发源地。巴黎是人类力量的自由显现，是它们自由的游戏。世界城市的生活，是自由的人类的生活，是不依赖已经世俗化的神圣权威的独立生活。新人类与巴黎一起体验过自由生活和自由思想的蜜月；体验过伟大的革命、社会主义、唯美主义、资产阶级的无神论和小市民习气的最近结果。对我们而言，巴黎的形象是双重的，激发我们矛盾的情感。我们知道巴黎的魅力、这个城市固有的唯一的魔法、最新的和最旧的因素结合的唯一的美。

巴黎是活生生的存在，这一存在要比现代资产阶级的法国人更高尚和更出色。它的灵魂的面貌具有"不寻常"的体现，不是大多数欧洲城市所具有的那种面貌。这是唯一的现代的、新的城市，其中有着新的和现代的因素的美和魅力。这种体现在罗马是多么丑陋的搅拌着一切新的现代的因素；而在柏林又是多么单调、多么屈辱，我们的非雕塑、非建筑的时代，制造的只是单调的建筑和单调的衣服，铺设远离敏感的人的审美趣味的街道，留给我们的只是古代的审美养料。在一个像巴黎那样的城市，存在着今天的美，双重的美，或许是虚幻的和激愤的东西，但依然是美的。巴黎是具有魔法的城市，它身上集中了现代大都市的整个魔法，整个的吸引力和整个的恶。巴黎的魔法——在城市这个词的最直接和最狭隘的意义上说——笼罩着整个敏感的和印象的人。欧洲的其他城市已经是巴黎的第二和第三的赝品，不是新城市理念的纯粹反映，而是模棱两可的、被地方主义所削弱的城市。唯有巴黎是首都—城市，世界的城市，新人类的城市。柏林是一座建造良好的兵营，从技术上说，建造得非常舒适；但它没有趣味，丧失了城市的一切魔力，丧失了它的整个魔鬼般的权力。巴黎甚至不是建造得非常好的城市，与柏林相比，在技术上显得很落后，但有它的魔力，它成为世界性的城市的权利并不在于它外在技术上的进步。在巴黎，存在着城市非理性的秘密，存在着魔法的统治，而不是技术的统治。巴黎不被来自人类力量的自由游戏所催眠。在它身上存在着泡沫性、光点性、在现代城市中的资产阶级沉重的生活中无法达到的轻松性、在为了生存而进行的痛苦斗争中的奇怪的愉快性。在整个巴黎身上都烙印着特别的聪慧的痕迹，法国人民的民族天才的痕迹。在巴黎存在着伟大的和世界性的拉丁文化的最后源泉；面对这种文化，德国文化成了野蛮文化。但同时，巴黎又是新文化、人类新的自由生活最极端的邪恶，是小市民的和资产阶级的王国。摆脱整个神圣事物的人类力量的自由游戏，导致了对小市民王国的巩固。人类精神的资产阶级奴役是人的形式自由的结果之一，它对自身的吞噬。存在的二律背反便是如此。小市民习气是巴黎的另一副面孔，令人感到恐惧和疏远的面孔。巴黎是新人类巨大的实验，其中隐藏着一切矛盾性。

恰恰是在天才的、智慧的、快乐的、自由的和勇敢的巴黎身上，小市民习气找到了自己的实现，自己美学上的僵硬的体现，自己的极限。整个第三共和国时期，是小市民习气缓慢发展的时期，是无宗教的、无神论的精神的后果。法国人已经倦于灾难、革命、战争、探索，希望过一种平安、满足的生活，封闭于自身的小市民生活，拒绝一切精神的运动。人们喜欢称巴黎是新的巴比伦，一座淫荡的城市。而实际上，在巴黎也存在着机敏和灵巧的淫荡现象。淫荡是新城市的命运。可是，那个巴黎是封闭的小市民家庭的城市，非常坚固，街垒密布。巴黎是小市民趣味和小市民道德的城市，它们有利于生活的顺利发展。

三

　　自我满足的小市民家庭是封闭的基本单位，个人的自我中心主义在其中发展成为家庭的自我中心主义，它不是在我们俄罗斯人这里、在斯拉夫人那里，而恰恰是在不知怎么的以淫荡闻名世界的巴黎人那里流传开来。小市民习气是对甜蜜不可遏止的渴望的反面。小市民准则是对人高尚的自我节制的不信任。而只有俄罗斯人才有真正的日常生活自由，才有摆脱虚假的礼仪和虚伪的准则的自由。俄罗斯人具有精神的开放性。无论在哪里，都不会像巴黎人那样追求财富的积累，追求生活的成功，崇拜财富和鄙视贫穷。法国人是吝啬的，善于精打细算，充满了对贫穷和不完善的生活状态的小市民式恐惧。小市民的法国把个人的和家庭的自我中心主义看作美德。这个法国根本不是那么轻率的法国，不是像人们在表面上熟悉的那样。在人间事务上显得轻率的恰恰是我们俄罗斯人。赫尔岑感到了小市民王国的这种胜利行进，对此大为厌恶，在俄罗斯、在俄罗斯农民那里寻找摆脱它的途径①。在法国并非平白无故地出现了一个伟大的小市民习气的揭露者列昂·布洛亚——一个在小市民的巴黎维护贫困的骑士。小市民习气是形而上学的范畴，而不是社会学的范畴。社会主义渗透着小市民习气。小市民习气的本质是无神论的、非宗教的。小市民生活是人的外表生活，冒充生活的核心，冒充生活的深层和本质。法国人民的民族美德（他们的英雄主义和坚毅的能力，他们的热爱自由和不怕死亡的精神）在小市民的

---

① 赫尔岑具有先见之明地预测了俄罗斯军国主义的王国和与它发生冲突的必然性。

第三章 其他民族的灵魂

生活中开始损毁了。在富足、美满和自得的小市民法国，已经无法辨认出这是圣女贞德和拿破仑的国家、伟大的革命和寻找自由的国家。对财富的渴望已经转向了无耻和卖身投靠。政治的形式已经消耗殆尽。一切都达到了极限，此后便是分裂和死亡。小市民习气逐渐戕害了灵魂。基督教世界都知道，人们应该害怕被戕害的灵魂甚于被戕害的肉体。如今，已经开始在戕害肉体——人的躯壳，但是，灵魂、人的内核，或许能由此得到新生。因为，对灵魂而言，跪倒在小市民生活中要比跪倒在水深至膝的掩体里更为致命。巴黎的小市民生活是窒闷的，对灵魂而言是如此致命；唯有大灾难和大考验才能净化人，把人从小市民习气中解放出来。自满和封闭的小市民生活已经开始相信人间的不朽，相信自己糟糕的无限性。但把人留在这种对小市民王国的不可动摇的坚固性的信念中，将会导致人的毁灭、人的灵魂的死亡。世界上存在着最高的力量，不允许上述情况的出现。必须向世界揭示，在资产阶级生活的深处，隐藏着大战、大灾难的种子。资产阶级和平、满足的生活不可能永远存在；资产阶级生活的最终目标需要进行伟大的牺牲和痛苦的战斗。在此，存在着揭露生活谎言的内在辩证法。孕育过于和平的资产阶级生活的原因，也会孕育战争。在巴黎，在法国，在这个根本不是军国主义的国家，尤其能感觉到这种秘密的辩证法。资产阶级的和快乐的巴黎，如今被召唤着去建立功勋。它浑身是血。通过伟大的考验和震撼，沉溺于过分满足的小市民生活中的法国人被重新激发起英雄主义的精神。

永恒的流浪者

四

　　人类仿佛无法停留在过于和平、满足和幸福的生活中。对小市民的巴黎而言，需要的是雷霆，不幸和痛苦是必须的。而一切都按时抵达。对法国而言，如此直接地威胁自身的世界性灾难，将成为封闭在人间满足中的小市民生活理想的危机和终结。请您读一读来自巴黎的信件。巴黎已经变得严肃，变得富于牺牲精神了，小市民的掩体已经崩溃。法国人民的良好层面（爱祖国、公民感、献身热情、高尚品德、不怕死亡的精神）已经苏醒了。法国再次成为某种世界性的存在，击退了小市民习气的那部分存在。在法国人的心中，对祖国、对世界公正的热爱战胜了对女人、对甜蜜事物、对小市民式的满足的热爱。世界大战是对无忧无虑的小市民生活的谎言的揭露者。存在着一些为天意所驱使的战争，为的是让各民族清醒过来、深刻起来和振奋起来。今天的战争，不可避免地植根于人类内在的病态中，在它的资产阶级性中，在必然引向相互厮杀的小市民的自满和局限之中。小市民的封闭性被战争中的政治消融在血泊中。在法国神经质—敏感的、精致的文化中，比任何地方都能更强烈地感受到这一点。而作为大国的法国的命运，首先是巴黎的命运，巴黎是法国的心脏、欧洲的心脏。应该全力支持巴黎，帮助它。但世界性城市是不会毁灭的，世界需要它，其中存在着带有自己的善与恶、真理与谎言的新的自由的人类的神经，其中流淌着欧洲的血液，如果巴黎受到打击，整个欧洲都会流血。资产阶级敌视宗教的小市民无神论必然灭亡。巴黎将再度走向新生。宗教复活的征兆在战前已经显露。巴黎的命运是新人类和新城市的命运。

第三章 其他民族的灵魂

俄罗斯的和波兰的灵魂

一

斯拉夫大家庭里古老的争端——俄罗斯与波兰的争端，无法用历史的外在力量和外在的政治原因进行解释。俄罗斯与波兰长久的历史性纠纷的起源要更为深远。对我们而言，如今更为重要的是，领悟造成分裂斯拉夫世界的这一敌视和冲突的精神原因。这首先是两颗斯拉夫灵魂的纠纷，它们拥有同一血缘和同一语系，拥有全斯拉夫种族的特征，却又如此不同，近乎对立，难以相容，不能互相理解。亲缘的和相近的民族要比遥远的和陌生的民族更难相互理解和更易相互冲突。同源的语言发出不愉快的声响，仿佛自己的语言中了邪病。在家庭生活中可以观察到这种亲人们的冲突和相互间的不能沟通。对外人的许多东西可以原谅，但不愿意原谅自己人的、亲人的……而没有人不显得如同面对自己人、面对亲人一般地陌生和不能沟通。

俄罗斯人和波兰人争夺的不仅是土地，而且是生活的各种情感。表面看来，历史上俄罗斯人在这场恒久的斗争中赢得了胜利，他们击退了俄罗斯民族波兰化的威胁，而且侵略了波兰民族，对它进行了俄罗斯化的尝试。波兰的国家被征服和被颠覆了，但波兰的灵魂依然保存了下来，而且以更强的力度展现波兰的民族面貌。在波兰的弥赛亚主义中所体现的伟大的精神热情，发生在波兰的国家灭亡之后。显得如此不擅长于国家机构的建设和具有个性主义与无政府主义特征的波兰民族，在精神上表现得非常强大，坚不可摧，世界上再没有其他民族拥有如此强烈的民族情感。波兰人完全拒绝同化，因为波兰人的民族弥赛亚主义的理念所达到的是最高状态的热情和紧张。波兰人带入世界的是牺牲的弥赛亚主义。波兰人觉得，俄罗斯的弥赛亚主义总是非牺牲性的、自私的，觊觎着掠夺土地的。战后，波兰在外表的、国家的命运中的许多东西都将改变，再也不可能恢复到从前的受压迫状态。俄罗斯与波兰的外在关系将发生根本性的变化。俄罗斯意识到，应该在波兰面前救赎历史罪愆。但俄罗斯的灵魂和波兰的灵魂依然是以惊人的陌生、无限的差异和相互的隔阂站在对立的立场上。不可能出现内在的亲近。相互理解的深刻需求也不会出现。波俄问题被波兰人和俄罗斯人本身提出得过于外在，从政治方面来说，是由于政治情绪和战争胜利的无常性才造成了解决这一问题的不稳定性。只有波兰的解放，才会使波俄之间的真正交往，以及由于波兰的受压迫而阻碍着的波兰人与俄罗斯人真正亲近成为可能。但形成这些交往和亲近的内在东西是什么呢？波兰人怀疑地对待外在的交往。如今这种怀疑在历史上已没有充分的根据，但在心理上，波兰人还有着过多的根据。在与波兰人的亲近中，精神性地形成的东西太少。应予特别注意的是，在波俄关系中存在着更深刻、精神的一面。唯有真正的理解才

第三章　其他民族的灵魂

是解放，它摆脱了难以忍受的否定性情感。我们，俄罗斯人和波兰人应该好好想一想：为什么俄罗斯灵魂那么难以爱上波兰灵魂？为什么波兰灵魂带着那种鄙视来对待俄罗斯灵魂？为什么这两颗斯拉夫灵魂是如此疏远和如此不理解？斯拉夫内部发生了东方与西方的冲突。斯拉夫西方感到自己更文明化，是唯一的欧洲文化的唯一代表。斯拉夫东方以自己的文化和生活的固有精神类型来对抗西方。

二

我一直认为，俄罗斯与波兰的争端首先是东正教灵魂和天主教灵魂的争端。斯拉夫内部的这种东正教和天主教的灵魂冲突具有特殊的尖锐性。俄罗斯历史性地习惯于从西方角度来维护自己的东正教灵魂和特别的精神宝藏。过去，俄罗斯民族的波兰化和拉丁化，意味着它的精神独特性和它的民族面貌的毁灭。波兰是怀着文化优越感来到俄罗斯东方的。波兰人觉得，俄罗斯的精神类型不是另一种精神类型，而仅仅是一种低级的和未开化的状态。俄罗斯与波兰的历史斗争具有积极的意义，俄罗斯民族的精神独特性在其中得到了永远的证实。关于这一斗争的回忆在两个民族的灵魂深处留下了深刻的痕迹，如今已很难抹除。俄罗斯已成长为一个巨人，无论在国家机构上，还是在精神上；而波兰的危险早已被夸大了，如同使俄罗斯民族感到屈辱的天主教危险一样。更强大的欺负者不应该大肆渲染那出自更弱小的、它的被征服者的危险。如今，俄罗斯面临的是创造的任务，并非监护—压迫任务。俄罗斯对待波兰的政治早已成为历史的残余，它联结的是遥远的过去，不可能创造未来。在这种不明智的政治中,有罪者不可能原谅他应予认罪的人。这发生于外在—国家的范畴内。在俄罗斯内在—精神的范畴内,陌生的和敌视的情感依然妨碍着俄罗斯灵魂靠近波兰灵魂,而正是这种情感激发了拉丁—天主教与铸就了波兰的民族面貌的斯拉夫灵魂的嫁接。对于接受了强烈的东正教嫁接的、沉重的俄罗斯灵魂来说,波兰人的许多东西不仅是陌生的、不可理解的,而且是不可接受的,会引起敌意的。即便是与东正教脱离了关系的俄罗斯人,其心灵类型依然是东正教式的,依然难于在生长于斯的土壤上领会天主教文化和心灵类型。日耳曼新教主义与俄罗斯人的冲突还更少一些,就俄罗斯命运而言,这是真正的不幸。

在典型的俄罗斯灵魂中存在着许多朴素、直率、真诚,它不习惯于一切做作、一切矫情、一切贵族的傲慢、一切姿态。这是轻易地堕落、犯罪,进而忏悔,在上帝面前近乎病态地意识到自己的渺小的灵魂。其中存在着某种特别的、完全非宗教土壤上的西方民主主义,存在着拯救一切民族的渴望。一切保留在俄罗斯民族的深处,而后者难以优雅大方地将它呈现出来。在俄罗斯人身上,灵魂的整洁、规范,个性的锤炼是如此之少,他不向高空伸展,在他的灵魂结构中没有任何哥特式风格。俄罗斯人期待着上帝亲自来构造他的灵魂,安排他的生活。在自己最高的显现里,俄罗斯灵魂漫游地寻找着非人间的城池,等待着来自天堂的恩赐。下层的俄罗斯人民深陷于混乱的、异教的、世俗的自然力里,上层人士则生活于启示的愿望之中,渴求着绝对存在,而不容忍一切相对存在。波兰灵魂则完全不同。波兰灵魂贵族式和个性化到了近乎病态的程度,其中强烈的不仅是与俄罗斯未曾有过的骑士文化有关的荣誉感,而且还有

第三章 其他民族的灵魂

恶劣的傲慢。这是斯拉夫民族中最精致、最优雅的灵魂，它陶醉于自己苦难的命运之中，矫揉造作地激昂。在波兰灵魂的结构中，假想的雅致与甜蜜、朴素和直率的不足，总是令俄罗斯人感到惊讶，使之远离波兰人难以摆脱的优越感和轻蔑感。上帝面前人类灵魂的平等，与对每个人的灵魂之无限价值相关联的体认有关的基督身上的手足情谊，这些感觉在波兰人那里总是显得不足。特殊的精神贵族毒化了波兰的生活，在他们的国家命运中起着致命的作用。俄罗斯人很少鄙视，他不喜欢让别人感到后者低于自己。俄罗斯人骄傲于自己的谦卑。波兰灵魂是向上伸展的。这是天主教的精神类型。俄罗斯灵魂敞开在上帝面前。这是东正教的精神类型。波兰人爱好风度，俄罗斯人则完全没有风度。在波兰灵魂中存在着基督之路的体验、基督教的激情、各各他的牺牲。在波兰精神生活的顶峰可以体会到波兰民族的命运，它如同被用作救赎世界之罪孽的祭品的羔羊的命运。波兰的弥赛亚主义是那样的，首先是牺牲的，与国家力量、与世界的成功和统治有关……由此便在波兰灵魂中产生了痛苦和牺牲的激情。在俄罗斯灵魂里则完全是另一种情景。比起基督激情之路、各各他牺牲的体验，俄罗斯灵魂与圣母的庇护有密切的关系。在俄罗斯灵魂中存在着真正的谦卑，但缺少牺牲精神。俄罗斯灵魂总是把自己奉献给了与俄罗斯土地相关联的宗教集体主义。在波兰灵魂中，可以感觉到个性的剧烈抵触，肯于牺牲和不肯于谦卑。在波兰灵魂中总是存在着激情的浸润。俄罗斯灵魂的狄奥尼索斯精神完全是另外的，并非如此血淋淋的。在波兰灵魂中存在着对女人可怕的依赖性，经常采取疏远方式的依赖性，存在着痉挛和抽搐。在当代波兰作家，布什费施夫斯基、日罗姆斯基和其他人那里，都可以感觉到女人的统治、性别的奴役。在俄罗斯灵魂中，没有这种女人的奴役。爱情在俄罗斯生活和文学中所起的影响远远低于波兰人。陀思妥耶夫斯基天才地表现的俄罗斯情欲，是与波兰人完全不同的。波兰人的女性问题与法国人的完全不同——这是痛苦的问题，而非享受的问题。

三

在每个民族的灵魂中，都存在着自己的优点和弱点，自己的长处和短处。需要相互喜爱各民族的长处，原谅它们的短处。只有到那时候，真正的交往才得以可能。在伟大的斯拉夫世界里，应该同时并存着俄罗斯的元素和波兰的元素。历史的争端应该铲除和结束，调和与统一的时代正在开始。在波兰的民族灵魂中可以指出许多对立的特征，但也可以发现属于一个种族的全斯拉夫性的特征。在俄罗斯和波兰民族精神生活的顶峰，在使命意识中，可以感觉到这些共源的和一致的东西。俄罗斯和波兰的使命意识把自己与基督教联系了起来，它同样充满了启示的预感和期待。在大地上的基督王国的渴求、神圣精神的发现是斯拉夫的渴求，俄罗斯和波兰的渴求。密茨凯维奇和陀思妥耶夫斯基，托夫雅斯基和弗·索洛维约夫在这一点上是相似的。公正性要求承认，波兰的弥赛亚主义要比俄罗斯的弥赛亚主义更纯粹，更富于牺牲意味。在旧贵族的波兰曾经有过许多罪孽，但这些罪孽已为波兰民族自我牺牲的命运、各各他的体验所救赎了。波兰的弥赛亚主义——波兰精神文化之花——克服了波兰的缺陷和弊病，在牺牲之火中把它们焚烧殆尽。伴有大地

第三章 其他民族的灵魂

主的奢侈的、普通人民的玛佐卡舞和忧郁的、旧式浮躁的波兰变成了一个痛苦的波兰。但如果波兰的使命意识能够被置放于俄罗斯的使命意识之上，我相信，在俄罗斯民族身上会比在波兰民族身上产生更强烈的、更纯粹的对基督教真理和基督教的人间王国的渴求。我们俄罗斯人的民族情感受到的是内在奴役的摧残，而波兰人受到的则是外在的奴役。俄罗斯民族应该在波兰民族面前救赎自己的历史罪愆，理解波兰灵魂中他所陌生的东西，不把后者固有的精神结构看成劣等的。波兰民族也应该感受和领悟俄罗斯的灵魂，从虚假的和以为另一种精神结构是低级的不开化的那种糟糕的蔑视中解脱出来。俄罗斯灵魂在自己基本的精神类型上依然是东正教的，如同波兰灵魂依然是天主教的一样。这是东正教和天主教作为宗教信仰的深化与拓展，这是生活的特殊情感和灵魂的特殊结构。但这些各自不同的民族灵魂不仅可以相互理解和喜爱，而且可以感受到自己对同一种灵魂的皈依和意识到自己在世界上的斯拉夫使命。

永恒的流浪者

日耳曼主义的宗教

一

我们过于简单地想象着我们的敌人，对他的灵魂、他的生活感情、他的世界观、他的信仰所知甚少。安·别雷中肯地说过，战争期间民族的灵魂是它的许多东西可以依凭的后盾（参见其文章《现代德国人》）。对一部分人来说，在老日耳曼——伟大的思想家、神秘主义者、诗人和音乐家的日耳曼，与新日耳曼——物质主义的、军国主义的、大工业化的、帝国主义的日耳曼之间没有任何联系。在浪漫主义和幻想家的德国人与暴虐者和好战者的德国人之间依然没有明显的关系。而对另一部分人来说，日耳曼的理念论最终会孕育出成为世界性强国和主宰的渴望，一条从康德到克虏伯的直线。第二种观点运用的是揭示生活之复杂性的演绎法，创造了简略的辩论纲要，但在原则上那是正确的。必须判明日耳曼精神与日耳曼物质之间的关系。一切物质存在是由精神存在创造的，精神存在作为独立的现实性，只能被象征，而不能被分析。唯物主义仅仅是精神的倾向。那种被我们命名为德国唯物主义的东西——他们的技术和工业,他们的军事力量,他们的帝国主义强国的渴望——是精神的,日耳曼精神的现象。这是具体的日耳曼意志。如果按照唯物主义观点来理解,把世界看作一个客观存在的、外在的物质世界,德国人根本不是唯物主义者。整个德国哲学都属于唯心主义流派,唯物主义在其中只是偶然的和微不足道的现象。

德国人不是教条主义者和怀疑论者,他是一个批判主义者。他从世界所拒绝的东西出发,不接受外在的、客观给予他的,而非批判现实性的生活。德国人在体力上和思维上都是北方人,他不像南方人,不像拉丁民族那样,把外在的客观世界想象成光明的太阳世界。对德国人而言,生存的最初感觉,首先是自己的意志,自己的思想的最初感觉。他是一个唯意志论者和唯心论者。他有音乐的天赋,却没有雕塑的才能。音乐是一种主体精神,精神的内在状态。雕塑是一种客观的、具体的精神。但在客观、具体的精神范畴中,德国人仿佛能够创造的只是前所未有的技术、工业、军国主义的武器,而不是美。甚至在伟人们中间,在歌德身上体现出来的无审美感,是与他们的生活重心转移到了意志和思想的内在张力之中有关系的。从作为美学范畴的感性来说,德国人是完全不能被接受和容忍的。在感情生活中,他们还不过处于感伤主义阶段。

真正的、深刻的德国人总是期望着被世界拒绝的东西,某种缠绕着教条的、被批判地不信任的,从自身中、从自己的精神中、从自己的意志和情感中将它修复的东西。日耳曼精神那种倾向在艾克哈特的神秘主义中已经确立了,它存在于路德新教之中,以强大的力量显现和落实在伟大的日耳曼唯心主义中,在康德与费希特那里,也存在于黑格尔与哈特曼那里。日耳曼精神的这一倾向被错误地称为现象学。这是独特的本体论,有强烈的唯意志论色彩的本体论。日耳曼人天生是玄学家,他创造了带有形而上学热情的物理工具,他从来不是天真—现实的。德国认识论本身就是一种特殊类型的形而上学。德国人经过努力,能把思想的和理念的武器转变成斗争的现实武器。

浮士德从理念探索、魔法、玄学和诗歌转入现实的人间事物,"太初有为[①]"!太初是意志坚强的活动,把整个世界从自己的精神深处引向生活的德国人的活动。通过意志的活动,通过思想的活动,一切从黑暗里、从无形的体验之混沌中孕育而成。而德国人根本不倾向于接受由他完成的"为"。他身上没有任何世界之被动—阴柔的体认,没有任何生物存在的宇宙等级的兄弟的与色欲的情感。一切都可以从德国人的主动性与组织性中漏过。德国人,就其天性而言,没有色欲,不倾向于婚姻的结合。

二

德国人感到了太初的混沌与黑暗,他敏锐地感到了世界现实中的非理性存在。这显露于日耳曼的神秘主义之中。但他不能忍受由他的意志和思想完成的行为之后的混沌、黑暗和非理性。哪里有日耳曼人的手指触及过生活,那里就是理性的和有组织的。日耳曼人起初觉得世界是黑暗而混沌的,他不接受一切,不对世间任何物与任何人施与兄弟情谊。但自从由他完成了"为"之后,自从他的意

[①] 中译版此处为德语原文"Im Anfang war die Tat"。

第三章 其他民族的灵魂

志和思想的活动之后，一切发生了变化，真正的和有秩序的世界出现了，其中的一切各就各位，定位于日耳曼精神的指示。在日耳曼神秘主义和哲学中，非理性的、无意识的和混沌的，由日耳曼固有的原初感觉的相反方面变成一种要求，希望一切有组织、有纪律、有形式和有理性。在日耳曼意识面前树立着一条绝对律令，一切应进入秩序。世界的无序应该被德国人中止，而德国人依然觉得整体上是无序的。

世界性混乱应该由德国人加以秩序化，生活中的一切应该由他进行内在的约律化。德国人看作责任、看作形式的绝对律令之过分的野心便由此孕育而成。德国人以道德的狂热向生存施与暴虐。德国意识总是规范化的。德国人并不关注生活的秘密，他给自己提出的是任务，是必然性。他以自己的责任感和自己的智慧刺激了整个世界。德国人从来不把其他民族看成是上帝面前平等的兄弟民族，不接纳他们的灵魂，他总是认为他们是无序、混乱、黑暗，唯有德国人自身才是这些不幸的民族之秩序、组织、光明和文化的源泉。由此产生了德国人的机械文化载体。唯有从德国人那里才可能出现国家和哲学中的秩序与机械性。其他的人类正处在混杂的状态中，他们不能让一切各安其位。

日耳曼人乐于承认，奠定生活之基础的不是理智，而是无意识的、神圣的疯狂（悲观主义、哈特曼、德列夫斯）。但通过德国人，无意识的变成了有意识的，疯狂的生活被中止了，出现了有意识的生活、理智的生活。黑格尔是德国哲学的顶峰，在黑格尔的哲学中，上帝最终意识到自身。在这一点上，黑格尔的乐观主义与哈特曼的悲观主义十分相似，对后者而言，上帝的自我认识过程正发生在日耳曼精神中。那个过程正在新康德主义者那里逐渐完成，尽管有着另外的体现。而对他们来说，先验的、规范的意识可以使客观世界的混乱有序化和有机化。有很大理由可以推测，这种先验意识就是德国意识，在它之后树立的是德国意志。通常那种意识被称之为内结构。但这当然并非内结构之唯一可能的形式。这一意识非常规矩，总是内在的，出自个体深层的条理化和有机化的，其中隐伏着日耳曼意志，强烈的意志。那种意识给人深刻的印象，但没有审美的魅力，需要指出，日耳曼主义的悲剧，首先是意志过剩的、过分规范化的、过分紧张的、不承认外在之一切的、过分阳刚的悲剧，日耳曼精神内在的无限性之悲剧。这是与俄罗斯灵魂之悲剧相对立的悲剧。日耳曼民族是优秀的民族，强大的民族，却是一个丧失了各种魅力的民族。

三

长期以来，日耳曼民族都在集聚内在的能量，绷紧自己的意志与思想，为的是此后向世界示威，炫耀自己的物质力量。日耳曼人感到自己是天生的组织者，他把秩序和规范带给世界的混乱。在思想的范围里，在哲学里，在生活实践里，在政府机构里，在工业上，在战备技术中，德国人都同样受着绝对律令的驱使，以为唯有他才能履行那份责任。与生存相比，与上帝相比，德国人更相信绝对律令，更相信责任。康德、费希特和许多伟大的德国人都坚持站在这一立场上。这也使得德国人的品德难以让人忍受。我们俄罗斯人尤其反感这种构形的热情，这种把一切秩序化和规范化的愿望。

第三章　其他民族的灵魂

　　日耳曼人首先相信的是自己的意志、自己的思想和内在摆放着的绝对律令，自己在世界上的组织者使命，无论精神还是物质的。他在认识论和方法论中那么出色地组织着一切，恰似在技术和工业中一般。日耳曼精神已经成熟和作好了内在准备的时刻已经来临；日耳曼思想与意志转向外在世界，转向它的组织与秩序，转向德国人觉得无序和混乱的整个世界的时刻已经来临。在精神的土壤上产生了对世界的权力意志，它成了德国人把世界当作无序的存在，自己是秩序和组织的代表的结果。康德建立了精神的大本营，现代德国人更喜欢建造物质的大本营。德国认识论是严酷而机械的操练，如同德意志帝国主义一样。德国人感到自己唯有在营房里才是自由的。在自由的空气中他感到的是混乱的必然性之压迫。我们在对自由的理解中从来不能与德国人达成沟通。德国人沉溺于物质，沉溺于物质的机械性和唯灵论土壤上的物质统治。他由精神变成了一个物质主义者，创造了一个强大的物质世界，他的精神消耗在物质中。强盛的、震撼整个世界的日耳曼物质是日耳曼精神的流溢，日耳曼精神在这种流溢中耗尽，在这种外在的紧张中萎缩。在日耳曼精神中没有无界性，这是在自己的种族里的伟大而深刻的精神，却是有限的、有度的精神，其中不存在斯拉夫的无度性和无限性。陀思妥耶夫斯基的精神是不会耗竭的。

　　日耳曼精神最伟大的现象，诸如波墨、安格洛斯·西列季乌斯、巴尔达或歌德、霍夫曼、诺瓦里斯，都在我试图界定的"日耳曼理念"的界域者之外……

　　在对待"日耳曼理念"的复杂态度上，站立着尼采，他在精神和血缘上都不是纯粹的日耳曼人。日耳曼精神，一种非常强悍的精神，希望最终能孕育出一种日耳曼主义的独特的日耳曼宗教，以之与基督教相对抗。在这种宗教中没有基督精神。如今，德列夫斯就是这一日耳曼主义宗教的典型代表，瓦格纳也同样是它的预言家。这是纯粹雅利安、反犹太人的宗教，平淡而朴素的一元论宗教，没有疯狂的二律背反，没有启示录。在这个日耳曼宗教中，没有忏悔，也没有牺牲。日耳曼人极少擅长于忏悔。他可能是高尚的、有美德的、完美的、正直的，但几乎不可能是神圣的。感伤主义代替了忏悔。日耳曼宗教把恶的源头指向无意识的上帝，指向太初的混沌，但从来不指向人，不指向日耳曼人本身。日耳曼宗教是最纯粹的基督单性论，只承认一个和唯一的自然——神的自然，而非两个自然——神的和人的自然，像基督教那样。所以，不论看起来如何高远，这一日耳曼宗教都不高举人，在最深刻的含义上，它反对作为天生的宗教元素的人。

在那样纯粹的一元论、基督单性论的宗教意识中，不可能出现关于新生活、新世界的纪元、新的天地与天空的预言，不会有对斯拉夫人而言那么典型的对新城市的探寻。德国一元论的组织、德国的秩序不允许有启示的体验，不能忍受旧世界末日来临的感觉，他们把这个世界铸造在糟糕的无限里。日耳曼人把启示整个儿看成是他们所鄙视的俄罗斯式的混乱。我们也同样鄙视这种恒久的德国式秩序。

四

在日耳曼世界里欧洲中心论占据着上风。日耳曼思想家认为，日耳曼人是欧洲中心文化的创造者和保护者。他们以为，法国、英

第三章　其他民族的灵魂

国、意大利、俄罗斯是欧洲的边缘。日耳曼主义的命运就好像是欧洲的命运，日耳曼主义的胜利就好像是欧洲文化的胜利。日耳曼主义的宗教认为，日耳曼民族是唯一纯粹的雅利安种族，它应命而来，不仅要以精神的力量，而且要以血和铁来确立欧洲的精神文化。日耳曼主义希望永远巩固欧洲中心的世界性首要地位，它企图将自己的影响扩展到东方、土耳其和中国，但又阻挠着人们真正走出欧洲界域和封闭的欧洲文化。坚持自己负有唯一的文化使命的日耳曼主义，到处携带着封闭的欧洲文化和封闭的日耳曼文化，丝毫都不去丰富它，也不承认世界上的任何人和任何物……日耳曼—欧洲中心主义的这一野心已经成为东西方联合，也就是解决世界历史根本性问题的一大障碍。

　　日耳曼精神的这一特殊野心不可能容忍整个其他世界。日耳曼思想家甚至把关于长脸、头发淡黄的人种的人类学理论转化成了某种类似于宗教日耳曼弥赛亚主义的东西。代替"雅利安人"的术语是"印—欧语系人"。条顿族傲慢的精神浸透着整个日耳曼科学和哲学。日耳曼人不满足于对其他种族和民族的本能性鄙视，他们还想鄙视科学的基础，鄙视有序的、有机的和有规律的存在。德国式的自负总是经院式的和具有方法论根据的。我们俄罗斯人无法忍受日耳曼主义宗教野心的统治。我们应该以自己的精神、自己的宗教和自己的意愿去抵抗它。这并不妨碍我们高度评价日耳曼精神的伟大现象，像对待世间一切伟大事物一样地吸收它们的营养。但我们的宗教意志应该与日耳曼意志的傲慢相抗衡。世界性统治不可能属于日耳曼—欧洲中心，它的理念不是世界性的理念。在俄罗斯精神中，蕴含着博大的基督教世界主义，对世间一切人和一切物的普遍承认。

第四章
战争的心理学和战争的意义

关于战争本性的思考

一

我想谈论的不仅仅是今天的战争，而是战争本身。战争究竟是什么？如何从哲学上来思考战争？从浮表的观点来看，战争是大量的物质的移动和冲撞、肉体的暴力、杀戮、摧残、庞大的机械工具的运用。看起来，战争仿佛特别沉溺于物质之中，与精神没有任何关系。精神的人有时能轻易地回避战争，仿佛回避某种外在—物质的东西、被强加于身的异己的恶，以便于进入精神生活的最高领域。

另一些人则从二元论的观点来回避战争，按照这种观点，存在着一个完全独立的物质范畴，它是外在的、强迫的，是与精神的、内在的和自由的事物相分离和相对立的。但是，一切物质的东西都仅仅是精神现实的象征和符号，一切外在的东西都仅仅是内在的东西的体现，一切被强迫、不自由的东西都朝向自由。内在地思考战争，只能从一元论而非二元论的观点切入，亦即从物质身上看到发生在精神现实中的事物的象征符号。可以说，战争发生在天堂、在存在的另一个星球上、在精神的深处；而在物质的表面显示的仅仅

第四章　战争的心理学和战争的意义

是在精神深处形成的事物的标志。杀戮构成的肉体暴力,本身作为独立现实而自在,它是恶在精神现实中形成的精神暴力的标志。作为物质暴力而存在的本性,是纯粹反映的、符号的、征兆的,而非独立的。战争不是恶的源泉,而是恶的反映,内在的恶和病态之存在的符号。战争的本性是象征的。所有的物质暴力的本性都是如此,它总是派生的,而非原生的。人类生存其间的精神现实的某种状态,不可避免地要运用作为工具的物质标志;没有这些,精神生活就无法得到实现。为了反映自己的精神生活,人需要运用手、脚、舌头,亦即使用物质标志,没有这些,便不能表达爱和恨,就无法实现自己的意愿和追求。战争是脚、手和进入人类意志活动各种工具的物质运用的复杂综合。从原则上说,没有物质标志和工具的精神生活是可能的,但这必须以精神现实的另一种水平为前提,可人类和世界迄今尚未达到这一水平。

有一些疾病会使人脸上出现斑疹。这些斑疹不过是内部疾病的标志。外在地祛除斑疹仅仅是把疾病压入内部。这么处理,疾病甚至可能加重。需要最内在地根除疾病。战争的恶是人类内在疾病的标志。物质的暴力和战争的疾病不过是人类躯体上的斑疹,它们是无法外在地和机械地祛除的。我们大家都对引发战争的那种人类的疾病负有罪责。脓疮出现的时候,无法看到脓疮背后的恶。就拯救生活而言,有时需要强行揭露脓疮的存在。世界大战、世界性的敌视、仇恨和相互摩擦,早就在精神现实的深处开始了。至于那场发生在1914年7月末的战争,不过是人类的精神战争和沉重的精神病痛的物质标志而已。在这种精神战争和精神的病痛中,存在着一种连环套,没有人能够摆脱我们大家置身其间的内在恶和内在杀戮的结果。战争不制造恶，它只是恶的体现。整个现代人类都生活在敌视和仇恨之中。内在的战争只是被和平的资产阶级生活的薄纱稍稍遮掩了一点而已，应该揭露这种看起来仿佛永恒似的资产阶级和平的谎言。在和平的资产阶级生活中形成的人类生活的毁损，一点都不比在战争中形成的毁损更小。

二

在福音书中记载，应该害怕垂死的灵魂甚于垂死的肉体。肉体的死亡要比精神的死亡更少恐怖。而在战前，在和平的生活中，人类的精神已经奄奄待毙，人类的精神之火已经熄灭；人们见惯不惊，甚至都没能发现这种杀戮的恐怖。人的肉体躯壳甚至人的心脏会在战争中毁灭，但他的灵魂不仅能留存下来，而且还可能得到新生。值得注意的是，在战争中，比所有人都更害怕战争和杀戮的是实证主义者，对他们而言，最主要的是人能在地球上生活得美好，可是，生活已经被经验现实消耗殆尽。对那些相信无限的精神生活和高于人间一切幸福的价值的人来说，战争的恐怖、肉体的死亡并不是那么可怕。可以说明这一点的是，在人道主义者—实证主义者中间，要比在基督徒中间更能遇见原则上的和平主义者。宗教的视角要比实证—表层的视角能更深刻地看到死亡的悲剧。战争是恐怖的恶和深刻的悲剧，但恶和悲剧不仅仅是在外表上进行肉体的强暴和戕害，强暴和戕害实际上要深刻得多。在战争和强暴发生之前，恶和悲剧就已经植入那种深刻的层次。

战争不过是体现了恶，它把后者向外抛出。不能把肉体的暴力

第四章 战争的心理学和战争的意义

和肉体的杀戮这些外在的行为看作独立的恶,看作恶的源泉。在更深的层次上存在着精神的暴力和精神的杀戮。而精神暴力的方式经常是细微的,很难被捕捉到。另外一些灵魂的变化和流动,另外一些语词,另外没有肉体暴力的标志的一些情感和行为,要比粗野的肉体暴力和毁损更为致命,更死气森然。

人的责任应该更为宽广和更为深刻。实际上,人比他自己意识到和被别人意识到的那种情况更可能是施暴者和刽子手。不能仅限于战争来看待暴力和杀戮。我们整个的和平生活都安息在暴力和杀戮之上。我们在战争发生之前,一点都不比战争期间更少地在生活深处施暴和杀戮。战争不过是把我们旧的暴力和杀戮、我们的仇恨和敌视体现和投射到物质的计划中而已。在生活的深处存在着黑色的、非理性的源泉。最深刻的悲剧性矛盾便由此产生。没有被神性之光照亮的、古老的黑色自然力的人类,必然要经历十字架的恐怖和战争的死亡。在战争中,可以进行对古老罪孽的救赎。但沉溺于旧恶和古老的黑暗中的人类,没能摆脱在战争恐怖的形式中的内在影响。在把人类留在旧有的状态里以逃避战争的和平主义之抽象的愿望中,存在着某种糟糕的东西。那就是逃避责任的愿望。战争是内在的惩罚和内在的救赎。在战争中,仇恨再熔化为爱,爱再熔化为仇恨。在战争中,各种极端性纠缠在一起,魔鬼的黑暗和神性的光明交叉在一起。战争是存在之古老的矛盾的物质体现,是非理性生活的显露。和平主义是对生活之非理性——黑色的事物的理性主义否定。而要相信一个永恒的理性世界是不可能的。启示录并非平白无故地预言战争的。基督教也不会预言世界历史和平地和安然无恙地终结。在低处的东西反映着高处的东西,在地面上存在的东西,也存在于天空。而在高处、在天空上，上帝的天使和撒旦的天使相互斗争。熊熊燃烧的自然力在宇宙的所有范畴里狂烈地骚动着，战争即将来临。基督带给世界的不是和平，而是利剑。基督教深刻的二律背反就在于此：基督教不能以恶报答恶，不能以暴力对抗恶；但基督教又是战争，对世界的分割，在黑暗与恶中对十字架救赎的彻底铲除。

基督教是综合的矛盾。所以，基督教对待战争的态度是宿命地矛盾的。基督教的战争是不可能的，正如基督教的国家、基督教的暴力和杀戮是不可能的一样。但是，生活的整个恐怖都被基督徒当作十字架和对罪孽的救赎而铲除了。战争是罪孽，但它同时也是对罪孽的救赎。在战争中，非正义的、有罪的和恶的生活被送上了十字架。

三

我们所有人在战争中都是有罪的，所有人都对它负有责任，我们不可能摆脱这个连环套。存在于我们每个人身上的恶，都在战争中体现了出来；但它对我们中间每个人来说，都不是可以摆脱的外在的东西。必须把责任承担到底。我们经常犯下错误，企望从自己身上卸下责任，或者根本不接受它。不能简单地从外在理解加入战争和承担战争的责任。我们大家都程度不同地介入了战争。只要我接受了国家，接受了民族性，感到了所有民族的连环套，希望俄罗斯人获胜，那么，我就介入了战争，也就得承担它的责任。当我希望俄罗斯军队获得胜利的时候，我就在精神上开始了杀戮，给自己

第四章　战争的心理学和战争的意义

背上了杀戮的责任，接纳了罪孽。把我自己也需要的杀戮推诿给其他人，装出一副我不曾参与杀戮的样子，是很卑劣的。那些吃肉的人们，参与了对动物的杀戮，也就必须意识到自己对杀戮应负的责任。佯装说我们从来都没有使用过暴力，也不进行杀戮，我们不会施暴和杀戮，他人应该对杀戮承担责任，这是虚伪的。我们中间的每个人都利用过警察机构，对它有所需求，却佯装说，警察机构与我无关。每个人都迫切地想把德国人从俄罗斯的版图上赶出去，其在精神上杀死他们的愿望，一点都不比在战场上进攻的战士弱。杀戮不是肉体现象，而是道德现象，它首先是在精神上形成的。正在射击和拼杀的战士对杀戮所承担的责任，要比那些不参加肉体的搏击，指挥对敌人的胜利的人更少。希望自己是纯洁的，与暴力和杀戮根本无关，但为了自己、为了自己的亲友、为了祖国，希望付出暴力和杀戮的代价，在道德上是应受指责的。救赎存在于对自己的罪孽的接受中。罪性在道德上通常高于纯洁性。这是值得深刻思考的悖论。过于追求个人的纯洁，保持自己衣装的洁白，不是最高的道德状态。承担邻近者的责任，接受普遍的罪孽是更高的道德。我认为，在整个文化的根基上，都蛰伏着在战争的根基上的那种罪孽，因为整个文化都是在暴力中诞生和发展的。但创造文化的恶，和创造战争的恶一样，都是派生的，而非原创的；它是对原初的恶、对笼罩生活原初根基的黑暗的反映。

四

不能纯理性主义—教条主义地来衡量战争。教条绝对主义对生活的评价总是无生气的、强横的，总是法利赛式地把作亡魂祈祷的星期六高置于人之上。但人是高于星期六的，星期六不应该作为生活的原则。唯有活生生的道德才是可能的和人所期待的，对这种道德而言，世界上的一切都是个体的创造任务。不能把绝对的东西纳入相对的范畴。在历史—肉体的世界上，没有一点绝对的东西。绝对的生活是可能的，但不能拿绝对的东西来与相对的生活相比。绝对的生活是在爱之中的生活。在绝对的生活中，不可能有战争、暴力和杀戮。杀戮、暴力、战争，是相对的生活、历史—肉体的生活的标志，而不是神性的生活的标志。在历史的躯体中，在物质的有限性中，不可能有绝对的、神性的生活。我们在多大程度上生活于肉体之中，也就在多大程度上生活在暴力之中。物质世界的规律是暴力的规律。只有作为非常个体化的现象，而非作为形式和规律，来对暴力和战争作绝对的否定才是可能的。这是以战胜"世界"及其世代沿袭的规律的精神创造、以非人间的光明对人的肉体的照亮为前提的。但不能把绝对的东西当作规律和形式来要求此岸世界中的物质中的生活。福音书不是生活的规律。绝对的东西是不能被接纳的，而只能是逐渐抵达的。绝对生活是美好的生活，而不是充满了规律和形式的生活。把绝对的东西有规律地纳入相对的东西，就成了被基督打上烙印的星期六的亡魂祈祷。关于勿以暴力抗恶的绝对真理，不是在这个混乱和黑暗的世界中的生活之规律，这个世界沉溺于物质的相对性中，内部渗透着分裂和敌视。应该让这个世界向爱之中的绝对生活转化。唯有这一希望、这一追求，才是可能的。这种情况是秘密地、悄悄地形成的，正如天国是悄悄地降临的一样。但是，希望外在的世界，否定整个外在的暴力，却内在地把世界遗

第四章 战争的心理学和战争的意义

留在以往的混乱、黑暗、恶和敌视中,是不具有任何内在的意义的。那么做是没有任何价值的。把绝对的规律硬塞给相对的生活,是丧失了任何内在意义的教条主义。可以期望内在的健康,而不能在内在病态的状态下保持外在的健康。不可能有充分的理由强调,绝对的基督教之爱是精神的最美好的生活,而不是相对的物质生活的规律。这就是为什么基督教对待战争的态度会是一个如此复杂的问题。

可以仅仅是悲剧性—痛苦地接受战争,对待战争的态度可以仅仅是二律背反的。这是对世界生活内在的黑暗、内在的恶的铲除,是对罪孽的接受和救赎。心平气和地、乐观主义地、特别快乐地对待战争的态度是不允许的和不道德的。我们要接受战争,然后再否定它。我们应该以否定的名义来接受战争。军国主义与和平主义是同样的谎言。不论彼此,都是外在地对待生活的态度。对战争的接受是对生活的悲剧性恐怖的接受。如果说在战争中存在着兽性化和人性的失落,那么,其中也存在着流失在黑暗中的伟大的爱。

永恒的流浪者

论残酷性与痛苦

一

关于我们的岁月、我们的时代,关于不可能摆脱宿命地落在我们这一代身上的大量痛苦,人们已经谈论了不少。很多人都觉得,我们的时代要比过去的历史时代远为残酷。这是幻象和自欺。我们过少领略了生活的残酷性,一般说来,过多习惯于日常生活的痛苦。为了伤害我们的灵魂和损坏我们的想象力,需要残酷性特别外在的显现。在战争和它的恐怖发生之前,我们每一特定的个体都制造了很多残酷的东西,忍受了许多残酷的痛苦。整个生活的进程是残酷和病态的。但我们的感受力已经迟钝了,我们的皮肤变得松驰了。我们被战争的残酷性震惊了,在我们的同情心中,存在着无意识的伪善之命运。生活的运转总伴随着痛苦。当我们创造生活的时候,我们制造了许多残酷性,而许多残酷性也在我们的头顶形成。我们不仅仅在拼杀和射击的时候进行杀戮。实际上,谁只要接受了世界进程、历史的发展,他就同时接受了残酷性和痛苦,并且确认了它们。在整个的发展过程中,在和平和静止的整个逸出过程中,

第四章　战争的心理学和战争的意义

在整个上升的过程中，都存在着残酷和痛苦。英雄主义的元素是残酷的元素。运动本身是痛苦的。产生运动的机械的推动是令人痛苦的。在精神生活的最高显现之前也是如此。谁期望人类历史命运的完成、它向高处的发展，他就必须接受残酷和痛苦，把自己套在铠甲之中。谁不想见到残酷和痛苦，他就不想见到和平与世界性的进程、发展和运动，希望生活停留在原初的静止和安宁之中，任何东西都不会出现。这就是必然的形而上学的结论。

二

在历史生活中，所有的前进都是从对已经适应和平衡的现成系统的破坏而开始的，从总是在相对和谐的状态中痛苦地逸出而开始的。与看起来是有机的永恒的生活之习惯体系告别，是痛苦和困难的。但必须经历分裂与不和谐的时刻。这总是痛苦的。但每个人都应该接受整个运动之开始的这种痛苦和这种残酷，只要他不期望永恒的安宁和静止，只要他寻觅发展和新生活。从生活的古朴体系向另一种、更复杂的秩序（其中将出现目前还昏睡着的个性元素）过渡，是残酷和痛苦的。对原初的整体性和有机性的破坏是痛苦和残酷的。苏醒的、复兴的和意识到自身的个性，在对待周围环境和适应体系的态度上是残酷的，它不能不引发痛苦。在个性与压迫自己适应体系——家庭的整个分裂过程中，有那么多残酷和痛苦！在为高于幸福的价值而进行的斗争中，有那么多残酷和痛苦！用金钱来取代自然经济是痛苦和揪心的，村社的瓦解、旧家庭的结构的瓦解是痛苦和揪心的，与生活的旧秩序、旧理念的整个决裂是痛苦和揪心的，整个精神和理念的危机是痛苦和揪心的。停留在安宁和静止中是没有痛苦的。从对人们和一代代人的同情的角度来看，害怕痛苦和残酷要比停留在适应的旧系统中什么都不寻找，不为任何价值而斗争更好。整个的运动、整个为创造作前驱的决裂过程，总是伴随着残酷性。

害怕整个痛苦和磨难的同情的特殊的宗教，例如佛教，是静止和安详的宗教。在基督教中却不是那样，基督教认为，决裂痛苦是不可避免的，基督教认可那些高于安宁和无痛性的价值。基督教相信痛苦的救赎性，呼唤自由。基督教民族的命运是动态的，而非静态的（像东方民族那样）。基督教的人类创造历史。认为幸福、富足、人的无痛状态、当代人的直接利益是最高的福祉的看法，会导致停滞、对创造的运动和历史的恐惧。整个创造和整个历史是对远方的爱，而不是对近处的爱；是对价值的爱，而不是对富足的爱。创造和历史不可能没有痛苦和磨难的因素，不可能没有对直接生活的幸福的牺牲。残酷就存在于对远方、高处、超人的价值的整个爱之中。这种爱的灼焰将吞噬生活的水分，把痛苦带给邻近和平面上的所有人。而如果不坚持远方的和高山上的价值，以人类幸福的名义出让它们，不创造历史，就会变得更没有痛感、更有同情心一些。在注重价值的观点中存在着残酷和痛苦。在注重幸福的观点中存在着安宁、适应、满意的无痛性。但在那种对待生活的态度里，不可能创造大历史。

第四章 战争的心理学和战争的意义

三

　　上述一切也同样可以来比拟战争。战争是残酷和痛苦的。没有人会证明,战争本身是人们企望的幸福,使所有人意识到需要中止战争,让人类达到兄弟般友好的统一,并不困难。但是,那种抽象的真理很少有助于人们摆脱生活的困境。整个问题在于,是否在战争中坚持着那比人类福祉、当代人的安宁和满足更崇高的价值?在这场恐怖和残酷的战争中,是否形成了某种对历史的远方和高处而言重要的东西?对战争进行意识形态的赞美,总是存在着某种令人厌恶的和不应该的东西。战争可以仅仅被痛苦地和悲剧性地接受。但是,对那些被资产阶级的幸福和安宁所腐蚀、相信在内在分裂的状态下的外在和平之可能性的现代人来说,我们所面临的这场战争(或许是以往所有战争中最恐怖的战争)在任何情况下都是痛苦的考验。民族的和个人的荣誉高于福祉和安宁的满足。历史生活的成果、世界性任务的解决,要高于封闭—自我中心的、个人的和家庭的生活的成果。没有这种意识,便不可能锻造民族的性格特征。倘若在一个民族中,现代人安宁—满足的生活占据了上风,那么,这个民族将不可能拥有历史,不再有力量完成世界上的任何弥赛亚使命。战争的残酷性,我们时代的残酷性,不是普通的残酷性、恶和人与个性的无情,尽管这一切可能是相伴随的现象。这是历史命运、历史运动和历史考验的残酷性。

　　人的残酷性是可恶的。德国人的残酷性实实在在地激怒了我们。我们感觉到,在这些现象背后,为了国家的目的,人正在向机械工具转变;在完善的大众化纪律中,灵魂正在死亡。需要以全部力量来反对心灵的冷酷化，反对时尚的残酷性。战争当然会带来野蛮化和粗鄙化的危险。它撕下了文化的面纱，袒露了人类腐朽的天性。但是，在残酷性的道德和心理学中，还存在着另一面。被资产阶级—安宁的生活柔化、软化和宠坏了的现代人，不能忍受的不是人心的这种残酷性，他们的心在和平生活中便已足够冷酷，他们不能忍受的是考验的残酷、逸出安宁的运动的残酷、历史和命运的残酷。他们并不企求历史及其伟大的目的，他们企求的是把历史中止在满足和福祉的安宁中。这种对残酷和痛苦的害怕不是精神高度的体现者。

最可爱、仁慈、真诚的人能够无所畏惧地接受历史中形成的痛苦、历史斗争的残酷。只要生活需要，仁慈并不与坚强相对立，甚至也不与严厉相对立。爱本身有时是需要坚强和残酷的，不怕为了所爱者而进行的斗争带来的痛苦。问题涉及的是对待生活更阳刚而非软化的态度。最终，无所畏惧地接受不可避免的残酷性因素，能够消除许多痛苦。须知，为了医治致命的疾病，为了预防更大的痛苦，需要施行手术。手术的这种痛苦在历史生活中也能得到道德证明。谁要是害怕，闭起眼睛不看那些手术的必然性（比如出于仁慈和软心肠预防人类免于死于脓肿），谁就给人类预备了无比巨大的痛苦。

我们俄罗斯人存在着对力量的恐惧，存在着永恒的怀疑，以为所有力量都来自魔鬼。俄罗斯人在精神上是不抵抗主义者。他们觉得，力量总是暴力和残酷的。或许，俄罗斯人之所以会如此，是因为，在自己的历史中，他们过多地体验到在他们之上、对他们施暴的力量引发的痛苦。我们不习惯从道德的观点来把力量看作精神的

第四章　战争的心理学和战争的意义

条理化、性格的锻造。出于自我保护，俄罗斯民族习惯屈从于外在的力量，为的是后者不至于压垮它；但从内心深处，它认为，力量的状态不是最高状态，而是最低状态。历史便是如此塑造了俄罗斯人民。在力量激发的道德怀疑中，存在着自己的真理。列夫·托尔斯泰的问题不能被称为误解。在这些问题中间，能够感受到整个俄罗斯民族的问题，它独特的道德构造。但在俄罗斯的不抵抗主义中，存在着危险的、弱化的倾向，由基督教向佛教转化的倾向。应该具有坚强的精神，不怕生活的恐怖和考验，接受不可避免的和净化的痛苦，与恶作斗争是真正基督教意识的绝对律令。俄罗斯人最需要的是这种性格锻造。俄罗斯的仁慈经常变成俄罗斯的无个性、意志薄弱、被动性、害怕痛苦。这是一种消极的仁慈，总是准备退让和献出整个价值，它不能被认为是一种高质量的东西。存在着积极的仁慈，它一直坚持着价值性。应该仅仅呼唤这种仁慈。在生活的痛苦和残酷性面前，需要反对使人软化和柔化的恐怖。

永恒的流浪者

论各民族斗争的真理和正义

一

一个最为流行的观点是，站在某个民族的立场上，就可能证明，真理和正义在这个民族一边。而那个敌对的民族就在伪理和非正义之中。这是对战争纯粹的道德评价，是把各民族的历史生活转入了个人生活的道德范畴。那种在战争中把特别的道德公正划归自己的民族，而把不公正划归敌对民族的做法，通常会成为被迫证明当前战争中潜藏着和平主义。这种在战争爆发时很快在俄罗斯流行的优雅观点，不仅是错误的，而且是危险的。一般说来，俄罗斯人很难正确地评判战争。在俄罗斯知识分子的广泛圈子中，占主要地位的是完全否定战争的意识。对战争进行肤浅的否定，其基础建立在各种抽象的学说中，诸如人文的和平主义、国际的社会主义、托尔斯泰的不抵抗主义，等等。对战争问题的接触，总是抽象—道德主义的、抽象—社会学的，或抽象—宗教的。我们从来没有对复杂的战争问题进行过独立的思考。战争使我们在道德上显得准备不足。人们很快就着手来对战争进行评判，运用的是最粗浅的方法——把各

第四章 战争的心理学和战争的意义

民族的斗争纳入个人道德生活的习惯范畴之中。出自实证世界观的"左派"、斯拉夫派和宗教流派，都是这么做的。所有这些流派都不承认具有自己独立的价值和评价的独立的历史现实。创造的历史任务从道德意识的视野中消失了。我们对战争迅速作出评判，更确切些说，从我们的自我评判中，得出了一个结论：我们比德国人好，道德正义在我们这一边，我们自卫和防御，德国人在道德关系上非常糟糕，他们是暴徒，在他们中间的是反基督的精神。这个结论不是非常充足，也不是非常深刻。但只是由于这个道德判断，我们承认了战斗的可能性。对一部分人来说，日耳曼民族被认为是军国主义和反动的体现者，因此，需要与它作斗争，这是进步的事业。甚至像克鲁泡特金这样的无政府主义者也持这种看法。对另一部分人来说，日耳曼民族是反基督教的元素、虚假的精神文化的体现者，因此，与它进行的战争是神圣的战争。总是这样的结果：我们要更好一些；因此，可以战斗。很少有人站在民族斗争的立场上来看待问题。

我认为，那战争仅仅作道德评价是虚假的，最终会是不道德的。肤浅的道德化会妨碍对战争的道德含义的理解。认识在战争恐怖中的所有人、所有民族和整个人类世界都承担罪性的整个宇宙道德意识，便是沿着这一思路消失的。让自己来承担战争的恶，要更为道德一些，不能把恶整个加诸他人身上，过于在道德上预先认为自己比他人更好，在他人身上看到恶，在此基础上确认自己与他人斗争的理由。在决斗中必须给予势不两立的对手以某种尊重。在各民族的决斗中也应该如此。认为我们在所有的情况下都比德国人更好，我们的敌人都是一些卑鄙的凶手，他们的意志整个地都是伪理和恶，这种看法并不符合实际。事实并非如此。而在我们的文学中表现的是，德国人显示的不仅是残酷性和对国家与暴力的追逐，而且具有责任感、爱国主义、巨大的自律性，能够以国家（他们创造的恶本身）的名义进行自我牺牲，忠诚于道德范畴的绝对律令。更加不得不承认的是，在日耳曼民族的精神生活中，在日耳曼神秘主义、哲学、音乐和诗歌中，有过伟大的和世界性的价值，而不是只有力量的崇拜，不是只有虚幻的现象论。从另一方面，在我们这里也显示了很多道德的缺陷，它们过于引人注目，病态地反映了出来。我们痛苦地意识到了很多俄罗斯的伪理。我们对胜利的期待，我们对历史任务的认识，难道就应该因此而削弱吗？难道能因此而首肯战争吗？

二

我们关于战争的道德根据的整个不稳定性显露了出来。有点怀疑自己的道德素质和认可敌人的某些道德素质的俄罗斯人，开始认为不值得去作战，他的意志已经削弱，他不再有热情。如果德国人有自己的真理和自己的道德素质，那么，俄罗斯人就会觉得，与德国人敌对是不可能的、糟糕的和没有理由的。在那种道德反映的土壤上，成长起来的是消极的失败主义情绪、人文的和平主义和普通的萎靡性与冷淡主义。为了我们能真正地发自内心摆脱德国人的评价，我们的意识应该克服我们评价的特别的道德主义。历史中的各民族的世界性斗争不是由道德权力决定的。这是为名副其实的存在、历史的任务和历史的创造而进行的斗争。正义是伟大的价值，但不是唯一的价值。不能单独地从正义的角度来评价各民族的历史斗争，还存在着其他的评价。历史中的民族躯体是由漫长的、痛苦

第四章 战争的心理学和战争的意义

的和复杂的斗争构成的。名副其实的存在是历史的课题,而不是普通的历史现实。这一课题是由斗争实现的。历史斗争是为存在而非正义进行的斗争,它是通过各民族的精神力量的总和实现的。这一为民族存在而进行的斗争不是讲究实惠的斗争,它永远是为价值、为创造的力量而进行的斗争,而不是为生活粗浅的行为、普通的利益而进行的斗争。可以说,各民族为历史存在而进行的斗争,具有深刻的道德和宗教意义,世界进程的最高目的需要它。但不能说,在这场战争中,一个民族整个是善的,另一个民族整个是恶的。一个民族只能比另一个民族相对正确一些。每个民族为存在而进行的斗争都具有内在的根据。我能够承认自己民族在世界大战中的正义性,但这不是道德上的正义性,这是创造历史价值的正义性和选择爱洛斯的美。同盟国与德国的世界大战,是为历史存在和历史价值的斗争,而不是单独的道德素质和权力的斗争。我希望俄罗斯和英国在世界上占据优势,德国在世界上的地位被削弱。但如果以为那种任务的提出和为那种历史价值而进行的斗争是抽象的正义所要求的和由俄罗斯与英国在德国面前所占据的道德优势所决定的,那是不正确的,对强行发动战争、希望获得世界性优势的德国来说,它的根据并不更少,它同样具有道德的热情。需要承认,战争可以同样地从两个方面得到根据。从外在来看,这种反常的道德确认,不会导致道德的冷淡主义,而会提高道德意识。俄罗斯的伟大弥赛亚使命要凌辱其他民族,这在道德上是错误的和根据不足的。为了历史价值而与对手作斗争要更名副其实一些。战争是命运的撞击,是面向最后审判的决斗。世界上所有个性的冲撞都具有那样的本性。在两者维护第三者、维护天意的决斗中,一个可能比另一个更正确一些。但决斗的意义,正如个体性的冲撞,完全不在于一个在另一个面前拥有特别的道德优势。问题在于,德国发动了战争,它是军国主义令人苦恼的权力扩散的主犯,它破坏了国际权利的形式。外交问题和战争问题对我们来说都是次要问题。这种观点不能获得深度,只是停留在表层。这关涉到斯拉夫种族的世界性精神优势。我不喜欢德国人的整个道德结构,厌恶对他们程式化了的责任热情和对国家的神化;我倾向于认为,斯拉夫灵魂很难忍受德国人的道德素质和他们的道德理念。我更希望为了我们的道德结构、我们的精神类型而与德国人作斗争。但这根本不意味着应该从对手的道德特权来评估战争。战争呼吁的不是道德的公正,而是本体论的力量。斯拉夫的道德结构战胜日耳曼道德结构,完全不是正义的问题。正义的范畴是不能替代个性的冲撞的。这是历史美学迫在眉睫的事业。

三

不可能在伟大帝国(例如罗马和不列颠)的形成中找到公正。可以评判伟大帝国形成时所使用的手段,但在伟大的历史形成的评价中的抽象公正观点完全是没有生命的和没有结果的。我们承认,伟大的罗马帝国的形成对联合人类、世界历史的统一来说有巨大的意义。但要在罗马帝国的形成中看到公正,是非常可疑的。对把个人生活的道德范畴移入历史现实中去的道德主义观点而言,并不存在作为独立领域的历史生活的历史任务和价值。那种道德主义会导致对存在状态的确认。公正是静态的,而非动态的。整个创造的历

第四章 战争的心理学和战争的意义

史任务是以状态的变化为前提的，不得不强行再分割历史的躯体。整个地被抽象的公正理念所笼罩的道德主义，允许的只是防御的战争，只是消极的自卫。但伟大的战争应该具有创造的任务，应该使世界上的某种东西向更好、更有价值的存在发展。例如，为海峡而进行的斗争不是为抽象的公正而进行的斗争，这是为历史存在、为历史价值的提升而进行的斗争。甚至很难说，在对待土耳其问题上，抽象的公正是有意义的。是保存土耳其帝国公正，还是毁灭它公正呢？我相信，俄罗斯和英国的世界性优势会提高人类历史存在的价值，有助于东方和西方的联合，给整个个体的历史存在以自由发展的空间。但东方和西方的问题不是抽象的公正问题，这是一个具体存在的问题。对抽象的道德主义者而言，在历史斗争的评价中，没有东方和西方的问题，它引不起他们的兴趣。

我们俄罗斯人，必须在意识到伟大的历史任务的立场上振奋精神，为提升我们在世界上存在的价值，为我们的精神而斗争，而不是在那种立场上，亦即德国人是凶手和不道德的，我们永远是正确的和在道德上高于所有民族的。对肤浅的道德主义的克服，可以引向更高的道德意识。公正地和绅士地对待魔鬼的态度，唯有在与恶进行的斗争中才能确立。更公正地对待敌人的态度，不是削弱，而是增强对胜利的追求。对胜利的追求应该依靠我们创造的历史任务，而不是依靠我们对德国人的道德本性的否定性评价。我们相信，最终的胜利应该属于精神的力量，而不是物质的暴力。但精神的力量应该在世界上经受考验和贬损，应该经历各各他的磨难。世界上胜利的力量可能是虚幻的。不论外在的命运如何，我们的事业是培养对最高存在的意志。

永恒的流浪者

在各民族生活中的运动和静止

一

各民族的历史生活充满了斗争和运动。只要接受了历史和历史的命运，也就需要接受伴随着痛苦和磨难的运动。各民族为生活的提高和发展而进行的斗争是静止的。但是，有一个思想体系非常流行，它在静止中、在对存在状态的保持中看到公正性，把再分割历史躯体的整个斗争看作是伪理和暴力。许多人把"不要任何吞并，让一切保留在先前的界限中"的观点看作是进步、民主和公正的观点。为什么存在状态，对民族存在的过去界限的保存就比界限的变化、民族躯体的再分割、这样那样的吞并更少一些暴力，是根本不清楚的。现代人乐意享用旧暴力、旧斗争、旧的分割和吞并的成果。他们根本不愿意为新的再分割运动、历史创造新的痛苦而承担责任。民族躯体是在历史中形成的，它通过斗争确立了界限，而在这种斗争中便存有暴力的因素。但莫非可以说，伟大的历史任务已经完成，剩下的工作就是保存现有的东西？对历史任务的潜在否定存在于看起来非常进步的现代思想中。统治地球表层，让各民族在上

第四章 战争的心理学和战争的意义

面安居的世界性事业仿佛已经完成。在各民族的相互关系中应该中止整个运动,保持静止。剩下的就是幸福地安居在被公正地分割好了的土地上。可幸福的安居是静止的,而不是运动的。抽象—人文地否定整个再分割和民族运动,认为战争应该是不分输赢,应该回到战争爆发前的存在状态中,这是对历史创造的敌视。

抽象的公正观点是静止的。这一抽象的公正只能支持世界的平衡、思想的平衡。历史的动力是以对平衡(它过于被认为是公正的)的破坏为前提的,它是以可能表现为不公正的运动为前提的;比起保持公正的抽象价值,它更多地首肯另一种价值。永恒和平的和平主义理论很容易就会转变成永恒的安逸、幸福的静止的理论;因为最终否定的,不仅有与战争的运动联结在一起的痛苦,而且还有与整个运动、整个已经开始的历史创造联结在一起的痛苦。如果确认,战争本身不是幸福,它与恶和恐怖联结在一起,希望出现那种战争是不可能的和不需要的人类状态,这是非常肤浅和过于不容置辩的。人类和整个世界能够转向最高存在,那时不再有带有血腥、恐怖和杀戮的物质暴力的战争。但到了那时,在这个最高状态里也会有斗争、运动、历史创造和肉体与精神的重新分配。斗争方法改变了,一切变得更精致、更内在,过于粗鲁和外在的手段将被抛弃;但那时也还会有运动和斗争的痛苦,没有幸福的安逸和静止,以及美满的平衡。在天堂,在天使的等级里,也有斗争。战争可以是精神性的,精神的战争。善的精神与恶的精神作战,但它们的装备要更精致和更完美一些。历史的和世界的进程的创造性任务不可能中止,不可能出现静止的状态、永远幸福的安逸。人类负有走向高处的使命,而不是在平原上安居。人类最大的快乐是运动的快乐,而不是静止的快乐。人类面临着统治地球表层，对它进行调整的任务。民族躯体的形成和定型化的过程尚未结束。各民族在世界上的弥赛亚使命尚未完成；还存在着尚未说自己的语言、没有完成自己的事业的民族和种族，它们最高热情的阶段尚未来临。

二

否定一切吞并、保存旧界限的形式原则是不可接受的，最终也不会是那样，不会以具有普遍的意义。吞并可以是令人厌恶的，也可以是人心所向的。尝试着用这种静止的观点来衡量土耳其和奥地利，很快就暴露了它的根据不足。为什么保存分裂的状态、没有未来的土耳其或保存在艺术中的、没有机械化的、没有任何独立的弥赛亚使命的奥地利就是公正的呢？历史创造的本能、有价值的历史任务恰恰要求大的变动和再分配。新未来的形成要比保存衰老的历史整体更有价值。所有民族和国家的形成都有自己的命运，自己的诞生、繁荣和衰颓的阶段。所有民族都有说自己的语言、对世界生活作贡献、达到自己的最高存在的使命。但是，民族和国家的存在并不永恒地保持在历史中、在静止的形式和界限中。随后便出现了消耗殆尽和生命力衰竭的时刻。希腊曾经创造过最繁荣的世界文化，有过空前的、唯一的创造热情的高涨，但它退化和消失了。希腊人消耗尽了自己的力量，应该让位给具有另一种弥赛亚使命的罗马人。我相信，古希腊将永远留存在神性的世界秩序中，但它在经验世界里已经中止了存在。西班牙曾经是一个大国，有过自己的创造高涨和繁荣。但它很快消耗殆尽了，变成了一个次要的国家。未

第四章 战争的心理学和战争的意义

必有人会认为,西班牙能重新发生世界性作用。所有的民族都有自己的时间和期限,知道自己的机会。在伟大民族的弥赛亚中存在着递嬗。一个民族完成了自己的弥赛亚,而在彻底完成之前便已开始衰竭。另一个民族就来取代它。这种情况在各民族保存自己的潜在力量之前便发生了。在这种民族弥赛亚的替换中,不可能有公正的判断。这就是最高的命运。

民族的斗争是精神力量的斗争、最高命运的斗争,而不是为了动物性存在和粗浅的利益的斗争。动物性的存在和粗浅的利益满足,在民族和国家退化到历史的第二位中也是可能的。民族的退化首先带来伤口的是精神,而不是肉体,首先是使命,而不是利益。民族的精神和文化的繁荣是以某种象征着内在潜力的物质强力为前提的。但一旦物质的强力转化成偶像崇拜,整个地控制了精神,这个民族就开始滑坡和行将死亡了。有很多迹象可以认定,在世界上拥有过伟大的弥赛亚使命的日耳曼民族,在这场战争中把自己的力量消耗殆尽了。它过于把自己的力量倾注在物质强力上,这歪曲了它的精神。俄罗斯民族则隐藏了自己的力量,尚未整个在历史舞台上亮相。可以相信,历史弥赛亚的替换时刻即将来临。由于历史使命的替换,历史躯体中的不少东西都得到了再分配,但对这种民族使命的替换而言,总是会引发地球表层上相当多的东西的变化,它们完全不适合静态的公正之评判。存在着一些民族和国家,它们在历史中的巨大作用不是被肯定的、创造的使命所确定的,而是被它们带给其他民族的罪孽之惩罚所确定的。在此,首先可以谈论的就是土耳其。大土耳其在欧洲的形成,它对基督教民族的统治,这是对拜占庭和欧洲的基督教民族的罪孽的惩罚。作为伟大帝国的土耳其，总是被基督教民族的相互仇恨和纠纷所纠缠。在土耳其保持静止的状态是伟大的欧洲强国低劣的、胆怯的和嫉妒的政治。俄罗斯本能按照这条道路来展现自己的力量和完成自己的使命。如果这场无可比拟的战争不能解决东方问题，那么，人类还将受到新的、恐怖的战争威胁。经常保持静止的状态，并不意味着能抑制火神的怒气，他或迟或早都会喷发出熔岩来。

三

俄罗斯与德国的斗争，不是在公正立场上的竞赛，也不是诸如为了利益而进行的肤浅的生物学斗争。在这场斗争中，存在着动态的、创造的任务。俄罗斯和德国为了自己在世界生活和世界历史中的地位，为了自己的精神优势，为了自己价值的创造，为了自己的运动而斗争。物质利益也在起作用，但那是次要的。各民族的整个精神力量的总和都在那场斗争中产生了运动。但某个民族提出历史的任务，是以创造的任性、这个民族整个能量的自由集聚为前提的。创造的任务不是规律的完成，不是上帝的天命事业。可以说，上帝本身在提出动态的历史任务，让各民族去完成时便赋予了它们自由，当它们为创造更高的价值而斗争时，他不强迫它们。是俄罗斯，而非德国，是创造的任性，而非抽象的公正，在世界上获得了精神的优势。这是世界上自由运动的事业，而不是静态的平衡。

俄罗斯在世界上的被确认，正如所有国家、所有民族一样，仅仅在于，它比德国（企望着世界霸主的地位，以自己的独特的精神把人类提升到了一个更高的存在）给世界带来了更多的价值，精神能量的更高的质量。这不是自古以来被预先注定的、在本体论秩序中得到实现的俄罗斯优势,这是未来生活摆在我们面前的自由创造的任务。面对生活的最高意义,对一个民族的确认,和对一个人的确认一样,只能是动态的,而非静态的。在创造的运动中,而非在仿佛显得是公正的永恒静止中,需要寻找各民族存在的更高的质量。静态的公正的思想或预先注定的静态存在的实现,是垂死和无生气的。唯有创造的意识才能在个人的眼睛里、在世界的眼睛里得到确认。我们给世界带来创造的价值,仅仅在那种情况下,亦即我们的个人存在在价值中、在质量中得到了提高。所有的创造意识都应该被创造的行为、更高质量的运动来证明。真正的民族政治应该是创造的,而非保存的;应该是创造更好的生活,而非保持静态的生活。

永恒的流浪者

论关于生活的部分的和历史的观点

一

对待战争的态度把人划分成了很难相互沟通的两种类型。一部分人看待战争,像看待世界上的一切一样,从部分的观点、个人的或家庭的观点出发,从人们的利益和幸福或他们的痛苦和不幸出发。另一部分人看待战争,则从高于个人的、历史的、世界性的观点出发,从民族和国家的价值、各民族和整个人类的历史任务、历史命运出发。部分地看待生活的观点,关注的是芸芸众生的幸福或不幸,不是常驻的居民的、无思想的观点,它也可能非常有理念、有原则的。对于理念意识而论,芸芸众生的幸福与痛苦仿佛是民族的幸福和痛苦。非常值得注意的是,无论是写作《战争与和平》时的托尔斯泰,还是写作道德—宗教论文时的他,都是毫无希望地封闭在部分地看待生活的圈子里,除了个人的生活、它的快乐和痛苦、它的完美和不完美,便什么都不想了解。对于托尔斯泰的生活感受来说,只有芸芸众生的部分生活、他们的家庭和道德生活、他们的道德怀疑和他们对道德完善的探索,是真实的和存在的。列文对待

第四章 战争的心理学和战争的意义

俄罗斯—土耳其的战争、对待斯拉夫问题的态度，便十分清楚地表明了这一点。历史的、民族的生活，历史的任务，民族的和王国的斗争，伟大历史中的人们——所有这一切在托尔斯泰看来，都是不存在的和不真实的，是生活的欺骗性的和外在的躯壳而已。在《战争与和平》中，不仅"和平"战胜了"战争"，而且通常是"部分"生活的现实性战胜了"历史"生活的虚幻性；涂抹成绿色的和黄色的儿童的襁褓，显得比所有的拿破仑军队、整个东方与西方的冲撞都更实在、更深刻一些。对托尔斯泰而言，部分的、机械生长的生活，要比精神的生活、他所鄙视的文化创造、"科学和艺术"都更真实和实在一些。与此同时，托尔斯泰从自己的"部分"的观点出发，看不到人的个性，对他而言，整个面貌都沉没在无个性中。托尔斯泰如此轻易地激烈否定历史和所有历史的东西，因为他不相信后者的现实性，在其中看到的是一堆偶然的和混乱的垃圾。但历史对他进行了报复。他不再看到个性，个性沉没在机械的自然力中。正如纳塔莎没有个性一样，普拉东·卡拉塔耶夫也没有个性。个性被像襁褓和包脚布那样的"部分"事物给遮没了。在历史中，超个人的、世界性的历史中，个性恰恰非常明显，显示出明亮的个体性。"历史"敞开了个性，赋予它运动，"部分"的、家务—家族的东西，掩蔽了个性，不给它以运动。

另一方面，相当部分抱有传统的世界观的、比托尔斯泰更不彻底的俄罗斯知识分子，同样反对历史的东西，坚持"部分"的观点。与托尔斯泰的道德主义的个人主义相区别，激进的知识分子坚持的是社会的世界观和社会的评价。但这种社会性更多的是"部分"，它认为芸芸众生的幸福是唯一的价值，按照自己的定位，不理会历史的价值和任务,世界性的、超人类的前景。对于知识分子的这种部分—社会的世界观而言,并不存在民族性和文化的具体类型的独立价值。这一世界观在对待所有的历史整体的态度上是唯名论的:民族的、国家的、教会的事物——只有在对待社会的人和社会的阶级的态度上,才是现实的。对这种世界观而言,作为独立的现实性的、拥有自己在世界上的命运和任务的俄罗斯并不存在。真正存在的不是俄罗斯,而是在它这里定居的人们,例如农民和工人,他们的幸福和命运。女人的历史感不太发达,她们很难意识到历史任务和历史价值,她们看待生活的观点绝对是"部分"的。女人部分的同情可以导致痛苦的增加,因为它看不到人类生活的普遍前景,整个儿被暂时一部分的东西所笼罩。

那种女性—部分的和女性—同情地对待生活的态度总是情感绝对控制了意志的结果。倘若在世界上女性元素占据了统治地位,那么,历史将不再存在,世界将停留在"部分"状态里,在"家庭"圈子里。完全不能说,那种对待生活的部分—女性的态度是强烈的个性感觉的结果。恰恰相反,强烈的个性感觉存在于男性元素中,后者推动历史并把它推进到底。世界上的一切都是通过男性和女性元素的相互关系和它们的相互渗透而形成的。但在俄罗斯知识分子以及一般的俄罗斯人对待生活的态度上,仿佛是女性元素占据着优势,女性的同情感,女性的"部分"评价,对历史、一切历史事物的残酷性、对上升的精神之寒冷与烈火的女性厌恶,占据着统治地位。

第四章 战争的心理学和战争的意义

二

这种"部分"的世界观是人文主义的结果。但这不是文艺复兴时期的人文主义，这是19世纪的人文主义，它结合了实证主义的东西，除了人类幸福以外，拒绝任何价值。最后，这种人文主义的本性是反宗教的。它对单个人的命运的特别关注仿佛是虚幻的。实际上，这种世界观的唯名论要走得更远，它把人分解了，强行否定总是与世界性存在联结在一起的、人的灵魂的现实性，把人抛向表层。人成了虚假的幸福的工具。进步的人文主义理论使每个人牺牲自己的神，不能找到痛苦和人的个性的牺牲的依据。那是一种令人厌恶的辩证法：对神性价值的消极—人文否定，将最终引发对人的否定，对提升这一有形的经验生活的灵魂之价值的否定。

对这种世界观而言，人的幸福、痛苦的阙如要高于人的价值，高于人的荣誉和尊严。部分—社会的、人文主义的世界观正在削弱人，剥夺他的深度（他在其中总是与一切"历史"的、超个人的、全世界的事物联系在一起），使他成为一个抽象的人。人文主义沉默的伟大真理就这样被损毁了。实际上，所有的人都是具体的人，历史的人，民族的人，从属于某种文化类型，而不是计算着自己的幸福和不幸的抽象机器。在人之中的所有历史的和世界的东西，都拥有深刻—个体性的本能的形式，对自己民族性、文化的民族类型、具体的历史任务的个体性爱的形式。

看待人的更深刻、更具宗教性的观点，将引发对他的整个历史的和世界的深度的发现，将引发对所有超个人的价值的发现。民族性是我的民族性，它在我之中；国家性是我的国家性，它在我之中；

教会是我的教会，它在我之中；文化是我的文化，它在我之中；整个历史是我的历史，它在我之中。各民族和整个人类的历史命运是我的命运，我在它之中，它在我之中。我生活在我的民族、人类的历史和世界的历史的过去和将来之中。全世界历史的贡献不仅是我完成的，而且是为了我、为了我永恒的生命而完成的。孩子一滴眼泪的流淌不仅是为了世界，不仅是为了世界命运的完成，而且是为了孩子本人，为了他的命运的完成。因为整个世界是整个孩子的世界，他在它之中，它为他而存在。孩子可能意识不到自己的全世界性，就像很多成年的孩子，什么彼得呀、伊凡呀的，也同样意识不到这一点。但这是人类意识的弱点和狭隘，这是人向表层的被抛出性，它不可能反驳伟大的真理：每个人在自己的天性中，是全世界的，整个世界在他之中，为他而完成。

  只有那种更深刻的观点使我变得更自由，使我成为祖国的公民和宇宙的公民。对"部分"的观点而言，所有历史的、世界性的超人的东西都是异己的和陌生的。这种观点将造就善于进行奴隶暴动的奴隶。奴隶永远感到来自外在方面的对自己施行的暴力，对他而言，一切外在的东西都是异己的。自由人总是以自己的道路、自己的体验、自己的命运来感受一切。我也同样应该把战争看作我的命运的完成——我是它的罪人，它发生在我之中，在每一个彼得和伊凡之中，为每一个彼得和伊凡而发生。因为实际上，每一个彼得和伊凡都是世界性存在，在自己的深处与整个历史和超个性的东西联系在一起。对像彼得和伊凡那样的大众而言，这个世界性进程在他们的潜意识和下意识里流淌着。但这一大众意识应该提升到世界性意识，而不是降低到那种奴性—孤立的意识，对后者来说，所有世

第四章 战争的心理学和战争的意义

界性的东西都是外在的和强迫的。只有在这一立场上才能解决伊凡·卡拉玛佐夫关于受虐的孩子的一滴泪水的问题。从"部分"的观点来看,孩子的泪水不能被确认。受虐的孩子的泪水是无意义的牺牲,它激发对世界的反抗,最终反对上帝。但是,如果看到民族的命运置身其中的那种深度,牺牲和痛苦是能够得到确认的,历史和世界的命运是他个人的命运。

三

值得注意的是,深刻的和宗教的生活观允许牺牲和痛苦,在相当困难的情况下,能够看到救赎和通向最高生活的道路。更为表层的、"部分"的生活观,害怕牺牲和痛苦,认为所有的眼泪都是无意义的。那种被我称为历史的生活观,仅仅是相对于部分的生活观而已,它实际上是宗教的:价值高于幸福,它以最高生活的名义、以世界性目的的名义和以人类的提升的名义接受牺牲和痛苦。

一切英雄主义的东西都在这一土壤上诞生。部分的评价和部分的生活观,不利于个性的发展。在这一立场上诞生的是无意义的和奴隶的暴动,但并不诞生明朗的创造个性。明朗的创造个性总是面向世界的、"历史"的,而不是面向"部分"的。对历史的、面向世界性价值的生活观而言,就是在尼采的格言影响下:残酷一些,坚强一些。另外一则格言则建立在这一生活感受上:近的不如远的可爱。残酷性完全不是残酷性,它不是生物学的特性,而是精神的特性,是以生活的最高状态的名义来牺牲最低状态,是以人的进化和提升的名义来牺牲肤浅的幸福。每个人根据自己的经验知道,某些痛苦和牺牲的胆怯的和柔化的延期所导致的结果是，这些痛苦和牺牲在将来会更大。在生活的发展过程中，存在着不可避免的残酷性；在履行残酷一些和坚强一些的格言时，这种残酷性可以减弱一些、缓解一些。在战争中也是这样，对人的过于爱惜会导致更大量的人的死亡。残酷性存在于所有的国家，后者具有"冷血动物"的特性。但是，如果没有国家，在那种条件下的人类可能会陷入更残酷、更兽性的状态。国家的残酷命运最终是人的命运，是他与自身之中和周围的混沌自然力的斗争，与原初的自然力的斗争，对人向最高的和超国家的存在的提升。国家本身可能是恶的和毁灭性的，它总是受到独立政权的诱感。但这不是一个事实问题，而是一个原则问题，这是一个涉及国家是应该发展和消灭的问题。国家应该知道自己在价值等级中的地位。恺撒王国不应该蓄意推翻上帝之国，不应该要求给恺撒以上帝的奖赏。

普希金的《青铜骑士》天才地反映了"部分"的世界观和"历史"的世界观的冲突。《青铜骑士》的主人公从"部分"的观点，从与历史的、世界的命运对抗的个人的命运之角度出发，诅咒创造奇迹的彼得。微小的、感到自己被压垮的部分的生活，对抗着伟大的、历史的生活。但这种对抗，是奴隶的对抗。它是表层意识所孕育的。所有最渺小的东西都可以感到自己是伟大的东西的参与者。伟大的东西意识到自己，并由此而变得伟大。只是国家之民族的、内在—人类的特性的确立，应该引向最高意识：国家在人之中，每个人都为它负责。在各种就自己的热情而言是"部分"的社会思想中，经常谈论国家和民族的"资产阶级性"，所有历史整体和历史文化的"资产阶级性"。但实际上，这些部分的社会的世界观更具有"资

第四章 战争的心理学和战争的意义

产阶级性",它们把人抛向表层,把他关闭在利益中,关闭在利益和"部分"的人间天堂中。人文的社会主义是完全"资产阶级化"的,它承认的只是享乐主义的价值,厌弃所有的人类向最高生活的提升过程中的牺牲和痛苦的道路,它仅仅在数量上而非质量上信奉宗教。人沿着牺牲的和痛苦的道路走向世界的广阔天地和世界的高度。人的深度将自己推向高度。将人留在表层,只承认表层性的一切,是"资产阶级化"的。"资产阶级性"也存在于无政府主义中,后者将最残酷的破坏与最仁慈的田园诗结合到了一起。对生活的部分的、家庭的观点也是"资产阶级化"了的,这不过是一种过于巨大的和奴化的对部分生活的舒适之爱。那种"资产阶级性"也存在于如今正体验着残酷的戏剧的日常王国中。对历史——伟大的东西的厌弃是"资产阶级"的厌弃。在一部分优秀的俄罗斯知识分子中间,存在着英雄主义的元素,但它的方向不正确,来源也是虚假的意识。对部分——人文主义的世界观而言,世界大战是一场最伟大的考验,前者的基础已经被摇动。旧的、平坦——表层的人文主义不希望知道携带着所有矛盾的生活的深度,不希望知道人本身的深度。唯有世界观的深化才能引向如此悲剧性地面临世界性问题的人之个性,引向对自己的世界历史的使命,而非"部分"的使命。

第五章
政治和社会性的心理学

永恒的流浪者

论政治中的抽象性和绝对性

一

代表 С. д 在原则上宣布，社会民主党拒绝参加水兵军事临时委员会，不承担国防的责任，因为在防御中参加的是整个民族。他是如此成功地说道，整个人类都应该参加，甚至动物世界和植物世界都应该参加。他甚至能够说，只有当世界末日到来、上帝之国重新降临的时候，社会民主党将参加某种正面的事情，因为此前很难等到世界上绝对的公正。这在政治上是完全抽象性的和形式的绝对性的古典范例。实际上，这种对行动的拒绝是建立在这样的基础上的，世界过于糟糕了，以至于我无法参加到它的事业中去。在此岸世界的事业中，总是由相对性而非绝对性控制着；其中的一切是具体的，而非抽象的。而社会民主党的大部分宣言都暴露出抽象性和虚假的绝对性的特点。社会民主党不相信绝对的东西，在哲学中，在宗教中，他们永远倾向于相对的东西。但他们的政治又把绝对的东西与相对的东西相混淆，把此岸世界的相对的、物质的事物绝对化，把抽象的范畴运用到具体的现实中。我谈论俄罗斯社会民主党

第五章 政治和社会性的心理学

人,他们经常是典型的俄罗斯孩子。德国的社会民主党早已建构了现实的、具体的和相对的政治,尽管以前他们是绝对主义者。但所有那些在思想中很好地安排社会生活的政治教条主义者的声明,便显示出绝对性和抽象性的特点。那样的抽象性和绝对性在实践中导致的结果是,他们把党派的或社会团体的利益置于国家和民族的利益之上,部分的利益置于整体的利益之上。部分、集团感到自己是从整个民族的生活、全民族和全国的生活中分离出来的,拥有绝对的真理和公正。为整体、为国家和整个民族的命运的重大责任就这样被抛弃了。拥有绝对和抽象的真理的部分,并不想参加到民族生活以及全人类生活的循环中去。感到自己在被恶、黑暗和毁灭包裹着的无边的大海中是正确的和拯救者似的小宗派集团,便怀有这种心理。国家杜马中的所有社会民主党人便有这样的自我感觉。宗派主义的心理学从宗教的领域转向了政治的领域。宗派主义心理学在宗教生活中表现出自我肯定和自我陶醉的倾向,但在政治生活中它没有任何存在的权利,因为它总是把相对的事物塑造成偶像,以相对的世界来取代绝对的上帝。

二

教条主义、抽象的政治总是平庸的,其中没有具体生活的热情,没有历史的本能和历史的远见,没有敏感,没有柔韧性和可塑性。它与不会转动脖子只会沿着直线看着一点的人十分相似。生活的整个复杂性都滑过了目光,不可能对生活作鲜活的反映。抽象的政治教条主义者以为,他们看得很远。但他们的"远视"不是对遥远的未来的预见。他们不是先知，看到的只是自己抽象的教条，而不是未来的生活。"远视"是视力的一种病态，它需要眼镜片来矫正，为的是能看清鼻子底下的东西、阅读和写作。政治中的抽象性是轻率的和不负责任的老生常谈式的宣言，它无视正在出现的生活任务和历史时刻。所以，它不要求对复杂的任务作任何创造性的思考，不要任何敏感，不要任何观察力，只要从口袋里能拿出一本薄薄的手册，挑选其中几条念一下就足够了。抽象的和极端的政治总是对生活、对生活的发展和繁荣使用暴力。那样的政治否定政治是创造和艺术，否定真正的、大的历史政治要求特别的才能，反而接受那些老生常谈、牛头不对马嘴的东西。对整个政治形成的历史生活的复杂性和具体性的简单否定，体现的是在这一领域里的平庸和肤浅，或者是对存在这一领域的缺乏兴趣。在我们这里，当人整个儿被某一种理念（道德的、宗教的或社会的）所攫获，对社会—政治任务的具体复杂性的厌恶，通常是一元论理念主义的结果，但这在以某种方式、某种途径来拯救人类的意义上说，是必然的。最终，这将导致对存在的多样性的否定，转而肯定唯一性，某种唯一性。但政治总是要和整个世界现存的、具体的状态、大众的低水平、不复苏醒的灵魂、必然性的阻力发生关联。抽象的社会和政治学说总是要犯纯理性主义的毛病，相信在大众低水平的发展条件以及产生这些条件的必然性之下的外在暴力能产生善良的后果。那样，人类灵魂和社会灵魂的结构并不会退化。政治总是关注相对的东西。它只为社会存在，在社会中有着强烈的压抑本能。对公正的社会而言，政治是不需要的。

使精神生活的绝对价值与相对的历史生活和相对的历史任务直

接相协调，是建立在完全虚假的意识的基础上。绝对的东西可以存在于政治的灵魂和民族的灵魂中，在社会创造的主体中，但不在政治本身之中，不在社会的客体中。我能够被绝对的价值和绝对的目的鼓舞着去从事社会的事业，在我的行为背后站立着绝对的精神。但社会事业本身是向相对事物的转向，是复杂的、要求敏感和牺牲的、与相对的世界有关的事业，它永远是无限复杂的。把绝对性置入客观的社会和政治的生活中，是历史—相对的和社会—物质的事物对精神生活的征服。与此同时，这也是整个相对的历史生活由外向内对绝对的和抽象的元素的奴役。在形式上从属于教会的社会性的所有理论流派也是如此。它总不愿意承认多样化的、相对的生活的自由。一元论的暴力主义，既存在于左翼理论派别中，也存在于右翼理论派别中。带有绝对价值的精神生活本身完全是具体的。但向在自然—历史进程中的相对性的移入，会把精神生活转化成丧失了具体的生命力的抽象原则和教条。精神（在内在体验中是自由的）将变成强迫的和暴力的；它被外在的、相对的生活敞开的，不是活生生的体验，而是自外向内强迫的、没有生气的原则或形式。从哲学的观点来看，相对的历史的生活可以被认为是绝对生活的一个独立的领域，是正在表演的戏剧之一。所以，绝对的东西不应该强行地、外在地和形式地给相对的东西以超越的元素和原则，而只能在相对的东西中内在地发现最高生活。社会民主党人的抽象和绝对的政治是那么愚蠢和奴性的超验主义，正如神权政治和政教合一的政治一样。

对政治中的抽象性和绝对性的否定，至少可以被当作无原则和无思想性来理解。整个社会的和政治的活动应该被最高目的和绝对价值从内部激励起来，在活动的背后应该有精神的复兴、个性和民族的复兴。但这一个性和民族的锻造，完全不是外在地接受生活的抽象理念。精神上复兴的人和民族应该以另一种方式来从事政治，不再是外在地宣布绝对的原则和抽象的元素。道德热情不是削弱，而是增长；但它转向另一个平面，变得内在，而非外在，是精神的痛苦，而非政治的癔病或政治的残暴。罗伯斯庇尔是一个很有原则的教条主义者，他喜欢抽象的宣言；但他是一个陈腐的、没有获得新生的人，彻头彻尾都是旧制度的人，他是自由事业的暴徒。我们在革命年代里的极端主义者，也同样是旧派的、没有获得新生的人，对解放事业来说，是一些糟糕的人才，他们灵魂的枝枒不能为完成历史任务作准备。自由不是政治的外在原则，而是内在的、具有崇高精神的元素。

三

关于政治中的原则性问题，要比教条主义者认为的那样复杂得多。需要把它引入精神复兴、人与生活的结构的变化、民族特征的锻造的问题来考虑。政治上外在的、强迫的道德主义是不明智的和令人厌恶的。但在政治背后应该有人的道德能量，道德的坚韧。许多把政治混入抽象的原则中的道德主义者和激进主义者，经常缺乏个性的整个道德锻造。这在社会的混乱状态和无政府状态中也有所暴露。在俄罗斯革命悲惨的终结中也是如此。我们曾经有过为了理念而敢于牺牲自己生命的单个的英雄，但在革命群众中却没有道德的特性。而重要的不是抽象的原则，而是鲜活的精神、新生的个性。

第五章 政治和社会性的心理学

政治上的思想性是与个性的精神深化、与民族的灵魂锤炼、与伟大的责任意识联系在一起的，而不是将复杂的历史生活进行简单化和公式化。政治的道德元素是由内部、人的根基确认的，而不是由社会性的外在的原则确认的。我再重复一遍，政治中的绝对性是不可能的，无论是神权政治的、社会民主党政治的绝对性，还是托尔斯泰式的无政府主义政治的绝对性，都是不可能的。但在人的精神元素中，在人对神圣事物的信仰中，绝对性是可能的。政治本身是具体的和相对的，永远是复杂的，永远与现实的时间和地点（它们不是抽象的、绝对的、一元论的）的历史任务有关。我们的原则——抽象的政治，仅仅是脱离政治的形式而已。在政治中，一切是"在部分中"，没有什么事物是"全部"的。在政治中，没有什么是能够按照原则而自动地重复的。在这个历史时间里是好的，在另一个时间里可能是坏的。每一天都有自己不可重复的和唯一的任务，都需要艺术。

每一个敏感的人（不是教条主义者）都懂得，当今在俄罗斯，在政治中摆放在第一位的是管理和组织责任重大的政权的任务，而不是纯粹法定的创造和改革的任务。但那一天很快就会来临，那时将出现完全不同的任务。如今，所有的力量都应该为了保卫俄罗斯、为了胜利而动员起来。这是完全具体的任务，它不遵照任何抽象的政治原则运行。但抽象的政治原则的支持者还在作政治宣言，这些宣言根本没有生气，回避了历史时刻最刻不容缓的任务。精神的高涨、道德的力量和精神的振奋，如今在为祖国服务的爱国主义事业中、在对祖国的至死捍卫中显露了出来。这些事情是不能被抽象的政治原则所预见的；这些任务出现在当下的历史时刻，这种道德能量也只是在现在才显露。几年以前，没有一个政治家能够预见到，需要集聚自己所有的力量。那些把自己所有的活动都用来捍卫祖国的做法，难道可以被称为机会主义吗？这不是机会主义，而是建立功勋和承担责任的需要。战争教会了战争的具体性，它锤炼精神。它给我们的道德评判带来巨大的变化，在道德和政治之间安排了完全不同的相互关系。我们捍卫的观点是从政治的绝对化中、从向偶像的转化中解放出来，转向上帝。我们不应该把属于绝对的东西赋予相对的事物，我们应该把恺撒的还给恺撒，把上帝的还给上帝。在绝对的源泉中锤炼好的和复苏的精神，应该转向活生生的、创造的反应的世界之多样化的和复杂的具体性，应该显示自己的创造才能。俄罗斯最缺乏具有统治才能的人，那样的人应该出现。

第五章　政治和社会性的心理学

社会生活中的词语与现实

一

　　词语对我们的生活拥有巨大的权威，神奇的权威。我们受词语的迷惑，在相当程度上生活于它们的王国之中。词语如同一股独立的力量活动着，并不凭借它们的内容。我们习惯于说出词语和倾听词语，而对它们的现实内容和现实分量一无知觉。我们对词语信以为真，寄予它们无限的信任。如今，我打算特别谈一谈社会生活中词语的作用。而在社会生活中，约定俗成的，但已变作成语的言语风格有时具有绝对的权威。标签—词语是一股独立的社会力量。词语本身可以振作和消耗。似乎是萨克雷说过："事物消耗着男人，而女人则被词语所消耗。"但男人也与女人非常相像，词语也消耗着他们。大众在词语背后行走。整个宣传在相当程度上就建立在词语的权威上，在词语的感召力上。习惯的用词方法与大众的本能牢固地联结在一起。对一部分群众来说，需要运用"左倾"的习语，对另一部分来说，需要"右倾"的习语。蛊惑家清楚地知道应该使用哪些词语。社会生活在词语的因循守旧里变得沉重。"左倾""右倾""激进""反动"等词语意味着巨大的含义,起着重要的作用。我们受到这些词语的魅惑,几乎不能在这些标签之外进行社会性的思维。须知,这些词语的分量并不沉重,而它们的现实内容正愈来愈强烈地在消散。主宰社会性用词法的是标签主义,而非现实主义。我听说过这么一则传闻:这是一个非常"激进"的人,请你们响应他的声音。而这个"激进"的人是一个年薪两万卢布的律师,没有信仰,没有价值观,在激进的用词后面隐藏的是最彻底的社会性冷漠与无责任感。对社会事业而言,人的个性适宜性在约定俗成和因循守旧的用词面前,退却到次要的位置。我们通常很少评价个性的品质,也不衡量它们在社会生活中的作用。所以,我们有那么多由权威,而非现实创造的词语。词语与习俗的惯性妨碍着仔细辨认真正的性格。在社会生活中几乎不可能出现个性的自然选择。而在国家生活中明显地出现无用的和劣等的性格选择。在约定俗成的用词法帮助下,我们把一些有深远理想,经过等待锤炼的人们变成了坏蛋,而抬高了一些没有任何理想、没有任何道德的人们。人们最不能容忍具有独立性和独创思维,不接受任何习惯、因循的规范的人。我们经常运用粘贴标签的手段,诸如"反动分子""保守分子""机会主义者"等等,去戕害人们,尽管在这些标签背后,或许还潜伏着更复杂和奇异的,用通常的规范难以界定的现象。借助词语,人们杀死另一个阵营的对立者。大家都害怕词语和标签。

  大部分群众不是生活于现实,不是生活于存在,而是生活于事物的表象,看到的只是外衣,凭借外衣去会见每一个人。俄罗斯知识界的广大阶层尤其生活于语词的伪装和表象的幻景里。惯性的权威其实是很可怕的。如果惯性和在通常的圈子里习见熟记的类型之

第五章 政治和社会性的心理学

权威十分强大，那么，那里的这些东西就是可理解、可原谅的。但知识分子自以为是思想和意识的代表，他们很难原谅思想的这种惰性和萎靡，这种习惯的、滞积的、外在的东西的奴役。生活于现实是十分困难的，就此而言，需要精神的独立劳动、独立实验和独立思想。在幻景、词语和事物表象中生存就容易一些。大众习惯于将他人制造的词语和类型信以为真，寄生性地在别人的经验上生活。没有一种个人的现实经验不与判断生活的一切评估之语词相关联。词语对那些拥有自己的经验、自己的思想、自己的精神生活的人来说，是有现实内容的。但同样是这些词语，对那些在惯性、习俗、模仿中生活的人来说，就是标签式的、没有内容的。在那些过多地吸收他人的经验、生存于纯粹的语词教义的人的宗教生活中，在那些人们熟记党派的标语、进行没有任何意志和思想的独创活动的公式和语词的社会生活中，经常出现这样的情景。不愿意了解人们生活的现实内容的政治形式主义，就是在这样的土壤上产生的。在社会生活中，一切都在力量中，在精神能量中，在人们和社会的性格中，在他们的意志中，在他们的创造性思想中，而不是在微不足道的抽象的原则、公式和词语之中。须知，最重要的存在是人、活生生的灵魂、社会结构的网络，而不是在背后可能掩藏着某种内容或完全欠缺内容的那些外在形式。在美丽的形式与词语上的国家，或许是最令人绝望的奴役与强暴。这已经由欧洲人的生活经验揭示了出来，他们应该教会我们不去轻信平等、友谊和自由的外在形式和美丽的词藻。任何一种社会制度都可能是如此形式主义的和如此徒有虚名的。这就是为什么必须把自己的意志集中到存在的自由、社会网络的复活、更高的内在生活的价值实现上。这一内在发展过程必不可免地导致社会制度和社会体系的外在变化，但总是与社会内容和民族意志的方向相一致。

二

许多人以为，俄罗斯的主要不幸在于，俄罗斯社会不够自由化或不够激进，他们对传统含义上我们社会的向左转期望很多。这就是我们通常所称的不可避免的语词和形式概念的权威。我们的社会是自由的和"左倾"的，但这种自由主义和这种"左倾"性质在对立的情绪和愤慨的情况下，是无力的，最多只是骂大街而已。俄罗斯的主要不幸在于没有整个社会的变化而可以增长的"左倾"性，而在于糟糕的社会网络，在于历史为了俄罗斯现实的、真正激进的改造而呼唤的真正的人才之不足，在于俄罗斯意志的孱弱，在于社会的自我教育和自我约束之不足。俄罗斯社会缺乏性格，缺乏内在界定的能力。"环境"太过轻易地使俄罗斯人感到痛苦，他过于容易地受对一切外在事物的情绪反映的影响。"激进派"和"左派"可能是完全不适合于新的、复活的俄罗斯的材料。不应该迷醉于词语组合的幻景。重要的和实在的，是什么样的人和什么样的民族，而不是他的标语口号和抽象的政治概念。

举例来说，我们的"右派"就是真正的保守主义。"左派"总是更容易成为某些价值的破坏者，而非维护者。"右派"的爱国主义的、民族主义的和国家机构的表现方式——语词，正在崩溃。我们的右派失去了真正的国家和民族意识。那种意识可以在单个人那里遇见，而不是在社会阶层和集团那里。完全缺乏真正的保守主义——俄罗斯注定的特色。当"左倾"的俄罗斯尚未成熟的时候，"右倾"的俄罗斯已经开始崩溃了。我们的一切都来得太迟。我们过于长久地处在过渡的状态里，在某种王位空虚的时期。

俄罗斯首先需要的是激进的道德变革，生活源泉本身的宗教的再生。但是，呜呼，宗教的复活只能是唯名主义和形式主义的。词语的伟大权威同样在宗教生活中存在。标签"东正教的""教派主义的""新意识的基督教徒"，等等，获得的是与现实分量不相称的意义。"东正教"唯名论早已毒化了俄罗斯的宗教生活。右派圈子的宗教用语风格早已退化成恶劣的伪善和奸诈。但某种仅仅是外在和形式地向社会性转变的，"左派"的宗教意识的确立也不能给我们以助益。在民族生活网络的深处应该出现由内向外的新生，而我坚信，它正在呈现，俄罗斯民族生活于精神里，它面前有着伟大的未来。模糊的时代将要过去。扔掉外在的幕布和显露事物的真正本质，真正现实的时候已经来临。我们最伟大的任务是由虚构过渡到现实，克服语词的催眠术。在语词面前的无畏是伟大的美德。这一无畏的积极方面总是对真理的热爱。热爱真理的激情是民族伟大的激情。而在我们的词语、公式和概念，右派、左派和中间派的周围，集聚了过多约定俗成的谎言与霉层。其实，我们需要完成一次革命，一场废弃虚假的、伪造的、空洞的和陈旧的语词、公式和概念的革命。需要中止对那些被人们喜欢粘贴着，或者抬高，或者贬损人们的标签的害怕。需要领悟语词背后的现实。而真正的领悟也就是对许多微末的和细小的存在之领悟。社会性格的独立性之培养，独立的社会思想之成熟应该就这样完成。

永恒的流浪者

三

　　战争的悲剧促成了对语词的重新衡量——它显示了现实性和推倒了虚构。惯用民族—国家词藻的右派官僚阶层明显地依靠着虚构和空洞的词语而生存。这一点已被揭露，谎言已被推翻。如今，谁是爱国者，谁热爱祖国，准备为它效力，已经变得更加清楚。民族主义者的语词正在历史的天平上掂量。去年冬天，我们这儿已经弥漫着阻碍俄罗斯进行自我批评的伪爱国主义情绪，不负责任、自高自大的情绪。在一部分人那里，它体现为恢复更崇高的宗教—斯拉夫语言风格；在另一部分人那里，它体现为更低下的国家—民族的语言风格。但这些情绪已被生活事件清除了。今年夏天，开始了真正的、健康的爱国主义热情，总是以自我批评为前提的社会责任感已经成熟。现实站在了语词和虚构的对立面。害怕真实，把既存的东西理想化的病态爱国主义，正在被敢于面对痛苦的真实、服务于应该存在之物的健康的爱国主义所取代。尽管生活依然黑暗而沉重，但呼吸已更为轻松。可以谈论真理，奔赴真理的事业。在这个暂时形成的令人窒息的氛围里，唯有虚假的词语能发出声响，唯有虚构的思想体系才能兴盛。

　　词语的自由正是为颠覆词语虚幻的权威所需要的。

　　在不自由的氛围里，空洞的词语正在兴盛，它们是难以颠覆的。词本身是神圣的，词语的神圣含义唯有在自由的氛围中才能显露，在斗争中，语词的实在论战胜了语词的唯名论。不自由滋生着"左倾"和"右倾"空洞的语言风格。隐含在语词背后的现实性不可能被显露。词的完全自由意味着与词语的滥用、词语的退化进行斗争。唯有在自由中，词语的真理可以战胜词语的谎言，实在论战胜唯名论。语词的自由引向语词的自然选择，引向生动、真实的语词冶炼。虚假而空洞的词语将继续发出声响，但它们不再拥有压迫和征服的气氛所营造的光环。

请让语词变得更具权威，中止语词对社会生活的统治：语词—现实战胜语词—虚构。自由导致责任心。重建词语的意义，以及正确地、实在地和完美地使用词语，将使人意识到，我们的社会是不可战胜的，尽管罩着激进的外套，而不是更换着幕布，它实际上是新生，改变了自己的布料而已。词语的权威是外在的权威。而我们应该转向内在的权威。整个生活应该由内在，而非外在来界定，从意志的深处而非表面的环境来界定。

永恒的流浪者

民主制度与个性

一

关于社会性的基础，我们思考得很少。我们的意识面向的是粗浅的需要，而这些需要掩盖了更为远大的前景。可是，我们面临着社会生活的改变，需要在思想上作好准备。我们的社会运动非常缺乏思想，有太多自发性的东西。在俄罗斯知识分子和俄罗斯先进的社会团体中，对民主思想和意识形态的接受，也仿佛是在接受自发的真理。民主的理念从来没有显现它的复杂性，从来没有得到批判性的掌握。我们的社会和国家生活的恶和虚假使我们的思想变得肤浅和简单。一切与我们受压迫的事实相对立的东西，仿佛就是幸福和光明。整个过于复杂的社会思想都显得不清楚、不合时宜，受到怀疑。我们喜欢的只是简单的和直线型的答案。在西方，民主问题与它对待个性的态度是一个非常复杂的问题。生活的历史进程在西方陷入了很复杂的境地，它出现了很多问题。那里有过很多政治形式的实验，对政治思想的全面阐述可以被感觉到。我们俄罗斯人，生活在伟大的暴力中，很少进行政治体制的实验。我们在思想中领

第五章 政治和社会性的心理学

略的是最极端的政治和社会学说，有时我们觉得，我们是在无政府主义中过活的。但这些极端的政治和社会学说在俄罗斯总是被简单化地和肤浅地考虑到。那种简单化和肤浅性也体现在我们对民主制理念的接受上。对习惯了压迫和不公正的大部分俄罗斯人来说，民主制仿佛是有限和普通的，它应该带来伟大的幸福，应该解放个性。以民主制的某种无可争辩的真理（取代我们历来的伪理）的名义，我们准备忘却的是，民主制的宗教（它是被卢梭所宣布和被罗伯斯庇尔所实现的），不仅没有解放个性和没有确立它不可剥夺的权利，而且根本是在压迫个性，不希望认可它独立的存在。在民主制中，要出现像在最极端的君主政体中那样的国家独裁是可能的。民主政治也同样会丧失它不可剥夺的权利的个性，正如在独裁统治中一样。资产阶级民主制及其民主政治原则的形式独裁也是如此。独裁主义的本能和习惯也转入了民主制中，它们在所有民主制的革命中都占据了上风。在西方，在对待民主制的绝对追求的态度上，早已为保障少数人的权利和个人的权利而困扰着，民主制不能以个性精神的绝对价值来限制自己。民主制理念形式上的绝对主义不能被我们所接受，它应该受到其他理念的限制。数量的群众不可能独占地控制质量的个体性的命运、个性的命运和民族的命运，民族的意志应该培养对个体性的质量、对人的精神的无限性的特别尊重。民族的意志不能被空洞的形式主义地接受，去确认民族意志、大部分人的意志、被某一个随心所欲的派别所控制的大众意志的绝对权利。在民主制中，存在着对自由的人之自然力的确认，以及对人本身和人类的内在政权的确认的真理。但是，民主制应该充满崇高的精神，应该与精神的价值和目的联系在一起。

二

　　民主制的理念被意识到和被定型恰恰在那样一个时代：欧洲的先进阶层的宗教和哲学意识正被抛向表层，与人的深度、精神的源泉相脱离。人被迫依赖外在的社会性。而这种社会性又与人的灵魂、个性的精神生活相脱节，与世界的灵魂、宇宙的生命相脱节。人被认为是外在的社会性存在，整个为社会环境所限定。但是，因为人的社会性是与世界的整体、宇宙的生活相隔离的，社会性的独立意义被夸大，于是，形成了纯理性主义的乌托邦主义，以及它对脱离了人与世界的精神生活基础的社会生活的完善的、理性结构的信仰。不是民主制，而是人和公民的权利宣言拥有精神—宗教的土壤，后者诞生在社会改革中对良知的宗教自由的确认里。但是，在民主革命中，在群众社会运动中，实践中的人和公民的权利宣言很少进入生活，而被实用—社会的利益排挤出去了。在俄罗斯，民主制的理念产生于实证主义和物质主义的情绪和意识的土壤里，它与人和公民权利的唯心主义理念是脱节的。在我们这里，社会平等的热情总是压倒了个性自由的热情。对个性在精神上和道德上的权利确认与对个性的义务和个性的责任的确认没有关系。仅仅孕育野心的社会环境的不负责任的理论获得了胜利。个性没有被对社会生活有责任的创造者所承认。对新生活的期待只是寄希望于社会环境的改变、外在的社会性，而不是寄希望于个性的创造性改变、民族及其意志和意识的精神新生。在我们的民主制的社会学说中，民族的和个性的特征根本没有被考虑到。

　　在我们已经接受的那种直线性的和简单化的形式中的民主制

理念，产生了一连串的道德影响。抽象—民主制的社会意识形态剥夺了来自个性、来自人的精神的责任，因此，丧失了独立的、不可剥夺的权利的个性。唯有负责的才是自由的，唯有自由的才是能负责的。在我们的民主制社会的意识形态中，所有的责任和所有的自由都被转移到了庞大的群众机构中。直线性的民主制形而上学仿佛并不要求重新锤炼个体的和民族的事物，锻造个性、个体和社会意志的规范和内在的精神。在这种土壤上形成了面向社会环境的道德追求，对来自外在的整个生活财富的道德期待。整个生活仿佛是由外在而非内在定位的。那种类型的民主制形而上学赋予了群众的激动、鼓动、外在的行动（缺乏社会性的人才之内在的、重要的变化）以很大的意义。虚幻的和完全是外在的社会性变化就这样被制造出来。这是一种根本看不到存在的实用的观点。重要的不是工人、农民的人的发展，不是提高他们的尊严和质量，不是力量（须知，总是精神的力量）的增长，而是把他们置放在那种条件下的安排方式，那是实用主义所需要的。这也就是民主制的道德复兴的道路。它给出了悲惨的结果。我一直注意的不是民主制的纲领性的要求和课题（它们拥有某种真理和公正），而是那个抽象的民主制的精神，那种特别的社会形而上学（在这一形而上学中，外在的东西控制着内在的东西。鼓动控制着教育，野心控制着责任，数量控制着质量，大众的平衡手段控制着自由精神的创造）和道德。

三

没有被任何东西限制的抽象的民主制，轻易地就走到了敌视人的精神、敌视个性的精神本性的地步。而另一种精神、人类的真正精神、个性的精神和民族的精神，应该断然与抽象—形式的民主制的精神（总是面向外在的）相对立。这种根本不对抗真理的民主制纲领的精神，首先要求个体和社会的重新锻造、意志和意识的内在锤炼，它把社会性的命运置放在对人的个性、民族、人类、宇宙的内在生活的依赖上。这种精神追求的是人们真正的联合，而非仅仅是他们的机械拼凑。社会的创造是以创造的精神为前提的，没有创造的主体，它便不可能实现。极端的民主制形而上学被迫否定创造的精神，它期待着一切机械的东西，期待外在的数量变化，在它之中没有对个体性的质量的体认。在这条道路上，个性的精神选择、个性的质量和使命、个性的适用性的巨大意义遭到了否定，为社会性的命运而承担的整个巨大的责任不再被赋予个性。恰恰相反的是，为个性的命运、为它的适用性和不适用性而承担的责任，整个被赋予了外在的社会性、被赋予了社会环境。但是，真正的民族的自治，例如，有机的人类能量的呈现，民族特征的显现，都是以个性和民族的自律、自我教育和意志的锤炼为前提的。真正的民族自治，应该把为社会性的命运而承担的责任赋予自己和他人的力量，赋予这个民族。但是，民族不是机械的模模糊糊的一群，民族是某种具有特征的整体，具有意识的规范和意志的规范，知道自己想要什么。作为有价值的民主制，是已经形成的民族特征，它锤炼个性，能够在民族生活中显露自己。民主制是人的本性之有组织的和向外呈现的潜力，是它达到自治和统治的能力。只有能够统治自己的人，才能进行统治。个性的和民族的自制力的丧失，混乱的解除，不仅不能为民主制作准备，而且还使它成为不可能，这永远是一条通向专制的道路。建构民主制的任务是建构民族特征的任务。而民族特征的形成又以个性特征的形成为前提。社会的意识、社会的意志应该面向个性的锤炼。可我们并没有这种面向。民主制经常被理解为里子朝外翻，人们并不把它与自治的内在能力，与民族和个性的特征联系起来。对于我们的未来而言这是现实的危险。俄罗斯民族应该转向真正的自治。但这种转向有赖于人才质量的提高，有赖于我们大家自我管理的能力。它要求我们对人、对个性、对个性的权利、对人在精神上的自我管理本性的特别尊重。没有任何人可以为它的狂热而造就自我管理的能力。被贪婪和邪恶的本能所控制的狂怒的人群，既控制不了自己，也控制不了别人。人群、大众不是民主制。民主制是把混乱的数量转向某种自律化了的质量。首先，人，像民族一样，应该能作自己的主人。俄罗斯民主制的缺陷是从我们的奴隶制那里继承来的，它们应该在自治的实践中得到修正。

作为社会性中的基础的个性的、质量的、精神创造的元素的那种推动力，至少是个人主义。通过个性和民族的内在锤炼，通过性格质量的锤炼，精神的社会性得到了确认。话题涉及的，不仅是人、个性的灵魂，而且还有社会的灵魂和民族的灵魂，民主制的机构对此很少考虑。抽象的民主主义总是形式主义，它并不想知道民族意志、民族心灵和民族思想的内涵，它觉得重要的只是形式上的民主政治。可是，民族意志的内涵是内在的，是精神的内涵，是某种精神的倾向。民族意志和民族意识的明确内涵，它们的精神性的明确内涵，必然要反对民主制的形式主义。那时，民主制的真理、人类自我管理的真理，将和精神的真理、个性和民族的精神的价值联合在一起。我们应该以全部的力量来为此作准备，为的是不再重犯旧的错误，不再陷入没有出口的、总是孕育反动的魔圈。民主制不可能仅仅在原则里，在被身份和阶级的特权、外在的—社会的权威所限制的理念中；它应该是被人和民族的个性的无限的精神本性的权利所限制，被真正的质量的选择所限制。民族的精神比民主制更深刻，应该引导后者。政权不可能属于所有人，不可能出现机械的平均。政权应该属于优秀的、中选的个性，它们被赋予了伟大的责任，在自己的身上承担起了伟大的义务。但这个优秀者的政权应该从民族的最核心产生，它应该是内在于民族及其固有的潜力的，而不是从外面强加给它的某种东西。民主制的力量不可能是绝对的、没有限制的政权，它被它自己前进的质量所限制。民主制的理念与民族的自治理念截然对立。

第五章　政治和社会性的心理学

精神与机器

一

精神和机器的问题，从来没有像今天这样尖锐地被提出来，世界大战使这个课题尖锐起来。外面关于日耳曼主义进行的争论所围绕的主题就是精神与机器。不可否认，德国有过不少精神，德国也已成为机械化程度最完备的榜样。德国的机械，仿佛从日耳曼精神的核心抛出来似的，走在了前面，它曾经给出了和平生活的音调，现在它又给出了战争中的音调。德国人成了自己完备的机器的奴隶。生活被机械化的宿命进程、机械事物的取代正在形成中。伴随着许多丑陋现象和旧美的牺牲的这一进程吓坏了不少人，令他们感到恐怖。机器的胜利，机械化取代整体，仿佛是生活的物质化。但能否说精神在这种物质化中毁灭了，机器把它从生活中驱逐出去了？我认为这是一种过于浮表的观点。机器出现和它胜利的前进的意义，根本不是上述观点认为的那样。这一意义是精神的，而非物质的。机器本身是精神的现象，是精神道路上的某一时刻。生活的机械化和物质化的反面是非物质化和精神化。机器应该作为在由物质性中解放出来的过程里的精神道路来理解。机器粉碎了精神和物质，带来了分解，破坏了原初的有机整体性，破坏了精神和肉体的联结。需要说明的是，机器毁灭的与其说是精神，不如说是肉体。文化的机械性使世界的肉体变成了碎末，消灭了有机的物质；有机的物质和丰富的物质生活在其中枯萎和凋谢。物质的、肉体的生活的旧的有机综合，在机器中走到了尽头。19世纪后半叶，技术的增长是人类历史上最伟大的革命之一。在人类的有机生活中，有某种东西折裂了，某种尚未最终意识到的新东西开始出现了。或许，在这场战争之后，可以更清楚地知道，在机器威风凛凛地进入人类的生活以后，人类身上发生了什么。

对俄罗斯意识而言，"精神与机器"的问题具有巨大的意义，它是作为俄罗斯的未来的问题出现在俄罗斯面前的。斯拉夫主义和西方主义、民粹派和马克思主义的争论，可以转向精神的领域，并且更加深化。我想捍卫的那个观点，可以称之为"精神的马克思主义"。可这当然是不能类推的。俄罗斯人喜欢以俄罗斯精神的独特性来反对筑基于机械性的西方物质文化。我们又以西方的机械的碎裂性来反对俄罗斯有机的整体性。在我们历史的这个危险时刻，我们尝试着以俄罗斯精神来对抗德国机器，希望把这场战争理解为精神与机器的斗争。在这种战争的感觉中，存在着自己的真理，但也存在着各种观点与计划的混淆。须知，需要承认，斯拉夫主义分子和民粹派，以及各种俄罗斯宗教派别，不总是仅仅以精神来对抗机器和物质统治的，他们同样会以发达的技术和经济来反对不发达的、落后的和粗糙的技术和经济，同样会以完善的物质来拯救不完善的物质，以物质发展的高级水平来拯救物质发展的低级水平。可以用高尚和自由的精神来对抗发达技术的奴性统治，但不能用落后和粗浅的技术来对抗。物质的落后性和粗浅性不是精神的力量。

例如，不能把自然的经济转向最高的精神性，不能把粗浅的和粗糙的经济当成精神的和自由的状态来理想化。落后的、粗浅的和粗糙的经济，根本不比发达的资本主义经济更少物质性。如果按照人类的物质发展的线路向后走，我们不可能进抵自由的和整体的精神，而只会走到更粗浅和更粗糙的物质生活中去。这种过去的物质线路依靠着为生存而进行的最简陋的斗争的支撑，依靠着笼罩自然的沉重的物质依赖性。我们不能凭借这种向后的运动或在向前运动中的延迟找到失去了的天堂。这是一种粗浅的自欺。如此珍视粗糙和落后的俄罗斯物质生活，并把它们提到精神高度的斯拉夫主义分子，实际上坚持的是精神对物质的奴性依赖。农村公社和宗法制生活结构的毁灭，在他们看来，是俄罗斯精神及其命运的恐怖性灾难。但是，难道俄罗斯精神能如此依赖物质的落后性吗？旧的俄罗斯物质的瓦解会带来毁灭俄罗斯精神的威胁吗？那时，这种精神便不值一提。对精神而言，害怕物质的发展，抓住物质的落后性不放，是可耻的。精神应该无所畏惧地行走在物质发展的道路上，弄清楚其中的客体化和威胁性。物质的发展、技术、机械都是精神的道路。我认为，不仅以不完善的机器来对抗完善的机器是错误的，而且以精神来对抗机器也是错误的。能够做的只是以高尚的和自由的精神来对抗低贱的和奴性的精神。

永恒的流浪者

二

　　物质的、宇宙的发展逐渐摆脱原初的整体有机性，这种有机性把精神和物质粘连到一起，让精神黏着于物质，黏着于分解肉体和精神的机械性，这种机械性破坏整体性，把精神从与物质的联系中解放出来。这条道路可以在生活的所有道路上敞开。到处都是原初的整体有限性在分解和开裂，分化和分层正在进行。在分裂和分层阶段，失落的有机整体性和团结，给人以失去的天堂（近乎神性的状态）的错觉。但这种原初的有机整体性不是神性的和天堂的状态，而是自然的和拘谨的状态。在自然的有机生活中，精神和肉体尚未分化，但这不意味着是精神的最高状态，而是它的初级状态，后者总是与为了生存而进行的沉重的斗争和邪恶的暴力联合在一起。精神还在原初的有机性中打瞌睡，它甚至还没有高于植物性和动物性，它只是敞开在自然中。分解和分化是精神发展道路中不可缺少的驿站，它给人以痛苦的体验，经常伴随着一种死亡的感觉。在对这条发展道路的接受中，我们服从审美的谎言。须知，为了自然的生命，我们很容易就对自然采取了创造性的审美的接受，很难看出植根在自然生活中的恶与不自由。我们觉得，一切有机自然的东西都要比人工—机械的东西更美好。开花的橡树是美丽的，机器是丑陋的，对眼睛、耳朵、鼻子而言，它是令人痛苦的，没有一点愉悦的。我们喜欢橡树，希望它能够永恒，希望在永恒的生活中我们能坐在枝叶繁茂的橡树下。我们不能爱机器，因为在它身上我们不希望看到永恒，在更好的情况下，我们也只承认它的实用性。能够阻止将生活从开花的橡树那里引向丑陋的和恶臭的机器的宿命进程，是多么

第五章 政治和社会性的心理学

令人神往的事情啊。

但是，从树的有机性、从芬芳的植物性向机械的机器性、向垂死的人工性的转化，毕竟能给人一种宗教的感受。为了复活，需要死亡，需要通过牺牲。从有机性和整体性向机械性和分解性转化，是精神痛苦的牺牲的道路。这一牺牲应该被有意识地接受。机械是世界肉体的十字架，是把芬芳的花朵和啼啭的鸟儿送上十字架的行动。这是自然的各各他。在人工的、机械化的不可逆转的进程中，自然仿佛在救赎内在的束缚和敌视的罪孽。自然的整体应该死亡，为的是向新的生命复活。这就是那个庞大的怪物——机器，扼杀自然的有机整体性，以痛苦的道路把精神从自然的粘连性中解脱出来。那种认为机器扼杀了精神的观点，是宗教思想中的陈词滥调。但是，那个真理更为深刻；机器扼杀了物质，从相反的方向看，更有利于精神的解放。在物质化的背后隐藏着非物质化。伴随着机器进入人类生活，死亡的不是精神，而是肉体、肉体生活的旧综合。物质世界的沉重和束缚，仿佛被分裂了，转向了机器。世界因此而变得更为轻松。

三

反动分子—浪漫主义者，在忧郁和恐惧中紧紧抓住正在消逝的、瓦解的旧有机性，害怕生活不可逆转的进程。他们不愿意经历牺牲，不能放弃稳定的和舒适的肉体生活，害怕未知的前途。他们希望维护旧的有机性、旧的躯壳，竭力不让物质的世界瓦解和分化。这些人是如此少地信仰精神、精神的不朽、黑势力的不可摧毁性，他们把精神的命运寄托在陈旧和肤浅的物质形式上。所有这些看到在陈旧的有机物质中的精神之毁灭的人，是多么缺少信仰啊。斯拉夫主义分子的儿子和孙子竟然是如此缺少信仰。面对新生活的恐惧是他们的固定主题。与更发达的物质形式相比，在落后的物质形式中看到最高和更美好的东西，是多么可怜的自欺啊，从中可以感受的是怎样的一种物质主义啊！对待生活的宗教的态度，应该是以俄罗斯向新生活复活的名义，接受旧俄罗斯、它的旧躯壳的灭亡。基督教的深刻就在于，它能够接受和把整个内部生活理解为各各他和复活的神秘剧。世界的整个躯壳应该经历十字架，经历破碎和死亡。这是向生的死亡。但据说，圣芳济各在发达的工业中，在机器和资本主义经济中不可能出现。圣芳济各只能在自然的、粗糙的经济中才可能出现，所以，"物质生活的初级形式万岁，我们不允许发展。"圣芳济各是自然经济的花朵，精神是以经济因素为条件的。对待生活的宗教态度没有了，最好别谈什么神圣性。或者需要冷静地踏上另一条道路，承认精神不依赖物质，表面生活上精神的和物质的功能性联系，而在深处、在内部是另一种意味。精神的这种独立性和自由应该凭借机械化的痛苦道路、物质生活的机械化而呈现出来。唯有生活的分化、分裂和破裂，才能给出生活真正的体验和认识。这是自由的道路，一切潜能自由的铲除之路。

四

最初，一切有机——肉体的东西都是被神化的和神圣的。对肉体生活和粗浅的物质工具的宗教性神化，是所有自然宗教和基督教在

第五章 政治和社会性的心理学

它的自然化阶段所固有的。翻耕土地的犁是神圣的。土地本身是神圣的，植物、动物和一切经济—物质的东西是神圣的。在发展的最初阶段，人类不可能为了没有宗教准许的生活来锻造斗争的经济工具。人类到处都有物质生活的神圣感相伴随。在我们的时代，这种对肉体生活的神化和神性的有机感，并没有完全告别人类。但在历史发展的高级阶段，整个物质生活必然要中止它的神化。一切都被世俗化了。机器不是神圣的，现代的工业主义也不是神圣的。机器也不为神圣所需。唯有有机的东西能有神圣感，机械的东西从来没有神圣感。一切外在生活的世俗化，是与分解和分化、与最初的有机整体性之失落联系在一起的。对生活世俗化的自觉赞同就是对牺牲的赞同，对与美丽和高尚的谎言决裂的赞同。一切神圣的东西将进入内部、进入精神。生活的这一非宗教化和非精神化是对宗教性的深化，是充满了更多崇高的精神。宗教不再是肉体生活的，它将成为精神的。世俗化，还有机器，杀死的不是精神，而是物质。机械化是把沉重的物质性从精神那里解放出来，让精神变得更为轻松。

橡树、花朵和荆棘中永恒的东西，将变形进入精神中，将保持自己从物质的沉重和束缚中解脱出来的不可超越的形式。但是，不能把有机的自然和自然的秩序（其中的一切植根于为了存在和相互损耗和吞并而进行的斗争中）理想化。不能把自己对自然之美的创造性领悟与自然的秩序相混淆。自然—有机的东西，不是有很高价值的东西，不是那需要保存的最高的事物。真正的生活是创造的生活，而不是自古以来便如此的生活，不是在自然中和在社会中的有机—初级的生活、动物—植物的生活。在自然秩序中为生存而进行斗争的肉体有机性中，不可能有比在机械中更多的终极真理。从更深层次来看问题，橡树和机器是同一直线。物质层面的发展是从粗浅的自然有机性向复杂的人工的机器的运转。这是物质分化的道路，那种人工的复杂化所引发的是把人从物质中、从有机功能的沉重中解放出来。人类应该无所畏惧，对通过物质的发展、通过机器和技术而显示的精神的不可摧毁性充满信心，不再从以往的事物中寻求拯救之途。担心和惧怕机器，是一种物质主义和精神的脆弱性。转向粗浅的、有机的往昔，把它理想化，害怕痛苦的发展，是冷漠和贪图安逸，是精神的惰性。谁通过有机性（仿佛是永恒的和那么舒适惬意的）的碎裂和分化，付出经历无所畏惧的和痛苦的发展的昂贵代价，谁就能达到精神的自由。不可能再回到旧橡树下的旧天堂。你也不能回到更初级和更少痛苦的往昔中去。机器出现的巨大意义就在于，它帮助人最终摆脱了宗教中的自然主义。机器像一把钳子似的把精神从物质的核心中拽了出来。这是非常痛苦和困难的进程，生活中的许多快乐都在其中毁灭了。需要更多地信仰精神，为的是在这一进程中挺住。最初，它表现为物质的胜利和精神的毁灭。但只有在进程的深处，才能发现并非如此。

如今，俄罗斯面临着关键时刻，它正处在十字路口。它必须带有牺牲精神地与自己物质的有机的往昔、与旧的经济体制、与旧的国家体制（很多人都觉得它是有机的，但它的内部已经腐烂和瓦解）相决裂。俄罗斯意识应该与斯拉夫主义和民粹派乌托邦主义决裂，勇敢地转入复杂的发展进程，转向机器。在俄罗斯，存在着两种风格的混淆——禁欲主义的和帝国主义的，僧侣的和商人的，超尘脱俗的和庸庸碌碌的。这种混淆不应该再继续下去了。如果俄罗斯想成为伟大的帝国，在历史上起作用，那么就必须踏上物质技术的发展道路。没有这一点，俄罗斯是没有出路的。只有在这条道路上，俄罗斯的精神才能获得解放，它的深度才得以敞开。